천사지인

【天師之印】

9

완결

도서출판

청어람

천사지인 9
조진행 장편 무예 소설

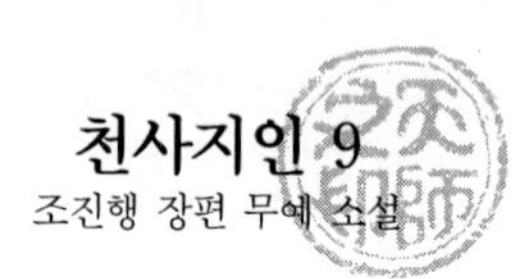

초판 1쇄 찍은 날 § 2002년 3월 26일
초판 1쇄 펴낸 날 § 2002년 4월 5일

지은이 § 조진행
펴낸이 § 서경석
펴낸곳 § 도서출판 청어람
편집 § 문혜영 · 장상수 · 박영주 · 김희정 · 권민정
마케팅 § 정필 · 강양원 · 김규진

등록번호 § 제1081-1-89호
등록일자 § 1999. 5. 31
어람번호 § 제2-0073호

주소 § 경기도 부천시 원미구 심곡1동 350-1 남성B/D 3F ㈜420-011
전화 § 032-656-4452 팩스 § 032-656-4453
http://www.chungeoram.com
E-mail § eoram99@chollian.net

ⓒ 조진행, 2001

값 7,500원

※ 잘못된 책은 바꿔드립니다.
※ 저자와 협의하여 인지를 붙이지 않습니다.

ISBN 89-5505-057-7 (SET) / ISBN 89-5505-331-2 04810

천사지인 [天師之印] 9 완결

제三부 길[道]의 끝에서

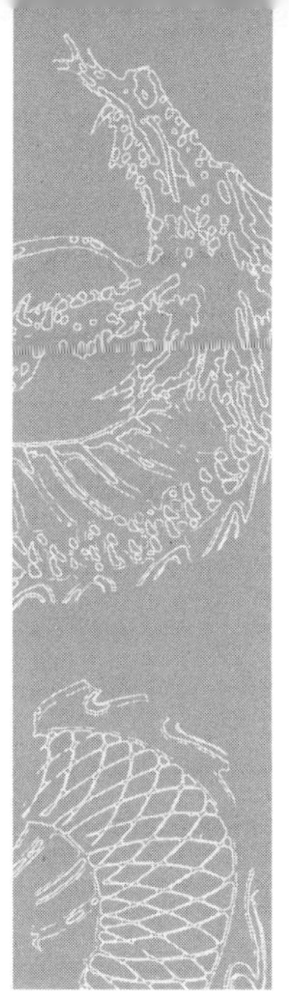

목차

第一章

그래도 역사(歷史)는 흐른다

쌓인 눈이 채 녹기도 전에 북산(北山)의 험한 계곡을 오르는 한 남자가 있었다. 그는 추위에 익숙하지 않은 듯 고통스럽게 입과 코로 하얀 김을 내뿜었다. 사내의 분주한 걸음은 산등성이를 올라서면서 잠시 멈추어졌다.

"과연 여기가 북산이로구나. 강호가 어수선하여 삼 년 간 두문불출했으나 어찌 이대로 주저앉을 수 있단 말인가! 밤마다 나타나 나의 이름을 부르며 흐느끼는 황금의 절규를 생각하면… 암! 찾아주어야지."

장천사 장염이 북산의 황금에 손대지 않았다는 말을 듣고도 지난 삼 년 간 꼼짝하지 못했다. 오행혈마인과 그들을 잡겠다며 구석구석 들쑤시고 다니는 온갖 무림인들 때문이었다. 그들은 낯선 사람만 보면 무조건 잡아 호패를 조사하고 짐을 들쑤셨다.

"나쁜 녀석들 같으니라구! 자기들이 무슨 관원(官員)이라구 호패에 짐 조사까지… 완전히 강도가 따로 없다니까. 세상이 어찌 되려고 이렇게 지랄맞은 건지 원."

정확히 말해 현상금에 눈이 먼 무림인들은 무리를 지어 다니며 기찰 활동을 하면서부터 강도와 도둑, 그리고 일반인의 구별이 따로 없어졌다. 그들은 시도 때도 없이 여행자의 짐을 빼앗아 조사를 했고, 간혹 마음에 드는 물건이라도 나오면 압수해 갔다.

그래도 누구 하나 찍소리할 분위기도 아니다. 워낙 강호가 어수선했기 때문이다. 어제까지 멀쩡하던 사람이 자고 일어나면 죽어 나자빠져 있었다. 죽은 사람들의 죄명(罪名)도 다양했다. 관인(官人)은 정적(政敵)에 의해 몽고족의 첩자로 몰려 죽었다. 밉보인 종교인은 귀문(鬼門)에 들었다고 맞아 죽었으며, 무림인은 오행혈마인과 내통했다는 이유로 살해당했다.

그래도 누구 하나 그 죽음에 이의를 제기하지 못했던 것은 워낙 사회 분위기가 흉흉해서이다. 말 한마디 잘못 거들고 나섰다가는 뭇매를 맞아 죽을 판이니 누가 함부로 죽은 자를 위해 입을 열겠는가!

"무공만 강했다면 이미 오래전에 북산을 다녀갔을 것이다. 이제라도 찾아왔으니 서둘러 황금을 찾아 돌아가야겠다."

귀주성 제일의 도둑이라고 하지만 그것은 단지 손이 빠르고 달음질에 능해서 붙은 이름이다. 무공은 겨우 삼류 수준을 넘지 못하니 환경의 변화에 민감하게 반응해야 손해를 보지 않고 살 수 있다.

"그 지독한 놈들도 이제는 많이 사라졌으니 다행이다."

귀주신투 박달재가 감회 어린 표정으로 주변을 둘러보다가 다시 움직이기 시작했다. 코앞에 보현보살의 상(像)이 서 있으니 황금을 감추어둔 동굴도 그리 멀지 않은 곳에 있다. 황금에 가까이 다가간다고 생각하자 벌써부터 가슴이 벌렁거리기 시작했다.

'침착하자. 요즘 같은 때에 누가 이곳까지 찾아와 맨땅을 파겠나.'

박달재가 입 안에 고인 침을 꿀꺽 삼키며 어깨를 활짝 폈다. 걸음걸이도 최대한 자연스럽게 보여야 한다. 물론 이런 곳까지 한겨울에 찾아왔다는 자체가 부자연스러운 것임은 두말할 나위도 없지만, 그렇다고 드러내서 '내가 수상한 짓을 하고 있다'고 광고할 필요도 없다.

한겨울이라 드문드문 보이는 북산의 석굴들은 텅 비어 있었다. 시커먼 동굴 앞으로 바람이 스칠 때마다 박달재의 가슴은 한차례씩 철렁거렸다.

박달재는 호흡을 고른 뒤 자연스럽게 주위를 둘러보았다. 곱게 쌓인 눈 위로 드문드문 산짐승의 발자국만 남아 있다. 사람의 흔적이 없다는 게 이렇게 감사할 줄 몰랐다. 바람이 휘몰아친다 싶더니 한두 개의 눈송이가 허공을 맴돌다가 사뿐히 가라앉았다.

박달재는 보현보살의 손끝을 따라 조심스럽게 이동했다. 길게 꼬리를 이은 자기의 발자국이 마음에 걸렸지만 어쩔 수 없다. 여기까지 온 이상 이제는 재빨리 물건을 파낸 뒤에 떠나야 한다.

마침내 박달재는 작은 동굴의 입구에 다다르게 되었다. 고개를 돌려 보현보살을 살피던 박달재가 회심의 미소를 지었다. 다시 확인해도 틀림없다. 과거 의혈단의 고수들만 아니었어도 이곳까지 오진 않았을 것이다. 다시 생각해도 진절머리가 난다는 듯 박달재가 상체를 부르르 떨었다. 그러나 그 대단한 의혈단도 혈마사의 라마승에 의해 멸망했다.

"화무십일홍(花無十日紅)이라더니… 그렇게 사라질 것들이 왜 나를 괴롭힌 거야."

그러나 결국 혈마사도 무림맹에 의해 멸망했다. 그리고 보면 생겨난 모든 것은 흥망성쇠(興亡盛衰)를 반복하고 있었다.

"남들이야 흥하든 망하든 나는 모르겠고… 어디 보자… 이쯤인데……."

박달재가 동굴 끝에 이르러 바닥을 이리저리 살피기 시작했다. 수년이 지났으나 많은 사람들이 드나들지는 않은 듯, 동굴은 여전히 정리되지 않은 모습 그대로였다.

"아주 좋구나. 어디 보자, 벽에서 한 걸음 못미처 바닥을 팠으니… 여기로구나."

쪼그리고 앉은 박달재가 품 안으로 손을 밀어 넣었다. 다시 빼낸 그의 오른손에는 작은 쇠꼬챙이가 들려 있었다. 얼어붙은 땅바닥을 생각해서 미리 준비한 연장이다.

팍. 팍.

어느 정도의 고생을 각오하고 왔건만 땅은 생각보다 쉽게 파졌다.

'동굴 속이라고 얼지 않은 건가?'

고개를 갸웃거리면서도 박달재는 부지런히 손을 움직였다. 이미 두 뼘쯤 팠지만 아직 멀었다. 그날은 흙을 퍼내다가 팔꿈치를 긁힐 정도로 깊게 팠다.

"헉… 헉… 위치가 조금 바뀌었나… 왜 이리 안 나오냐?"

팍! 팍! 퍽!

중얼거리면서도 쉬지 않고 흙을 파내던 박달재가 잠시 멈칫거렸다. 손끝에 와 닿는 느낌이 달랐다. 마침내 쇠꼬챙이가 흙이 아닌 뭔가 다른 것을 건드린 것이다.

"으흐! 으흐!"

박달재가 실성한 사람처럼 쉬지 않고 웃으며 손을 움직였다. 손톱이 조금 부러지고 손등도 긁혔지만 신경 쓰지 않았다. 잠시 후 흙 사이로 작은 나무상자가 보이기 시작했다. 박달재의 얼굴에 피어난 미소가 더욱 진해졌다. 지난 몇 년 간의 설레임은 모두 오늘을 위한 것이었다.

나무상자는 가로세로의 길이가 한 자(30.3cm)요, 높이는 한 뼘이다. 북산에서 잡힐 때를 대비하여 급하게 만들었으니 볼품은 없다. 그러나 이 속에 든 황금은 귀주성에서 끌어 모은 박달재의 애장품으로 값을 매기기 어려운 것들이었다.

박달재가 상자를 움켜쥐고 두 손으로 조심스럽게 들어 올렸다. 상자는 변함없이 묵직했다. 벅찬 감동으로 숨이 가빠왔지만 박달재는 감정을 숨기지 않았다. 얼마나 오랫동안 기다려 왔던 일이란 말인가! 혈마사와 오행혈마인의 소란 때문에 무던히도 참아야 했다.

'인내는 쓰지만 그 열매는 이처럼 달구나.'

상자를 바닥에 내려놓은 박달재는 오늘의 이 감동을 오래도록 잊지 않으리라 다짐했다. 한참 동안 히죽거리던 박달재는 다시 꼬챙이를 집어 들었다. 나무를 열어야 그 속의 황금을 꺼낼 수 있다.

뿌드득.

나무상자는 오랜 세월이 지났음에도 불구하고 마치 어제 만든 듯 단단했다. 그것이 박달재의 마음을 더욱 즐겁게 했다. 이 볼품 없는 나무상자는 아무도 손대지 않은 것을 온몸으로 증명하고 있었다.

‘그래그래! 암… 그래야지.’

빠각.

가능하면 부서지지 않게 열려고 했지만 나무상자는 결국 부러지고 말았다. 그러나 상관없다. 어차피 상자를 가져가려고 온 것은 아니다. 부러진 나뭇조각을 떼어내던 박달재의 얼굴이 갑자기 굳어졌다. 귀주제일의 도둑이라는 칭호는 결코 헛소리가 아니다. 얼핏 엿보이는 상자 안쪽에서 황금의 기운이 흘러나오지 않고 있었다.

‘하하! 설마… 세월이 흐른다고 금이 돌로 변할까…….’

박달재가 하얗게 탈색한 얼굴로 나무를 뜯어냈다. 그러나 설명할 수 없는 일이 일어나 있었다. 황금이 변하여 돌이 되고 만 것이다. 부들부들 떨며 돌을 하나하나 끄집어내던 박달재의 얼굴이 무참하게 일그러졌다.

“어떤 개자식이!”

황금과 돌의 숫자가 같았다. 황금만 훔쳐 가도 분통이 터질 판인데 누군가 숫자마저 맞추어놓았다. 아마 그자가 상자도 단단히 밀봉했으리라. 그렇다면 누군가 자신에게 악의적인 수작을 걸고 있는 것이다. 그놈은 물건을 훔쳐 가는 것으로 부족해 정신적인 상처까지 입히려 들고 있었다.

“하하하! 이 개자식아! 나는 그저 금만 도둑맞았을 뿐 마음은 아무렇지도 않다. 내가 속이 상해서 미쳐 날뛸 것이라고 생각했다면 오산이다!”

박달재가 나무상자를 발로 걷어차며 소리쳤다.

콰직!

“이만한 일로 흥분해서 날뛸 내가 아니란 말이다, 이 자식아!”

퍽! 퍽! 퍽!

이번에는 쇠꼬챙이가 사정없이 동굴 벽을 찔러댔다. 흙이 사방으로 튀었지만 박달재의 움직임은 멈출 줄을 몰랐다.

"씨벌! 나는 그저 좀도둑에게 당한 것뿐이야! 아무렇지도 않아! 어떤 개자식인지 몰라도 나는 아무렇지도 않다는 것을 알아라! 황금은 또 훔치면 되니까 나는 멀쩡하다고! 이 개자식아! 으흐흐흑!"

바닥에 주저앉아 한참을 울던 박달재가 문득 고개를 들어 올렸다. 콧물이 줄줄 흘러내렸지만 닦지도 않았다. 그보다 나무상자가 벽에 부딪쳐 박살이 날 때 언뜻 하얀 종이를 본 것 같다.

"끙……."

비칠거리는 몸짓으로 겨우 일어나 바닥을 더듬던 박달재의 손에 과연 종이 한 장이 잡혔다.

"개자식아! 내가 이 종이를 읽을 거라고 생각하지 마라! 나는 더 이상 관심을 가지지 않겠다. 네놈이 종이에 뭐라고 썼든지 그것으로는 나에게 충격을 줄 수 없다!"

종이를 들고 부르르 떨던 박달재가 몸을 돌렸다. 눈에서 불꽃이라도 내뿜지 않는 한, 입구를 등지고 서서는 종이에 적힌 내용을 확인할 수가 없다.

내가 부순 진 대인(眞大人)의 옥불상 값이다. 개방 장로 소걸.

박달재가 입술을 잘근잘근 씹기 시작했다. 치밀어 오르는 분노를 참고 있는 것이다. 개방에 상식을 떠난 기인(奇人)과 더러운 놈들이 많다지만 이럴 수는 없다.

"소걸이라는 개, 쌍, 호로 자식아! 지금까지 옥으로 만든 침상과

베개는 봤지만 옥불상은 본 적도 없다. 그리고 왜 네놈이 부순 옥불상을 내가 물어주어야 한단 말이냐! 게다가 그렇게 비싼 옥불상이 어디 있다고! 으흐흐흑!”

차라리 읽지나 말 것을 읽고 나니 더 울화가 치밀어 올랐다. 놈이 부수었다는 진 대인의 옥불상을 왜 내가 물어주어야 한단 말인가! 개방 장로 소걸이라니, 그런 이름은 들어본 기억도 없다. 가만히 서서 지나온 인생을 돌이켜 보았지만 그런 지저분한 이름을 가진 사람하고는 인연이 없었다.

“더러운 놈! 거지 같은 놈! 어디다 대고 개수작이냐! 으흐흐흑!”

박달재는 동굴 입구에서 한참 동안 대성통곡을 했다. 지나가던 사람이 보면 부모의 묘를 동굴에 쓴 줄 알 정도다. 그래도 눈이 퉁퉁 붓도록 울고 나니 어느 정도 마음에 안정이 찾아왔다. 그나마 어느 놈이 훔쳐 갔는지 알게 되었으니 다행이랄까?

“소걸! 개방의 장로라고 했겠다. 이 원한을 결코 잊지 않을 것이다!”

말은 그렇게 했지만 자신에게 복수할 기회는 거의 없을 것이다. 우선 상대가 개방의 장로라면 자신의 무공으로는 그의 상대가 아니다. 게다가 진짜 도둑놈이 보란 듯 자신의 이름을 남겨놓았을 리도 없다. 그러고 보면 자신의 주변에 원한을 품은 어떤 자가 있는 모양인데, 곰곰이 돌이켜 보니 후보자가 너무 많다.

그런데 도둑은 왜 자신이 개방 장로 소걸이라고 했을까? 어쩌면 개방 장로 소걸일 수도 있지만 그와 원한을 맺은 좀도둑의 짓일지도 모른다.

“빌어먹을! 빌어먹을! 대체 어떤 놈이야!”

*   *   *

　소걸은 귀주신투 박달재의 황금을 훔친 뒤에도 여전히 사천제일루에서 잔심부름이나 거들고 있었다. 스승인 장염이 사천제일루에 있으면 찾으러 오겠다고 했기 때문이다. 삼 년이나 지났지만 귀신 같은 스승의 명령을 거역하기란 쉬운 일이 아니다.

　사천제일루에서 견디기 힘들 만큼 박정하게 대했다면 그 핑계로 뛰쳐나갔을 것이다. 그러나 사천제일루의 민주려와 민소백, 그리고 헌원일광과 이대추는 소걸을 집 나갔다가 돌아온 자식처럼 대했다. 지금 하고 있는 점소이의 일도 무료함을 견디지 못한 소걸이 자청하여 시작한 것이다.

　비록 귀주신투의 황금을 훔쳐 내기는 했지만 아직 어린 소걸에게 그렇게 큰 단위의 돈은 거추장스럽기만 했다. 게다가 소걸에게는 하필 돈을 쓰는 재주가 없었다. 점소이의 일을 해서 받은 돈도 제때 다 쓰지 못할 지경이다.

　비록 어린 나이에 강호를 제멋대로 떠돌았다고는 하나 그가 모신 스승들은 재물을 허비하는 사람들이 아니었다. 유년 시절부터 그들과 생활해 온 소걸인지라 돈을 어떻게 사용해야 하는지 알지 못했다. 아니, 알았다고 해도 지금은 어린 나이인지라 황금을 사용할 수 없었을 것이다.

　소걸에게 귀주신투의 황금은 그저 복수를 위한 하나의 장치일 뿐이다. 소걸이 지금까지 만져 본 돈 중에 가장 큰 단위는 은전이다. 한두 번 만져 본 은전이라면 모를까 황금은 실감이 나지 않는다.

　결국 소걸은 황금을 사천제일루의 화원 한구석에 깊숙이 묻어 두었다. 그리고 박달재가 허탕을 치고 돌아갈 무렵에는 자기가 황금을 묻었다는 사실조차 가물가물한 기억 저편으로 넘기고 말았다.

　점심 무렵 객점의 탁자 사이를 오가던 소걸이 잠시 멈추어 섰다.
　"우웅… 누가 내 욕을 하나. 귀가 이리 간지럽냐……."
　행주질을 잠시 멈추고 귀를 후비고 있는 소걸에게 홍칠이 다가왔다.
　"후배, 귀가 가렵다고 탁자 위에서 후비면 되겠는가?"
　사천제일루에 찾아온 지도 삼 년이 지났으니 소걸의 나이 어언 십육 세, 홍칠은 십팔 세다. 삼 년이면 어설픈 정이라도 들 판인데 두 사람은 날마다 아옹다옹하는 사이였다.
　소걸이 삐딱하게 서서 홍칠을 바라보았다.
　"홍 형(紅兄), 누가 귀를 후볐다고 그래요? 잠시 매만진 것도 후빈 거라고 하니 진짜 후비면 구멍 뚫는다고 하겠네."
　듣고 있던 홍칠이 한껏 인상을 썼다. 홍칠은 본래 허례허식이나 허황된 놀이를 싫어했다. 그런데 점소이 소걸이 마치 무림인인 양 자기에게 '홍 형'이라 부르고 있는 것이다.
　"후배가 귀를 후벼 탁자 위에 가루가 떨어졌으니 그걸 보고 말한 것뿐이다. 그런 소리가 듣기 싫으면 다른 데 가서 귀를 파든지 삽질을 하든지 해라."
　"……."
　홍칠이 끝내 후배라고 하자 소걸의 얼굴도 구겨졌다. 홍칠은 삼 년 전 부담스러운 첫 만남을 가진 뒤로 처음 몇 달은 '손님'이라고 하더니, 단오절이 지나면서부터 '후배'라고 부르기 시작했다.

놀고 먹기가 심심하고 미안해서 점소이의 일을 거든 것이 화근이라면 화근이다.

홍칠이 괘씸해서라도 어지간하면 점소이의 일에서 손을 떼려고 했지만, 어떻게 된 사람들인지 객점의 식구들은 자신이 일을 한다는 것에 대해 당연하게 생각했다. 한술 더 떠서 사람들은 '스승인 장염도 주방 보조에서 명인이 되었으니, 너도 점소이의 일을 하다가 보면 언젠가 점소이계의 대형(大兄)이 될지 모른다'고 했다.

그런 걸 보면 사천제일루에서는 아직도 장염 스승이 어떤 사람인지 잘 모르는 것 같다. 물론 자신의 책임도 없지 않다. 사람들이 '요리 명인이 장천사 장염이냐?'고 물었지만 대꾸하지 않았기 때문이다. 그건 스승과 직접 혹은 간접으로 관계된 무림인들도 마찬가지였다.

제풀에 지친 사천성 사람들은 장염 스승이 요리 명인이라는 편과 동명이인(同名異人)이라는 편으로 갈려 단오절을 기다렸었다. 그러나 끝내 스승은 나타나지 않았고, 그렇게 삼 년이 지나 버렸다. 그 삼 년 간 소걸은 서열을 굳히려는 홍칠의 무한 신경전에 말려들지 않으려고 부단히 노력해야 했다.

'저게 끝내 나를 후배라고 부르네.'

스승의 당부만 아니었더라도 벌써 요절냈을 것이다. 그러나 스승은 일반인에게 절대로 무력을 사용하지 말라고 했다. 소걸은 부글부글 끓어오르는 분노를 삼키며 홍칠을 노려보았다.

'대체 저 홍씨는 나를 후배로 만들어 얻을 게 뭐가 있다고 틈만 나면 후배라고 부르냐.'

키가 소걸보다 한 뼘이나 더 큰 홍칠도 눈알에 힘을 주고 마주

보았다. 그동안 소걸이 점소이의 일을 하면서도 강호의 기인들처럼 행동하는 것이 못마땅했다. 자기가 뭐라고 손님과 점소이를 오락가락한단 말인가! 한번 점소이는 영원한 점소이이며 그런 의미에서 홍칠은 소걸의 선배라고 생각하고 있었다.

'이 자식아! 뭘 쳐다보느냐! 우리 점소이계에 입문했으니 너는 영원히 나의 후배다!'

두 사람이 탁자를 사이에 두고 서로 노려보고 있을 때다. 계산대에 앉아 그들을 지켜보고 있던 민주려가 크게 소리쳤다.

"이제 그만들 해라! 칠(七)이는 가서 일을 마저 끝내고, 걸(乞)이는 이리 오너라."

"……."

소걸이 다시 한 번 타는 듯한 눈길로 홍칠을 노려본 뒤 계산대로 걸어갔다. 민주려의 염소수염이 커다랗게 확대되어 보였다. 다소 어색한 시작이었지만 지난 삼 년 간 따뜻하게 돌봐주고 있는 민주려다. 그래서 소걸도 그의 말이라면 잘 따르려고 애를 썼다.

"아직도 장 명인(張名人)에게서 연락은 없는 것이냐?"

"예……."

"흠……."

염소수염에 어울리지 않게 진지한 민주려의 얼굴을 보니 가슴이 뭉클하다. 스승의 주변에 있는 사람들은 유난히 정이 많은 것 같다. 소걸이 알고 있는 인간은 본래 정이 없고 남의 일에도 관심을 기울이지 않았다. 그런데 기묘하게도 스승 주변의 사람들은 연락도 끊긴 스승을 기다렸다. 그리고 바쁜 일상 가운데서도 꼭 스승의 이야기를 묻고 또 물었다.

'민 대인(玟大人)도 그렇고 장 사형도 그렇고…….'

장소룡은 삼 년 전 자신이 장엽의 제자라는 사실을 알게 된 뒤로 꼭 '사형'이라고 부르게 했다. 천애고아로 무림을 떠돌던 소걸에게 갑자기 형제가 생긴 셈이다. 얼마 지나지 않아 사형이 하나 더 생겼다. 단오절에 찾아온 이무심이 장소룡 앞에서 '앞으로는 나에게도 이 사형이라고 해라'라고 말했기 때문이다.

이무심이나 장소룡은 자신처럼 무공이라도 배웠으니 스승을 기다린다고 해도 좋다. 그러나 사천제일루의 사람들은 대체 왜 스승이 오기를 목이 빠지도록 기다리는 것일까? 스승이 사천제일이라는 요리 명인이라서? 민주려의 얼굴을 볼 때 그건 아닌 것 같다.

'게다가 주방의 사람들이나 허드렛일을 하는 잡부들까지 기다리니…….'

아마 스승에게는 사람을 잡아끄는 매력이 있는 듯하다. 그렇지 않고서야 경쟁자이기도 한 요리사들까지 스승을 기다릴 리가 없지 않은가!

'음… 요리를 잘하기 때문에 사람들이 좋아하는 것일까?'

생각이 막혀 머리를 벅벅 긁고 있는 소걸에게 민주려가 말했다.

"네 스승은 기인이다."

"……?"

소걸이 뜬금없는 민주려의 말에 얼굴을 쳐들었다. 민주려가 아득한 눈빛으로 주방으로 통하는 작은 쪽문을 바라보고 있었다.

"어떤 사람들은 미쳤다고 하고, 또 어떤 사람들은 무공의 고수라고 하지만… 내가 보기에 네 스승은 전도사(傳道師)다."

"전도사요?"

민주려가 고개를 끄덕였다.

"그래, 세상에 도(道)를 전하는 참스승이지. 그가 전하는 도(道)는 평범해서 사람들이 쉽게 배울 수 있고… 장 명인을 보면 가끔씩 도(道)라는 게 도사들만 닦을 수 있는 건 아니라는 생각이 들거든. 허허헛!"

소걸은 다시 머리를 벅벅 긁었다. 스승과 함께 생활하던 짧은 기간 동안 적지 않은 일들을 겪었다. 강호의 명숙(名宿)에서 시작하여 건달과 도둑과 강도, 그리고 협잡꾼까지 만났다. 그런데 그들에게 보여주었던 장염의 모습은 따라하기 너무 어려운 것이었다.

'나는 그게 평범한 건지 모르겠는데……'

장염은 모든 사람에게 한결같은 자세를 보여주었다. 빈부귀천을 가리지 않았고, 죄를 지은 사람도 뉘우치면 아무 일도 없었다는 듯 넘어갔다. 심지어 자기를 벗겨먹으려던 강도에게 새 출발 하라고 그 자리에서 간판까지 만들어주었다.

'으으… 생각할수록 열불난다. 그건 진짜 도사들이나 할 수 있는 일 아닌가? 스승님은 도사가 분명해. 그렇다면 나는 절대로 도사가 되지 말아야지.'

소걸의 결연한 의지가 담긴 얼굴을 바라보던 민주려가 빙그레 웃었다. 그 스승에 그 제자라고 하더니 과연 어린 나이에 벌써 스승의 뒤를 따르겠다는 굳은 각오를 보이는 것이다.

"그나저나 아미산으로 들어간 네 사형들은 어찌 지내시느냐?"

민주려의 얼굴에 존경의 빛이 떠올랐다. 그 방면에 문외한(門外漢)인 자기가 보아도 삼 년 전 단오절의 비무는 굉장했다. 어디 싸움만 대단했던가! 구경하기 위해 수많은 무림인들이 사천성 성도(成都)로 몰려들어 숙박업을 겸하는 사천제일루도 재미를 톡톡히 보았다.

　두 사람과는 진작부터 안면이 있던 터라 장염이 올 때까지 머물러도 좋다고 했지만 비무가 끝난 뒤 이무심과 장소룡은 사천제일루를 떠나갔다. 말은 안 했지만 아무래도 이무심의 부상이 심해 보였다. 소걸에게 그동안 몇 번이나 들었지만 생각날 때마다 되묻게 된다.

　"요즘은 아미산에 들러보질 않아 도통 알 수가 없습니다."

　"이 대협의 몸은 다 나았느냐?"

　"그럭저럭 나으신 것 같습니다. 그래도 그날 금거산이 봐주었기에 망정이지……."

　생각만 해도 아찔하다는 듯 소걸이 몸을 떨었다. 소걸은 그날 태산장법의 금거산이 왜 천하십대고수 중의 하나인지 알았다. 어찌나 놀랐던지 '무림에 이름이 난 사람과는 싸움을 하지 말아야 한다'고 거듭 다짐까지 했었다. 아니 땐 굴뚝에 연기 날 리가 없다더니, 그러고 보면 세상에 완전한 헛소문은 없는지도 모른다.

　"그래? 그나마 다행이구나. 그날도 장 대인(張大人)이 아니었다면 벌써 장사를 치렀을 게야. 그나저나 무림인으로 산다는 것도 고역인 것 같은데 왜들 그 길을 가는지……."

　"맞아요. 좀 쉽게 살아도 되는데 너무 고생스럽게 살려고 하신다니까요."

　소걸은 이무심의 고집스러운 일면을 떠올리고는 혀를 내둘렀다. 그날의 이무심은 불을 보고 달려드는 불나방 같았다. 그러나 처참한 비무 이후에도 이무심의 투지는 사그라지지 않았다. 생각을 조금만 바꾸면 세상이 편할 텐데, 이무심은 끝까지 무공으로 천하십대고수를 꺾으려 하는 것일까?

　"겨울이라 손님도 뜸하니 내일은 아미산으로 가서 두 분이 어찌 지내시는지 둘러보고 오너라. 명색이 너의 사형인데, 내가 먼저 찾아보라고 해야 가볼 게냐?"

"헤헤, 워낙 객점의 일을 열심히 하다 보니 그만 깜빡깜빡……."

"열심이라… 푸헐! 그만 돌아가 짐이나 꾸리도록 해라."

민주려의 다소 과장된 듯한 웃음을 듣고 소걸이 기어 들어가는 소리로 대답했다.

"네에……."

농담이 통하지 않는 사람에게 실없는 말을 했으니 당연한 결과다.

'무지하게 딱딱하시네.'

투덜거리며 걸어가는 소걸의 뒤통수로 홍칠이 소리쳤다.

"어이, 후배! 다른 데서 그렇게 열심히 일하다가는 맞아 죽을지도 몰라. 우하하핫!"

소걸이 발끈하여 몸을 돌렸다. 뭐가 그리 신나는지 홍칠이 배를 움켜쥐고 웃고 있다. 소걸은 이를 빠드득 갈며 중얼거렸다.

"스승님은 복도 많아서 주변에 널린 게 호인(好人)인데, 내 근처의 사람은 왜 모두 저 모양일까?"

아무리 생각해도 그 이유를 알 수가 없다. 자기 주변에 있는 사람들은 하나같이 육식 동물처럼 '으르릉' 거리며 잡아먹으려고 덤벼들었다. 이런 짐승들 틈 속에서 생존하기 위해서는 좀 더 악착같은 자기 방어가 필요할 것이다.

"홍 형! 행주질 다 했으면 밖에 나가서 손님이라도 모셔와요. 내가 일하던 운남성에서는 그렇게 빈둥거리면 주방에서 칼을 던져요."

"뭐라? 내가 빈둥거려?"

홍칠이 되받아치려고 고개를 돌렸지만 이미 소결은 밖으로 나간 뒤다. 홍칠은 파르르 떨다가 계산대로 슬쩍 고개를 돌렸다. 큰 소리에 놀란 민주려가 멀뚱한 표정으로 바라보고 있다. 이쯤 되면 아무래도 실내에 서 있기가 민망해진다.

"하하… 손님이 없네요."

홍칠은 민주려에게 어색한 웃음을 지어 보인 후 밖으로 걸어나갔다. 주인에게 눈치가 보이니 손님이라도 끌어볼까 하는 마음에서다.

그러나 사천성은 사시사철 훈훈한 운남성과 사는 법이 다르다. 홍칠이 오랫동안 객점 앞을 서성였지만 한겨울이라 오고 가는 사람도 없다.

휘이잉!

한겨울의 차가운 바람이 살갗으로 파고들자 오소소 닭살이 돋았다. 밖으로 나온 지 얼마나 되었다고 다시 들어갈까! 홍칠은 동상에 걸려 죽더라도 조금 더 버텨보자고 다짐했다. 그렇게 홍칠이 바들바들 떨고 서 있을 때다. 보다 못한 민주려가 문을 벌컥 열고 소리쳤다.

"이놈아! 주접 그만 떨고 안으로 들어오거라!"

기다렸다는 듯 홍칠이 몸을 돌려 비척비척 걸어 들어갔다. 홍칠의 등 뒤로 칼날 같은 겨울바람이 다시 한 번 몰아쳐 갔다.

*　　　*　　　*

다음날 소결은 괴나리봇짐을 어깨에 메고 사천제일루를 나섰다. 솜옷으로 두툼하게 몸을 감싼 소결의 발걸음은 보기보다 가벼웠다. 홀로 여행길에 나서니 점소이에서 다시 무림인이 된 기분이다. 봇짐 속에는 민주려가 사형들에게 전해주라며 챙겨준 건량과 약간의 은자가 들어 있다. 이 음식과 은자를 받고 즐거워할 늙은 사형들의 얼굴을 떠올리자 온몸에 힘이 뻗쳤다.

"가자, 가! 이게 몇 달 만의 외출이냐!"

지난해 가을 이후로 한차례도 밖으로 나오지 않았다. 돌아다니는 게 귀찮기도 했지만 강호가 시끄러웠기 때문이다. 현상금 사냥꾼들은 오행혈마인과 노호를 찾기 위해 혈안이 되어 있었다. 그러나 오행혈마인은 마교로 돌아간 장소를 제외하고는 종적이 묘연했다.

"지긋지긋한 마교 놈들 같으니라구… 또다시 사파를 통일하겠다고 법석을 떨까?"

그러니까 정확히 이 년 전의 일이다. 스승이 사라지고 일 년쯤 지나서 무림은 발칵 뒤집혔었다. 마교에서 축출되었던 장소가 다시 천산(天山)의 마교를 접수한 것이다. 소걸은 사람들이 그를 잡기 위해 천산으로 몰려갈 줄 알았다. 그러나 이게 웬걸? 그 후로 그의 뒤를 따라붙는 사람은 한 사람도 없었다.

"쯧쯧, 그저 강해야 사는 세상이라니까."

장소가 마교에서 쫓겨났을 때는 천하를 위해 죽여야 할 놈처럼 어중이떠중이까지 잡겠다고 설쳐 댔다. 그러나 장소가 다시 마교 교주 자리를 찾았다고 하자 대부분의 사람들은 관심을 끊어버렸다. 죽고 싶지 않은 다음에야 누가 감히 천산의 마교로 찾아갈 것인가! 그런 일련의 현상을 빗대 무림에는 한동안 '죽고 싶으면 천산엘 가지' 라는 말이 유행하기도 했다.

사실 마교로 돌아간 장소를 상대할 곳이라면 무림맹이나 사파언합뿐인지노 모른다. 그러나 혈마사가 쓸고 지나간 뒤의 무림맹은 예전과 달랐다. 구대문파 중 삼대문파가 멸망했기 때문에 고수가 턱없이 부족했다. 물론 공동파가 재기에 성공했지만 겨우 칠대문파만으로는 강호를 운영할 수가 없다. 결국 무림맹도 장소의 문제에서 손을 떼야 했다.

"남은 칠대문파가 본산(本山)의 제자들도 부족하다니 말 다했지 뭐."

역사적으로 정파가 쇠(衰)하면 사파가 흥(興)한다고 한다. 그렇다면 사파에서라도 장소를 끝까지 물고 늘어졌을 법도 한데 현실은 그렇지 못했다. 정파와는 대조적으로 사파에 힘이 없었기 때문이 아니다. 오히려 힘이 넘쳐서 주체하지 못하게 된 것이 원인이라면 원인이다.

사파는 마교대전 이후로 부흥기를 맞아 자그마치 이백여 개의 크고 작은 방파들이 결성되었다. 그러나 그들은 서로를 견제하며 지역 분할의 문제에만 관심을 쏟았다. 어쩌면 마교가 천산파와 음산파로 분열되었기 때문에 만만하게 보았는지도 모른다.

사실 통합한 마교도 사파의 저항을 극복하지 못했으니 그들의 자신감이 허황된 것만은 아니었다. 결국 사파의 지역 분할과 서열 다툼은 무려 삼 년 만에 막을 내렸다. 천하의 도둑들은 모두 칠십이채로 모였고, 그것은 다시 지존삼채와 육십구채로 구별되었다.

정사(正邪) 양측에 다행인 것은 천산으로 돌아갔다는 장소가 더 이상 강호 활동을 하지 않았다는 것이다. 그 바람에 애꿎은 장경선과 노호만 수많은 무림인의 표적이 되었다. 두 사람이 장소에 비해 상대적으로 약해 보였기 때문이다.

그러나 드넓은 대륙에서 꼭꼭 숨어버린 두 사람을 찾는 것도 쉬운 일이 아니다. 그래도 일확천금과 마경을 노리는 사람들은 여전히 포기하지 않았다.

"만약 장소가 마교의 고수들을 이끌고 또다시 무림으로 나오면 난리가 나겠지."

자기가 내뱉은 말에 놀란 소걸이 부르르 몸을 떨었다. 만약 장소가 한바탕 싸움을 일으킨다면 지금 이렇게 마음 놓고 돌아다니지도 못할 것이다. 장경선과 노호만으로도 겁이 나서 문득문득 뒤를 돌아보게 되는데, 마교까지 강호를 헤집고 돌아다닌다면 생각만 해도 끔찍했다.

"하늘은 살 길을 꼭 열어두신다니까."

스승이 실종된 이후 무림의 일에 신경을 끊었지만, 이렇게 유랑 길에 오르니 자연 관심이 쏠린다. 다행히 마교는 천산에서만 활동을 해서 지금까지 접할 틈도 없었다. 그러나 이제는 다르다. 장소가 마교의 교주가 되고 난 이후 그 세력이 얼마나 커졌는지 누가 알까!

"설마… 백주대낮에 뭔 일이 있으려구."

그렇게 말하면서도 겁이 나는지 소걸은 슬금슬금 뒤를 돌아보았다. 쓸쓸한 한겨울의 관도 위로 삭풍이 몰아치고 있었다. 그간 적지 않은 사람들의 죽음을 목격했기 때문일까? 느릿하던 소걸의 걸음이 갑자기 빨라지기 시작했다.

"어째 나는 나이를 먹을수록 겁만 늘어나나… 이럴 때 스승님이라도 곁에 계셔야 하는데……."

등줄기가 오싹해지자 자상한 스승의 얼굴이 떠오른다. 스승은 정말 죽은 걸까, 아니면 크게 부상을 입어 치료 중인 것일까?

가끔씩 아미파의 사람들이 슬며시 찾아와 '장 사부가 이미 선게로 올라갔을시 모른다'고 해서 깜짝깜짝 놀랐었다. 그러나 아미파 사람들의 말은 차라리 들어줄 만하다. 사천제일루에 드나들던 손님 중에는 '장천사 장염이 장경선과 동귀어진했다'고 떠들어대는 사람도 적지 않았다.

무상신패를 가지고 오행혈마인들을 잡으러 다니던 스승이 사라져 버렸으니 무슨 소문인들 나지 않을까! 게다가 스승과 함께 장경선도 무림에서 사라져 버렸기 때문에 그들의 추측은 상당히 신빙성이 있어 보였다. 그렇지만 자기는 그런 손님들이 음식을 시키면 내오기 전에 꼭 그 위에다 머리를 털었다.

"흥! 스승님은 다시 나를 찾아오실 것이다!"

소걸이 씩씩거리며 발 밑의 흙을 차올렸다.

팍!

얼어붙은 흙덩이는 허공으로 솟구쳤다가 이내 아래로 곤두박질쳤다. 소걸이 앞으로 달려가며 떨어지는 흙덩이를 다시 차올렸다. 두 번째 발길질에 흙은 가루가 되어 사방으로 흩어졌다.

"씨이……."

이번에는 오행지기를 끌어올린 뒤에 다른 흙덩이를 걷어찼다. 흙덩이는 더욱 높이 올라갔지만 몇 번을 걷어차도 깨지지 않았다. 그렇게 서너 번 발길질을 거듭하던 소걸은 마침내 스승에 대한 염려도 잊었다. 신이 나서 달려가는 소걸의 머리 위로 흙덩이가 둥실둥실 떠올랐다.

소걸이 아미산에 닿은 것은 사천제일루를 떠난 지 사흘째 되던 날이다. 여전히 한풍(寒風)이 불었지만 소걸은 추운 줄 몰랐다. 이미 오행지기를 오래도록 수련한 데다가 솜옷까지 두툼하게 입었기 때문이다. 사실 소걸의 공력에 이 정도로 옷을 걸쳤으면 오히려 몸에서 열이 치솟아야 정상이다. 그러나 오행지기의 공능은 놀라워 소걸의 체온을 자동으로 조절해 주고 있었다.

지금 소걸의 오행지기는 거의 한서불침(寒暑不侵: 차고 더운 것이 파고들지 못함)에 도달해 있었다. 그래서 하나를 입으나 둘을 입으나 셋을 껴입으나 결과는 동일했다. 그러나 그 사실을 모르는 소걸은 계절에 따라 습관적으로 옷을 바꿔 입었다. 남들이 입으니 그저 같이 입는 것이다. 가끔씩 엄살이 심한 소걸은 남들이 두 개를 입을 때 세 개를 입기까지 했다. 오행지기의 공능은 하나를 입어도 적절하고 둘을 입어도 적절하니, 누가 강제로 소걸의 옷을 벗겨보기 전에는 영원히 알지 못할 것이다.

오랜만에 오르는 아미산인지라 소걸은 계속해서 좌우를 살폈다.

앙상하게 마른 나무들이 잔설을 머리에 이고 있다. 바람이 한차례 불어올 때마다 나무들은 서로의 몸을 부딪쳐 가슴 시린 소리를 냈다.

그 모습을 보자 왠지 마음이 숙연해진다. 이럴 때 스승이 곁에 있었으면 뭐라고 가슴 뭉클한 말 한마디를 해주었을 것이다.

"장염 스승께서는 도(道)가 어쩌고 했을 거구… 셋째 스승께서는 시를 읊었을 거야."

가만 생각해 보니 스승들은 다들 한 가지씩의 개성이 있는데 자신은 아직 내세울 만한 것이 없다.

"음… 나는 이럴 때 뭐라고 하지… 음……"

한참을 생각해도 마음에 꼭 드는 그런 말이 없다. 결국 소걸은 자신의 개성을 포기하기로 했다.

"에라! 밥이나 먹으며 생각하자. 도저히 안 되겠다."

조금만 더 걸으면 사형제들이 있는 움막에 도착할 테지만, 아무
래도 그때까지 참을 수가 없다. 한번 허기를 느끼자 눈앞이 핑핑
돌기 시작한다. 소걸은 근처의 바위에 걸터앉아 봇짐을 끌렀다. 누
런 헝겊을 풀어헤치자 곱게 뭉친 주먹밥이 하얀 몸을 드러냈다.

"우헤헤… 나도 개성을 정했다. 제자에게 이렇게 말하는 거야.
가슴이 쓰리니 밥이나 먹자꾸나."

소걸이 히죽히죽 웃으며 한 입 베어 무는데 귀에 익은 목소리
가 들려왔다.

"막내 사제, 집 앞까지 와서 이게 무슨 처량한 모습이냐? 혹시
주먹밥 속에 귀한 영약이라도 집어넣은 건 아니겠지?"

소걸이 재빨리 일어나 몸을 돌렸다. 조금 떨어진 곳에서 장소룡
이 느긋한 걸음으로 다가오고 있었다. 소걸이 황급히 밥알을 삼킨
후 아는 체를 했다.

"응… 쩝쩝… 나이 많은 둘째 사형이시군요. 얼었지만 하나 드
릴까요?"

"아니, 됐다. 그걸 먹다가 이라도 부러지면 어떻게 하라구. 그나
저나 여기까지 어쩐 일이냐? 장 사부에게서 소식은 있고?"

소걸이 고개를 저으며 대답했다.

"아직 스승님의 소식은 없구요, 민 대인께서 한번 다녀오라고
해서 왔어요."

"그래……."

맥 빠진 소리로 중얼거리던 장소룡이 절룩거리며 몸을 돌렸다.
아직도 장소룡은 지팡이를 의지해야 할 정도로 몸이 불편했다.

"추운데 들어가서 먹지."

"네에."

소걸이 다시 봇짐을 어깨에 둘러메고 우물거리며 장소룡의 뒤를 따랐다. 안쪽으로 조금 걸어 들어가자 작은 움막이 눈에 들어왔다.

"큰 사형께서는 좀 어떠세요?"

장소룡이 잠시 멈추어 서서 움막을 바라보며 대답했다.

"금거산과의 비무로 산을 하나 넘으셨다고 하던데… 무슨 소린지는 모르겠다."

"에고… 산 두 번 넘으면 바로 죽겠네요."

"허……."

문득 그날의 일을 떠올린 장소룡이 고개를 설레설레 저었다.

그러니까 정확히 삼 년 전 단오절을 전후로 벌어진 일들이다. 장소룡은 우연히 만난 소걸이 장염의 제자라는 사실을 알고 사천제일루를 숙소로 정했다. 그리고 곧 드나드는 사람들을 통해 이무심과 금거산의 비무 소식도 접하게 되었다.

자세한 사정이야 알 수 없지만 사천제일루에 있다 보면 이무심과 장 사부를 모두 만나볼 수 있다! 당고랍산맥 이후로 처음 만나는 것이니 벅찬 감동은 말로 표현하지 못할 정도였다. 장소룡은 그때부터 오행혈마인의 문제에서 손을 떼고 이무심과 장염이 오기를 기다렸다.

성도에 있던 수하들을 모두 수채로 돌려보냈지만 십팔마룡과 당문의 노기인은 남아주었다. 십팔마룡은 '장 호법에게 충성을 맹세했으니 남겠다'라며 떠나지 않았다. 당문의 노기인은 비무와 장 사부에 대한 호기심으로 당분간 남겠다고 했다.

장소룡은 단오절에 즈음하여 영화 소저와 재회를 했고, 얼마 지나지 않아 장염의 누이라는 향이 소저도 알게 되었다. 그러나 정작 그토록 기다리던 장 사부와는 만날 수 없었다.

그리고 마침내 단오절 아침, 멀리서 이무심을 본 장소룡은 자기의 눈을 의심했다. 이무심의 기도가 이전과 너무 달라졌기 때문이다. 강호에서 만난 수많은 사파의 고수들도 저런 기도는 보이지 않았다. 의형이자 사형은 생각보다 훨씬 대단한 사람이 되어 있었던 것이다.

장소룡은 금거산과 이무심의 비무가 해볼 만한 것이라고 믿었다. 그러나 뒤이어 나타난 금거산을 보는 순간 절망해야 했다. 과거에는 견식이 짧아 상대의 기도를 알아보지 못했지만, 이제는 다르다. 천하십대고수 금거산은 의형인 이무심이 미치지 못할 곳에 자리하고 있었다.

깜짝 놀란 장소룡이 이무심의 옷깃을 붙들고 귓가에 속삭였다.

"형님, 다음 기회를 노리셔야 합니다."

"장 아우… 남자로 살아감에 있어 이런 일에는 다음이 없다. 일찍이 장 사부는 언제나 현재만 있다고 했지. 나도 그렇게 생각한다."

"……"

끝내 의형인 이무심은 고집을 꺾지 않았다. 아니, 여기까지 온 이상 상대가 아무리 대단하다고 해도 포기할 수 없는 것인지도 모른다. 장소룡은 땅이 꺼지도록 한숨을 내쉬며 당부했다.

"형님, 비무에 목숨까지 걸지는 마시구려."

"비무에 걸린 것은 생명이 아니라… 나의 신념이다."

금거산은 자기 앞으로 다가오는 이무심을 무심한 눈으로 바라보았다. 이미 한차례 손을 섞어본 적이 있지만 자기의 상대라고 생각하지는 않고 있었다. 비록 그의 검법과 내공은 비범했지만 자신과 비교하면 많이 부족했다.

'오 년쯤 지난다면 모를까… 아직은 나의 상대가 아니다.'

자기가 상대방과 같은 처지였다면 지금의 자리는 어떻게든 피하고 오 년 후 다시 찾아왔을 것이다. 경험에 의하면 어차피 강호는 최후의 승자를 기억해 준다. 그런 의미에서 오 년은 아무것도 아니다. 그러나 상대는 그 오 년을 견디지 못할 만큼 초조해 보였다.

'도전을 하는 사람이 초조하다면 볼 것도 없지.'

금거산의 입가에 옅은 미소가 걸렸다. 기대했던 것보다 쉬운 비무가 될 것이다.

"준비는 되었는가?"

이무심이 대답 대신 성큼 나서며 허리에 차고 있던 검을 뽑아 들었다.

스르릉.

금거산의 눈가에 희미한 웃음이 떠올랐다. 상대가 자신의 앞에서 검을 뽑아 든 이상 이제는 승자와 패자만 남게 될 것이다. 상대에게는 안됐지만 오늘은 패자의 생명을 보존시켜 주고 싶은 생각이 전혀 없다. 살기를 감춘 금거산이 천천히 태산장법의 기수식을 펼쳐 보였다.

마주한 두 사람 사이에 팽팽한 긴장이 흘렀다. 그러나 그것도 잠시뿐, 금거산의 태산장법이 이무심을 향해 현란하게 휘몰아쳐 갔다. 이무심의 검이 즉시 은빛 광채를 뿌리며 장세(掌勢) 속으로 파고들었다. 그 순간 금거산은 자신이 그동안 감추어두었던 절학인 장풍(掌風)을 쏟아 부었다.

파파팟!

"아! 장풍이다!"

금거산의 손바닥에서 쏘아져 나온 희미한 손 그림자가 이무심에게 휘몰아칠 때마다 사람들은 탄성을 터뜨렸다. 무림에 전설로나 전해지는 장풍의 실체를 구경하게 된 것이다.

그러나 이무심도 만만한 상대는 아니었다. 이무심의 검끝에 실린 은빛 광채가 번번이 장풍을 깨뜨렸던 것이다. 그제야 사람들은 그 은빛 광채가 보통이 아님을 알아차렸다.

검기가 유형화되어 검신 밖으로 드러나 있는 것을 검강(劍剛)이라 한다. 그러나 아직 무림에서 검강을 사용했다는 사람이 없고, 확인해 줄 역량을 가진 무림인도 없다. 사람들은 그저 은빛 광채가 장풍을 하나씩 부술 때마다 '아!' 하고 탄성을 질러댔다.

츠츠츳!

펑! 펑!

은빛 검강과 장풍이 마주칠 때마다 요란한 폭발음과 함께 경기(勁氣)가 사방으로 퍼져 나갔다. 공력이 약한 사람들은 그 기운을 감당하지 못하여 뒤로 나뒹굴어야 했다.

정오에 시작된 비무는 황혼이 뉘엿뉘엿 질 때까지 팽팽하게 계속되었다. 그러나 장소룡의 얼굴은 하얗게 질려 있었다. 처음부터 이무심은 금거산의 공세를 막기에 급급했다. 승패는 이미 나 있었지만 금거산은 느긋하게 이무심을 몰아가고 있다.

장소룡은 장 사부가 나타나 이 위기를 수습해 주기만 바랐다. 그러나 장 사부는 어디에서 무엇을 하는지 비무 막판까지도 나타나지 않았다. 이무심은 목숨을 걸지 않았다고 했지만 그것이 혼자 다짐한다고 될 일인가! 금거산의 눈에 가득한 살기를 보고 애가

타서 발을 구르는 장소룡의 귀로 전음이 흘러들었다.

"금거산이 단단히 작정을 한 모양이오. 황하수채의 이름과 노부의 무공이면 살생은 막을 수도 있겠소만……."

"……."

전음의 주인은 어딘가에서 지켜보고 있을 당문의 노기인이었다. 이무심의 자존심이 걸린 일에 제삼자가 나서도 되는가를 묻고 있는 것이다.

第二章

바람처럼 구름처럼

"크윽!"

장력에 스친 이무심이 피를 토하며 휘청거렸다. 고개를 돌리던 장소룡은 이무심의 가슴으로 파고드는 금거산의 오른손을 보았다.

"멈추시오!"

소리를 빽 내지른 장소룡이 앞으로 뛰어나갔다. 이쯤 되면 명예고 나발이고 다 필요없다. 지체했다가는 의형의 목숨이 날아갈 판이다. 다행히 금거산은 더 이상 살수를 쓰지 않았다. 대신에 그는 긴장한 얼굴로 주변을 둘러보고 있었다.

"이미 승부가 났는데 어찌 정파의 고인께서 상대의 생명을 취하려 하시오?"

"으음… 그대도 장가촌의 사람인가?"

장소룡이 이무심과 금거산의 사이를 막아서며 대답했다.

"그렇소이다."

“……”

살기를 띠고 이무심을 바라보던 금거산의 얼굴에 야릇한 표정이 떠올랐다. 절룩이며 걸어나온 장소룡을 보자 다시 한 번 장가촌의 사람들에 대한 기억이 떠오른 것이다. 어찌 보면 이 순박한 사람들이 이렇게 변한 것은 모두 조카의 실수 때문인지도 모른다.

휘리릭!

잠시 고민하고 있던 금거산의 눈썹이 찡그러졌다. 이무심을 안고 있는 장소룡의 뒤로 열여덟 명의 무림인이 떨어져 내리는데 그 기세가 삼엄했다.

‘이들에게도 저만한 세력이 있었던가.’

그러나 정작 금거산을 놀라게 한 것은 손바닥에 박혀 있는 작은 은침 하나였다. 이 은침 때문에 태산장법을 더 이상 펼치지 못하고 뒤로 물러나 있는 것이다. 따지고 보면 이무심의 목숨을 건진 것은 장소룡의 외침이 아니라 은침인 셈이다.

‘대체 누가 이것을 날렸단 말인가!’

최후의 순간 은침은 풀잎을 스치듯 날아와 발 밑에서 솟구쳐 올랐는데, 그걸 알아차렸을 때는 이미 늦었다. 놀랄 틈도 없이 장심(掌心)에 박혀들었던 것이다. 다행히 상대에게 다른 뜻은 없는 듯했다. 상대가 악의를 품고 치명적인 독이라도 발랐다면 자기는 이미 한쪽 팔을 잘라야 했을 것이다.

금거산은 한순간 마음을 가라앉혔다. 비월장의 명예와 조카의 복수를 위해서는 이무심을 끝장내고 싶었다. 그러나 눈앞에 버티고 선 열여덟 명의 고수와 보이지 않는 암습자를 생각하면 물러서야 한다. 금거산이 손바닥의 은침을 뽑아 품 안으로 넣으며 싸늘하게 말했다.

"다시 만나는 날에는 인정을 기대하지 말라."

"……"

상대방의 대답도 듣지 않고 금거산은 몸을 돌려 멀어져 갔다. 그제야 장소룡도 안도의 한숨을 내쉬었다. 분명히 상대는 끝까지 살의(殺意)를 보였는데 어찌 된 영문인지 뜻을 꺾고 돌아간 것이다. 눈치를 보니 벌써 당문의 노기인이 수를 쓴 것 같다.

안도의 한숨을 내쉬는데 문득 팔이 무겁게 느껴졌다. 고개를 돌려보니 이무심이 팔에 안겨 의식을 잃고 있었다. 장소룡은 십팔마룡에게 숨소리마저 흐려져 가는 이무심을 업게 한 뒤 숙소로 돌아왔다.

심각한 내상을 입은 이무심은 다음날 아침에야 깨어났다.

"후후… 내가 아직 살아 있던가……"

"형님, 제발 몸을 돌보시구려. 내 꼴을 보시우. 이렇게 되는 것이 뭐가 좋다구 함부로 몸을 굴리시는 거요?"

"허헛! 이렇게 살았으니 된 것 아니냐? 그래도 장 사부의 명은 어기지 않았으니 되었다. 비무를 통해 마음속에 가득 차 있던 한 가지 욕망을 끝내 극복했다. 진짜 꼭 이겨보려고 했으면 나는 반드시 죽었겠지만 상대도 온전하지 못했을 것이다."

이게 대체 무슨 소리란 말인가? 장소룡이 애매한 얼굴로 이무심을 바라보았다. 그러나 이무심은 더 이상 말해 주지 않았다.

"그만 이곳에서 떠나자꾸나. 너와 함께 갈 곳이 있다."

"형님, 몸조리도 해야 하고 장 사부도 만나야 하지 않겠소?"

"으음… 괜찮다. 장 사부도 우리가 가는 곳을 잘 알고 있다. 소걸이 이곳에 남아 있으니 그리 염려하지 않아도 될 것이다."

두 사람은 사천제일루에서 아미산의 움막으로 거처를 옮기고

요양을 시작했다. 십팔마룡이 근처를 경계하는 것은 물론 두 사람의 수발까지 들어주었다. 덕분에 장소룡과 이무심은 서로 도와가며 망가진 몸을 치료하는 데 전념할 수 있었다.

장소룡은 삼 년 전 이무심의 목숨을 건진 것이 천행(天幸)이라고 생각했다. 그렇게 생각하면 장염이 없는 세상에서 치러진 그런대로 만족할 만한 비무인 셈이다. 몇 걸음 앞서 걷던 장소룡이 문득 멈추어 서서 소걸에게 말했다.
"막내 사제도 형님 앞에서는 입 조심을 해야 할 것이다."
"네에……"
장소룡의 얼굴에 희미한 웃음이 떠올랐다. 장 사부의 사람됨이 남다른 줄은 알고 있었지만 저런 제자까지 거둘 줄 몰랐다. 왠지 막내 사제에게서는 음흉한 냄새가 솔솔 풍기고 있었다. 황하수채가 수적들만 모인 곳이라서 그런지 장소룡은 다른 사람들보다 그런 부분에 대해서 민감했다.
'허… 나야 그런 막내가 훨씬 편하지만 형님도 그럴까?'
아마 이무심은 소걸이 마음에 들지 않을지도 모른다. 나중에 알았지만 자신의 제자인 사공철에게도 얼마나 딱딱하게 대했던가! 그런데 가만 보니 사공철과 소걸의 사람됨이 비슷해 보인다. 그렇다면 소걸도 형님에게 사랑받기는 틀린 것이다.
잠시 말없이 걷다 보니 어느덧 움막 앞까지 이르렀다. 소걸 보다 먼저 마당에 들어서던 장소룡이 중얼거렸다.
"형님이 수련을 위해 또 나가셨나 보군."
그렇지 않고서야 인기척이 마당에 있는데 내다보지 않을 리가 없다. 가까이 다가가니 과연 섬돌 위에 신발도 보이지 않았다.

"눈만 뜨면 연공을 하시니… 그 체력이 부럽구면."

장소룡이 돌아서서 몇 걸음 뒤에 떨어진 소걸에게 물었다.

"사제, 젊다고 무리하게 연공을 하고 있는 건 아니겠지?"

"그럼요."

그 대답이 너무 시원스럽다. 장소룡은 왠지 잘못 물어본 것 같은 느낌이 들고 말았다. 음흉한 아이들의 간단명료한 대답의 뒤에는 다른 심계가 깔린 것이 보통이다. 그러나 이런 일에 달리 속셈이 있을 리가 없다. 장소룡은 방긋방긋 웃고 있는 소걸을 보며 만족한 듯 고개를 끄덕였다.

그 시간 이무심은 아미산의 정상에 올라 검을 휘두르고 있었다. 보기에도 아슬아슬한 바위 위에서 이리저리 몸을 날리던 이무심이 문득 허리를 곧게 세우며 멈춰 섰다. 그리고 잠시 후 왼손에 들고 있던 검을 맞은편으로 힘껏 내던졌다.

휘익!

검은 계곡을 지나 건너편 산 정상에 있는 나무를 향해 곧바로 날아갔다. 검과 나무가 충돌하기 직전 이무심의 왼손이 부드러운 곡선을 그렸다. 그러나 검은 곧바로 날아가 나무의 중심에 깊이 박혀 버렸다.

퍽!

다른 사람이 본다면 훌륭한 비검술이라며 입을 쩍 벌렸겠지만 이무심의 표정은 그리 밝지 않았다.

그가 의도한 것은 검이 나무를 돌아 다시 자신에게 날아오는 것이었다. 그러나 검과 자신을 잇고 있던 한 가닥 기운은 계곡을 건너갈 무렵 희미하게 사라진 뒤였다.

"휴우… 나의 공력으로는 아직 검의 속도를 따라갈 수가 없는 것일까?"

그러나 보다 근본적인 문제는 자기가 '검을 완전히 지배하지 못하고 있다'는 것이다. 공력은 시간이 지나면 얻게 되는 것이니 괴롭지 않다. 그러나 깨달음은 그렇지 않다. 하루가 걸릴 수도 있고 십 년, 혹은 영원히 깨닫지 못할 수도 있다.

언젠가 공력에 의해 이기어검을 펼칠 수는 있겠지만 그것은 진정한 어검술이 아니다. 이제 그 정도를 알 경지에 올랐기에 이무심의 마음은 더욱 무거웠다.

이무심이 황급히 산을 내려가기 시작했다. 검이 날아간 맞은편 산봉우리까지 이동을 하기 위해서이다. 부지런히 신법을 펼치며 이무심은 비무를 회상했다. 삼 년이 지났지만 금거산과의 비무를 생각하면 아직도 부끄럽고 아쉽다.

자신의 수준이 금거산에 미치지 못함을 거듭 확인한 데서 오는 부끄러움과 최후의 순간에도 이기어검을 펼쳐 보지 못한 데서 오는 아쉬움이다.

"그 덕에 장 사부가 말한 바를 어느 정도 깨달았지만… 아직 멀었다. 맞은편 산봉우리를 돌아올 때까지 나의 이기어검은 완성된 것이 아니다."

지금 이무심의 비도술(飛刀術)은 이기어검의 초입에 들어 있었다. 그래서 근거리에서의 조절은 어느 정도 가능했다. 그러나 이무심이 원하는 것은 원거리에서도 검을 자유자재로 조종하는 경지였다. 모두가 삼 년 동안 아미산에서 아침저녁으로 검을 수련한 결과다.

이무심의 검술 수련은 일정한 규칙이 있었다. 동이 트기 직전까지 호흡법으로 내공을 수련했다. 그리고 사방이 밝아오면 처음 한동안은 태극양의검의 전반 사식과 후반 삼식을 연공한다. 그리고 온몸이 땀으로 흥건히 젖을 무렵이 되면 다시 호흡으로 진기를 가다듬었다.

그렇게 검술과 호흡으로 한나절을 보낸 후에야 어검술이 시작된다. 검을 날린 후 이쪽저쪽 산봉우리를 열세 번 왕복하고 나면 땅거미가 뉘엿뉘엿 지기 시작한다. 이무심은 어두워 더 이상 사물이 구분되지 않을 때가 되어서야 움막으로 돌아가곤 했다.

겨울 산은 금세 어두워져 언제나 아쉬움을 남긴다. 해가 지자 여느 때처럼 움막으로 돌아온 이무심은 섬돌 위에 가지런히 놓인 작은 가죽신을 발견할 수 있었다. 주변에서 저렇게 작은 신발을 신는 사람이라고는 소걸밖에 없다. 이무심의 입가에 부드러운 미소가 걸리기 시작했다.

'어지간히 둔한 녀석.'

만약 장 사부가 돌아온 것이라면 혼자서 왔을 리가 없다. 이무심에게 소걸은 조금 특별한 아이였다. 장 사부를 스승으로 두었으니 보통의 아이라면 아주 점잔을 빼거나 혹은 오만해야 정상이다. 그러나 소걸은 스승이 누구인지 종잡을 수 없게 행동했다.

'아마 강호에서 마주쳤더라면 절대 장 사부의 제자인 줄 몰랐을 것이다.'

문제는 소걸 자신이 장 사부라는 존재에 대해 정확히 알지 못한다는 데 있다. 머리가 나쁜 것인지 아니면 관심이 없는 것인지 소걸은 자기 스승이 얼마나 대단한 사람인지 종종 잊는 것 같다. 그리고 가끔씩 찾아와 보여주는 행동은 얼마나 유치한가!

'장소룡의 제자들이 조금 사악하다면… 저 녀석은 얄미운 구석이 있다고 할까?'

그것은 악하거나 못됐다는 의미가 아니라 정말 얄미움 그 자체였다. 제법 욕심 부릴 만한 일에는 전혀 관심을 두지 않았고, 버려도 될 만한 일에는 악착같았다.

"소걸이 왔나 보구나."

섬돌 위에 올라서며 넌지시 운을 떼자 방문이 벌컥 열렸다. 그리고 입에 가득 음식을 문 소걸이 머리를 불쑥 내밀었다.

"어! 어어 오에요(어서오세요)!"

이무심의 눈가에 주름이 졌다. 저 녀석은 매사에 저런 식이었다. 조금 동작을 빨리하든지, 혹은 늦게 해야 정상이다. 입 정리를 마치고 반듯하게 인사를 나누면 서로 좀 좋은가! 그러나 녀석은 아무 생각 없이 덜컥 문을 열고 제 딴에는 반가운지 뭐라고 계속 웅얼거린다.

"그래, 급하지 않으니 음식은 삼키고 말해라."

"……."

부끄러워하는 기색도 없이 태연히 마주 보던 소걸이 알았다는 듯 고개를 끄덕였다. 이무심이 방 안으로 들어가며 억지로 웃음을 지어 보였다.

'어디서 이런 얄미운 녀석이 생겨났을꼬?'

어쨌든 이 녀석이 오랜만에 찾아왔으니 며칠은 함께 생활을 해야 할 것이다. 그래도 장 사부와 관계되었다는 이유 하나만으로 사랑스럽기까지 하다. 이무심이 피식 웃음을 터뜨리며 따뜻한 아랫목으로 내려갔다. 아니나 다를까? 어느새 그곳에는 소걸이 엉덩이를 붙이고 앉아 있었다.

어른이 온다고 자리를 내줄 소걸이 아니다. 어차피 소걸에게 그런 것을 기대하지 않는 이무심인지라 그 곁에 슬쩍 주저앉았다. 잠시 후 작은 움막 안에 침묵이 흐르기 시작했다. 소걸과 두 사형의 관계란 것이 긴요한 이야기를 필요로 하지 않는 것이어서 바라볼수록 서로 피곤하다.

"……"

그렇게 얼마나 지났을까? 움막의 기름 등불이 한차례 요란하게 흔들리더니 꺼져 버렸다. 어두운 방에 누워 천장을 바라보던 소걸이 머리를 벅벅 긁었다. 이렇게 며칠을 늙은 사형들 틈 속에서 지내야 하는 것이다.

'미치겠네……'

*　　　　　*　　　　　*

장염은 사천성 방향으로 나 있는 관도를 따라 걷고 있었다. 서장에서 멀어질수록 날씨는 풀리기 시작했지만 장염의 표정은 밝지 않았다. 이제야 자신에게 벌어진 일을 어렴풋이 깨닫게 된 것이다. 장염은 적멸존자의 법력이 대단하다는 것을 새삼 인정하지 않을 수 없었다.

간혹 마주치는 상인들과의 대화를 통해 삼 년이라는 시간의 공백을 알았다. '망자(亡者)의 산'에서 보낸 시간이 길어야 삼사 일이니 하루에 일 년을 산 셈이다. 그 삼 년 간 강호에는 대체 어떤 일들이 일어났을까? 객점에 들를 때마다 사람들의 이야기에 귀를 기울였지만 아무도 장염의 궁금증을 풀어주지 않았다. 당사자가 아닌 다음에야 하루 먹고 살기에도 빠듯한 세상에서 과거의 일을 떠벌릴 사람이 없는 것이다.

그렇다고 궁벽한 산촌 마을의 허름한 객점에서 삼 년 전에 있었던 사천제일루의 비무나 오행혈마인의 동향에 대해 물어볼 수도 없다.

"답답하지만 어쩔 수 없지. 직접 사천(四川)으로 가볼밖에……."

결국 모든 대답은 자신의 두 다리에 달린 셈이다. 장염은 사천성 경계에 이를 때까지 쉬지 않고 걸었다. 걷고 또 걷던 장염이 사천성 외곽의 영월객점(迎月客店: 달맞이 객점)에 도착한 것은 늦은 밤이었다. 날씨가 우중충한 것이 마음에 걸린 장염은 더 이상 움직이기를 포기하고 객점으로 들어섰다.

들어서며 좌우를 둘러보니 객점 주인이 잔심부름까지 하는 아주 작은 규모다. 자리에 앉자 계산대에 앉아 있던 주인이 다가와 뜨거운 차를 내려놓았다.

"어서 오시우. 뭘 드시려우?"

"소면과 만두를 부탁합니다."

"만두는 마침 돼지고기가 떨어져 힘들고… 술은 필요없수?"

"예. 그저 허기만 채우고 쉬렵니다."

"알겠수. 그런데… 보아하니 지나가는 길 같은데, 기분 나쁜 일을 당해도 제발 참아주슈."

아마도 타지인들 때문에 분위기가 많이 뒤숭숭한 것 같았다. 장염이 웃으며 고개를 끄덕이자 주인은 금세 주방 쪽으로 걸어가 음식을 주문한 뒤 계산대로 돌아갔다. 자리에 앉고 난 뒤에도 주인은 영 신경이 쓰이는 듯 힐끔힐끔 장염을 바라보았다.

실내의 손님은 장염을 포함해 겨우 세 명뿐이어서, 먼저 와서 자리를 잡고 음식을 먹는 사람들의 젓가락 달그락거리는 소리만 가끔씩 울렸다. 제법 고즈넉한 분위기 속에서 장염이 잠시 이런저 런 생각에 잠겨 있을 때였다.

덜컹.

"여기는 어떤가! 누구 낯선 사람 오지 않았나?"

한풍(寒風)과 함께 험악한 인상의 무림인들이 우르르 걸어 들 어오며 소리를 질러댔다. 그들과 눈이 마주친 주인이 자리에서 벌 떡 일어나 뛰어나갔다.

"어이쿠! 어서 오십시오. 이곳에 외지인은 하나도 없습니다요. 이렇게 작은 객점에 누가 들어오려굽쇼. 자리에 앉으시면 후딱 음 식과 술을 대령하겠습니다요."

주인의 말에 만족한 듯 네 명의 사내가 박장대소를 터뜨리며 자리를 잡았다.

"하하핫! 하기사 이 지역엔 우리 강남사마(江南四魔)가 떡하니 버티고 있으니… 당신, 운이 좋은 거야!"

"그렇고 말곱쇼. 그저 편안히 머무시기 바랍니다."

주인장이 다가와 허리를 숙이자 그중의 한 외눈박이가 호통을 쳤다.

"뗵! 이놈! 우리가 뭐 할 일 있다고 이렇게 지저분한 곳에 머물 겠느냐? 서둘러 가야 하니 후딱 한상 차리거라."

"예, 예, 알겠습니다요."

주인장이 급히 주방으로 들어갔다. 주문을 받지도 않고 들어가 는 모양새가 한두 번 겪은 일이 아닌 듯하다. 장염은 슬며시 고개 를 숙이며 피식 웃음을 터뜨렸다. 아무래도 저 대단한 손님들 때 문에 자기가 시킨 소면이 조금 늦을 것 같다.

'그래도 뭐 상관없지. 어차피 오늘은 이곳에서 묵어야 하니.'

장염이 시비에 휘말리기 싫어서 고개를 숙이고 있을 때다. 다시 한 번 찬바람이 몰아쳐 들어왔다. 슬쩍 고개를 돌려보니 이번에는 세 명의 무림인이 걸어 들어왔다. 그들은 조금 전에 들어온 강남사마와 비교되지 않을 정도로 날카로운 예기를 품고 있었다.

'이거 한바탕 소란이 일겠구나.'

장염이 고개를 절레절레 저었다. 그도 그럴 것이 객점의 식당에 있는 자리래야 겨우 열 개 정도다. 한마디로 다닥다닥 붙어 앉아 먹게 되었다는 것인데, 한 산에는 호랑이 두 마리가 앉아 있을 수 없다. 주인도 그런 느낌을 받았는지 벌써 얼굴에 긴장이 가득했다.

그러나 영월객점에 대복이 터진 것일까? 새로 들어온 세 명의 무림인은 보기와 달리 얌전했다. 그들은 소란을 일으키고 싶지 않은 듯 아무 말이 없었다. 그들의 기세가 워낙 날카로운지라 강남사마도 입을 꾹 다물고 있다. 강남사마라 했으니 강남을 무대로 활동하는 자칭 열혈남아들일 것이다.

'그나저나 강남사마라는 호걸들이 사천성 서쪽까지 나오다니… 무림대회라도 열리는 것일까?'

대부분의 무림인들은 중대한 행사가 있을 때에만 자신의 활동 지역을 이탈한다. 그렇다면 이 근방에서 어떤 무림대회라도 열리고 있는 것일까? 장염의 궁금증은 이내 강남사마가 떠들어대는 소리에 의해 풀렸다.

턱밑에 가시 같은 수염이 가득한 사내가 호방한 웃음을 터뜨리며 소리쳤다.

"우하핫! 아우들! 드디어 섬전수 장경선과 닮은 자가 섬서성에서 목격되었다고 하네. 우리도 언제까지 예서 죽치고 있을 수는 없지 않겠나!"

그의 말에 화답이라도 하듯이 조금 마르고 날카롭게 생긴 자가 입을 열었다.

"형님 말씀이 옳소. 우리처럼 그놈의 뒤를 따라 사천성까지 온 자가 한둘이 아닌데, 이미 대부분 섬서성으로 떠나 버렸소. 만약 우리가 늦게 갔다가 그놈을 다른 자들이 잡기라도 한다면 그동안의 수고가 물거품이 되고 말 거요. 돈은 그렇다 쳐도 그놈의 수중에 있다는 마경(魔經)은……"

사내는 자기가 생각해도 말을 지나치게 많이 했다 싶은지 주변으로 고개를 슬그머니 돌렸다. 자기들이 현상금 추격자라는 것을 광고하기 위해 대형의 말에 화답한 것뿐인데, 말이 술술 풀리다 보니 너무 쓸데없는 부분까지 지껄인 것 같다. 멋쩍은 얼굴로 좌우를 살피던 장한과 깜짝 놀란 듯 고개를 쳐든 장염의 눈이 마주쳤다.

'어딜 똑바로 보는 게야! 이놈이!'

장한이 눈알을 부라리자 장염의 고개가 바닥으로 떨어졌다. 장염이 눈을 내리깔자 그제야 장한은 목소리를 낮추며 속삭였다.

"게다가 마교까지 이전의 세력을 회복했는지 슬금슬금 강호로 나오고 있다니… 서둘러 이곳에서 떠나야 합니다."

"흠……"

대마(大魔) 주안역(朱顔驛)이 고개를 끄덕이며 둘째인 이마(二魔) 오인천(吳仁川)을 바라보았다. 천산(天山)의 마교가 중원으로 진출하려면 청해성과 사천성을 경유해야 한다. 그런데 청해성은 이미 지존삼채 중의 하나인 황하수채와 그 휘하의 십삼 채에 의해 장악된 상태다.

마교가 그들과 직접적으로 마주치지 않고 피한다면 그 다음은 바로 사천성과 섬서성이다. 그래서 그런지 요즘은 심심치 않게 낯선 무림인들과 조우하곤 했다.

"알고 있다. 그렇지 않아도 내일쯤 이 지긋지긋한 곳을 떠나려고 했다. 오늘까지만 사천성에서 놈의 흔적을 찾아보자. 그간 장경선을 닮았다는 놈이 어디 한둘이었느냐? 애꿏게 목숨을 잃은 자가 이미 수십 명이니, 너무 서두를 것도 없다."

지난 삼 년 간 강남에서 사천까지 여러 현상금 사냥꾼들과 어울려 돌아다녔다. 돈이 많아서 그처럼 돌아다닐 수 있었던 것은 아니다. 어디든 만만해 보이는 무가(武家)를 골라 '장경선의 뒤를 따라 여기까지 왔노라'고 하면 극진히 대접하는 것은 물론 떠날 때 여비까지 두둑히 챙겨주었다. 그 재미에 시간 가는 줄 모르고 강호를 유랑했는데, 아무래도 이제 다시 사천성을 떠나야 할 때가 된 듯하다.

그런데 강남사마가 사천성을 떠나는 시기는 예정보다 조금 앞당겨져야 했다. 지금까지 잠자코 앉아 있던 세 명의 사내 중 한 중년인이 자리에서 일어나더니 강남사마가 앉은 자리로 몸을 돌렸기 때문이다. 그때부터 실내의 공기는 급속도로 차가워져 갔다.

분위기가 이상해지자 막내인 사마(四魔) 반수원(半水源)이 고개를 쳐들었다. 그러나 자세히 보니 자신이 쉽게 감당할 수 있는 상대가 아니다. 슬그머니 고개를 돌렸지만 뒤통수가 따끔할 정도의 기파(氣波)가 느껴졌다. 크게 놀란 반수원은 자리에서 엉덩이도 떼지 못한 채 입을 열었다.

"우리는… 강남사마라 하오만… 무슨 볼일이 있으시오?"

지금까지 기세등등하던 모습과는 많이 달라진 것이었지만 상대는 그런 변화를 긍정적으로 받아들이지 않는 듯했다. 중년인은 듣기에도 거북할 정도로 딱딱한 음성으로 물었다.

"묻겠다. 섬전수 장경선이 있는 곳에 대해 아는 대로 말하라."

아무리 강남사마의 명성이 무림에 알려지지 않았다고 해도 이럴 수는 없다. 상대가 너무 심하게 나오자 반수원이 노기를 참지 못하고 자리에서 벌떡 일어섰다.

우당탕.

의자가 요란한 소리와 함께 뒤로 넘어갔다. 계산대에 앉은 주인이 주판으로 자기 볼따구니를 벅벅 긁기 시작했다. 지금 그의 소박한 바램이 있다면 기물을 부순 값이라도 받게 되었으면 하는 것이다. 그러나 지금까지 단 한 번도 입 밖에 꺼내본 적이 없다. 싸움판의 무림인들에게 돈 얘기를 꺼냈다간 밥상 대신 제사상을 받게 될 것이다.

"뭐라고 했… 소?"

성질 같아서는 이미 열두 번도 더 쳐 죽여야 하지만 반수원에게도 이성은 있다. 정중히 되물으며 제발 상대가 예의를 갖추어 주길 바랬다. 그렇지 않다면 뭐라고 대답해 주려고 해도 체면이 서질 않는다.

'씨벌, 뭐든 다 말할 테니 제발 좀……'

그러나 상대는 반수원의 개인적인 감정에 전혀 관심이 없었다.

"어린 놈의 귓구멍이 벌써 막혔느냐? 장경선이 있는 곳을 불어라."

"이런, 씨벌… 으아! 진짜 돌아버리겠네! 헉! 헉!"

이번에는 아예 '말해라'도 아니라 '불어라'다. '말해라'와 '불어라'는 둘 다 반말이지만 그 차이가 심히 크다. '말해라'는 신체의 자유를 구속하지 않은 상태지만, '불어라'는 아니다. 너는 이미 잡힌 몸이니 순순히 다 털어놓으라는 협박인 것이다!

강남사마가 모두 사십 대니, 중년인과의 나이 차이는 많아야 고작 서너 살이다. 그런데 상대에게 '어린 놈'이라는 소리까지 들었으니 가만히 있으면 그것도 정상이 아니다. 화가 머리끝까지 치밀어 오른 반수원은 숨을 헐떡이며 의형들에게 고개를 돌렸다. 그러나 의형들은 반수원이 일을 잘 처리할 줄로 믿는다는 듯 아무도 호응하지 않았다.

"헉! 헉! 묻는다고 내가 호락호락 대답할 거라고는 생각하지 마시오! 나는 강남사마의 넷째인 반수원으로 노모(老母)를 모시고 있는 이대 독자요! 씨벌, 귀하가 찾는 장경선이라는 개자식은 섬서성 상주(尙州)에서 목격되었다고 합디다. 으아! 씨벌, 내 입에서 뭔가 알아내기는 쉽지 않을 게요!"

연신 씨벌씨벌거리며 말을 마친 반수원이 사내를 향해 다시 물었다.

"그런데 의자에 앉아도 되겠소?"

중년인은 반수원에게서 눈을 떼지 않고 묵묵히 고개를 끄덕였다. 반수원이 쓰러진 의자를 일으켜 세운 뒤 엉거주춤 앉았다. 사내는 자리에 서서 한동안 생각을 정리하는가 싶더니 곧 자리로 돌아갔다. 중년인이 자리에 앉자 실내 분위기는 다시 호전되기 시작했다.

그러는 동안 주문한 소면이 나오자 장염의 식사가 시작되었다.

후룩. 후룩.

강남사마는 세 사람의 기도에 완전히 눌린 뒤라 숨소리 하나 내지 않았다. 장염보다 먼저 와서 음식을 먹던 두 사람도 소리없이 차만 들이키고 있었다. 그러다 보니 실내에 오직 장염의 소면

먹는 소리만 가득 울려 퍼졌다.

곧 이어 강남사마의 자리로 없다던 돼지고기와 술이 가득 차려졌다. 그리고 그보다 조금 더 많은 가짓수의 요리가 세 사람의 식탁 위에도 차려지기 시작했다. 음식이 나오자 세 사람도 더 이상 강남사마에게 관심을 보이지 않고 묵묵히 먹는 듯했다.

강남사마는 정말 바쁘다는 듯 정신없이 음식을 입 안으로 밀어 넣었다. 삽시간에 식탁의 음식이 절반쯤 사라지자 강남사마가 슬그머니 자리에서 일어났다. 분위기가 마음에 들지 않으니 도망이라도 가려는 것이다. 그러나 안타깝게도 낮게 가라앉은 음성이 강남사마를 꽉 붙들었다.

"누가 가라고 했더냐."

털썩!

다시 자리에 주저앉은 강남사마가 남은 음식을 깨작거리기 시작했다. 아무래도 상대가 시키는 대로 고분고분 따르다가는 제명대로 살지 못할 것 같다. 대마 주안역이 눈알을 이리저리 굴리며 틈새를 찾아보았지만 좁은 객점이라 저들의 시야에서 달아날 수가 없다.

'씨벌… 미친 척하고 그냥 확 들이받아 볼까?'

그러나 괜한 죽음을 재촉할 필요는 없다. 주안역이 고개를 설레설레 흔들며 이마(二魔) 오인천을 바라보았다. 오인천의 얼굴도 썩은 대춧빛이 되어 이리저리 눈알만 굴리고 있었다. 오인천도 감을 잡은 것이다. 강호의 오랜 경험상 이런 분위기에서 남아 있으라는 말은 죽이겠다는 말과 다름이 없다.

"어험… 험."

대마 주안역이 헛기침을 터뜨리며 젓가락으로 음식만 쑤셔댔다.

소면을 다 먹은 장염도 자리에서 일어나지 않고 애꿎은 차만 홀짝홀짝 마셔댔다. 저 세 사람이 아무도 나가서는 안 된다고 했으니 쉽게 움직이기 어려웠다.

'뭐, 어차피 오늘은 이곳에서 쉬려고 했으니······.'

장염이 한 잔의 차를 다 비운 뒤 다시 주인에게 손짓했다.

"여기 차 한 잔 더 주세요."

계산대에 숨어 머리만 내밀고 있던 주인이 장염을 노려보았다.

'미친놈아! 지금 한가하게 차를 처마실 때냐!'

잘못하면 모두가 화를 입을 판인데 젊은 놈이 눈치가 없어 보인다. 마음 같아서는 주판으로 대가리라도 쳐주고 싶다. 주인은 눈으로 욕을 한 바가지나 더 퍼부은 뒤에야 주전자를 들고 조심스럽게 다가왔다. 그리고 아예 들고 간 주전자를 장염의 탁자 위에 내려놓고 계산대로 돌아가 버렸다.

중년인은 살벌한 분위기에 전혀 위축되지 않는 젊은이가 있다는 사실을 깨달았다. 어쩌면 강남사마가 아니라 저 젊은이를 염두에 뒀어야 했는지도 모른다. 중년인이 자리에서 일어나 자연스럽게 젊은이의 탁자로 걸어갔다.

"주전자를 다오."

"······."

젊은이가 빙그레 웃으며 주전자를 들어 올렸다. 두 사람의 손이 자연스럽게 허공에서 얽혀들었다. 그 짧은 순간 중년인은 내공을 끌어 올려 젊은이의 손으로 흘려보냈다. 타인의 내공을 특별한 연공법 없이는 절대 받아들일 수 없다. 그래서 고수들 사이에 내공의 겨룸은 도검을 들고 싸우는 것보다 위험하다.

문득 내공을 발출한 중년인의 눈에 당혹감이 어리기 시작했다.

젊은이의 몸으로 흘러 들어간 자신의 내공이 방방대해에라도 빠진 듯 소멸되어 갔다. 이렇게 되면 시간이 지날수록 자기 내력만 잃게 되니 길게 끌수록 손해다.

"후우……."

입에서 절로 한숨이 흘러나왔다. 단순히 내공만 비교해도 상대는 이미 자신이 범접할 수 없는 영역에 도달한 사람이었다. 중년인은 즉시 손을 돌려 주전자를 움켜쥐고 자기 자리로 되돌아갔다.

장염이 모른 척하고 찻잔을 들어 시큼털털한 차를 마실 때, 오십 대의 중년인이 싸늘한 음성으로 말했다.

"그대는 누구인가?"

느닷없는 질문에 놀란 듯 대마(大魔) 주안역이 떠듬거리며 대답했다.

"나… 나는… 대마 주안역으로 사람들은 대마불사(大魔不死 : 대마는 죽지 않는다)라고도 부르오."

가만 듣고 있던 장염이 크게 웃음을 터뜨리고 말았다.

"푸하하핫! 이런이런… 실례를……."

강남사마가 놀란 얼굴로 일제히 장염을 바라보았다. 대마 주안역은 '저 젊은 녀석이 공포로 돌아버렸다'고 생각했다. 그렇지 않고서야 신성한 고수들의 대화에 끼어들 리가 없다. 자기 같은 고수도 이렇게 오금이 저린데 저놈은 오죽할까!

'아무래도 저 젊은 놈도 살인멸구(殺人滅口 : 죽여 입을 막는다)를 눈치 채고 미친 모양이다.'

강남사마가 놀라거나 말거나 장염의 말은 계속 이어졌다.

"내가 누구인가를 물은 것이라면 듣지 않는 편이 낫소. 그저 눈도 귀도 없는 바람이나 구름이라 생각하시구려."

“…….”

중년인의 이마에 주름이 깊게 패어갔다. 상대는 자기 이름을 가르쳐 주는 대신 못 보고 못 들은 척할 테니 그냥 내버려 두라고 한다. 자신이 듣기로 지금까지 젊은 나이에 저렇듯 기이한 무공을 터득한 사람은 장천사 장염뿐이었다. 강호란 넓어서 기인이 모래알처럼 많다고 하더니 오늘 그 말을 직접 경험하게 된 것이다.

“무림에 바람이나 구름 같은 사람이 하나 있다고 듣기는 했으나, 오늘 또 그와 같은 사람을 보게 되었구나.”

그 말을 끝으로 중년인은 더 이상 입을 열지 않았다. 한참 만에 중년인의 곁에 앉았던 사내가 조용히 입을 열었다.

“대주, 저들을 그대로 두어도 괜찮을까요?”

“…….”

무영혈장(無影血掌)이 이해가 가지 않는다는 표정으로 파천대의 대주 혼세마왕을 바라보았다. 지난 이 년 간 오가다 마주친 사람들 중에 그들과 대화를 나누고 살아난 사람은 없다. 대주는 살아남기 위해 무림인이든 일반인이든 가리지 않고 죽였다. 그런 조심성 때문에 지난 이 년 간 무사했는지도 모른다.

“게다가 저들은 우리가 상주로 가려는 것을 알고 있습니다.”

“나는 사람이다. 너는 사람이 구름이나 바람을 잡아둘 수 있다고 생각하느냐?”

그제야 무영혈장은 혼세마왕이 저 젊은이를 두려워하고 있다는 것을 깨달았다. 마교제일의 돌격대 파천대의 대주이며 마교삼존의 공동전인인 혼세마왕이 말이다.

“알겠습니다.”

대답은 그렇게 했지만 무영혈장은 여전히 이해가 가지 않는 얼굴이나. 잠나못한 부영혈장이 슬쩍 고개를 돌려보았다. 한눈에 가까이 앉은 젊은이의 옆모습이 보인다. 그러나 어디 하나 특별한 구석이 보이지 않는 몰골이다.

'대주께서 마음이 약해지신 건가……?'

그렇지 않다면 이렇듯 몇 마디 말에 상대에게 꼬리를 내릴 수는 없다. 비록 마교에서 도망쳐 강호를 유랑하고 있지만 혼세마왕이 이름도 모를 젊은 놈을 무서워하다니! 무영혈장이 탄식을 터뜨리며 돼지고기를 입 안으로 구겨 넣었다. 무언(無言)의 시위인 셈이다.

"기억하느냐? 그가 돌아오던 날… 모두 죽었다. 사부님들을 제외한 모든 원로가 그의 손 동작 하나에 허무하게 이승을 하직했다. 그날 나는 멀리서 그를 보았다. 남루한 옷과 산발한 머리… 놈에게서는 내외공의 흔적도 보이지 않았다. 나는 이제 태양혈이 튀어나오고 그럴듯한 병장기를 들고 다니는 사람들이 두렵지 않다. 두려운 것은 어디서나 자연스러운 사람들이다. 오래전… 풍 사부에게 들은 적이 있다. 그런 경지를 천인합일(天人合一)이라고 했던가… 혹은 그 이상인지도 모르지……."

입 안 가득 고기를 물고 있던 무영혈장이 다시 젊은이에게로 눈을 돌렸다. 혼세마왕 정도의 공력이라면 칼부림을 하지 않아도 상대를 알 수 있다. 과연 이 정도로 살기 어린 분위기 속에서 소면을 남김없이 먹고 느긋하게 차를 마실 수 있는 사람이라니!

무영혈장은 더 이상 혼세마왕의 말에 토를 달지 않기로 했다. 묵묵히 식사를 마친 세 사람이 자리에서 일어난 것은 그로부터 일각쯤 지나서였다. 무영혈장의 뒤를 따라 걸어나가던 혼세마왕이 문 앞에 이르러 문득 멈추어 섰다.

"나는… 그대가 삼 년 전에 실종되었다는 그 사람이었으면 좋 겠다."

삼 년 전에 실종되었다는 사람은 자신을 가리키는 것이 틀림없 다. 장염은 말없이 그저 웃기만 했다. 그런데 대체 저 사파의 고수 가 자신을 기다리는 이유란 뭘까? 무림맹이나 칠대문파 사람들이 라면 이해가 가지만 사파와는 교분을 맺은 기억이 없다.

"하늘은 공평해서 함부로 인명을 살상한 자는 더 큰 어려움에 처하게 된다오."

"그가 돌아온다면 우리가 어찌 후환이 두려워 살인을 저지르겠 는가?"

"……."

사실 지금까지 세 사람이 자기들과 대면한 사람들을 죽인 이유 는 마교에 꼬리를 잡히기 싫어서다. 장소는 천산의 마교로 돌아오 던 날 수백 명의 사람들을 죽였다. 죽임을 당한 사람들은 대부분 삼존과 관계를 맺고 있던 원로와 그 휘하의 고수들이었다. 그날 장소의 손에서 벗어난 사람은 겨우 열 명을 넘지 않았다.

장소는 천산의 마교를 접수한 후에 제일 먼저 달아난 삼존과 그 추종자들을 잡아들이게 했다. 그러나 그날 이후로 삼존은 강호 에 모습을 드러내지 않았다. 어찌나 교묘히 숨어 지냈던지 혼세마 왕도 삼존이 영원히 은퇴한 것은 아닌가 걱정했을 지경이다.

그러나 삼존은 강호를 유랑하고 있을 것이다. 마치 오늘날의 자 신과 무영혈장처럼 말이다. 장소만 사라지면 마교가 다시 삼존의 것이 될 터인데 중도에 포기할 이유가 없다. 장염이 입을 다물자 잠시 머뭇거리던 혼세마왕도 멀리 사라져 갔다.

세 사람이 빠져나가자 객점은 다시 소란스러워졌다. 곧 떠날 것

처럼 서두르던 강남사마가 주저앉아 목소리를 높이기 시작한 것
이다. 얼마쯤 시간이 지나 잡담도 시들시들해질 무렵이다. 대마 주
안역이 목소리를 낮춰 오인천에게 물었다.

"그런데 아까 저자가 뭐라고 씨부린 거냐?"

"바람이 어쩌고 구름이 어쩌고 하지 않았소?"

"그 말이 괜찮아 보이던?"

"대형도 어디 가서 써먹으시게요?"

"계집과 헤어질 때 여운이 길게 남지 않겠느냐?"

"크흐흐흐! 대형이 누구를 생각하고 있는지 알겠소. 벌써 싫증
이 나신 게요?"

강남사마가 대화를 음담패설로 몰아가기 시작했다. 장염은 찻잔
을 비운 뒤 조용히 일어나 계산대로 다가갔다. 주인은 허리가 부
러져라 굽실거리며 장염을 특실로 안내했다. 눈으로 욕했길 망정
이지 까딱 잘못했으면 승냥이를 피하려다 호랑이에게 물릴 뻔했
다.

장염이 객실에 들어가 창문을 열자 꾸물꾸물하던 하늘에서 비
가 떨어지기 시작했다. 약하게 내리던 비는 삽시간에 굵어져 시야
를 완전히 가려 버렸다.

쏴아아아!

창가에 기대어 가만히 생각해 보니 앞으로 해야 할 일들이 산
더미 같다. 지난 삼 년 간 저만치 앞서 가 있는 세상을 며칠 만에
따라잡기란 쉬운 일이 아니다. 자신이 없는 삼 년 동안 지인들에
게 무슨 일들이 있었는지 우선 알아야 했다.

'일단은 사천제일루에 들러 사람들을 만나고…….'

그 다음에는 장소를 찾아 그가 오행혈마인을 완성하지 못하게 해야 한다. 다행히 장소가 마교교주로 돌아갔다고 하니 그를 찾는 것은 어렵지 않을 것이다. 마신지체를 이루지 않았다면 장소는 자신의 상대가 되지 못할 것이다.

그리고 나면? 그렇게 모든 일을 다 처리하고 나면 무엇이 남는가? 가만 생각해 보니 인생이란 것이 허무하기 그지없다. 그토록 숨 가쁘게 달려왔건만 손 안에 남아 있는 것이 없다.

'아니, 영화 소저와 향이 누이와 소걸, 그리고 이 대협, 장 대협……'

한 사람 한 사람의 얼굴을 떠올리던 장염의 얼굴이 흐려져 갔다. 그리움과 슬픔이 가슴에 가득 차 올랐기 때문이다.

한편 객점에서 장경선의 행방을 알게 된 세 사람은 온몸으로 비를 맞으며 부지런히 걷고 있었다.

"대주께서 그를 기다리고 계신 줄은 몰랐습니다. 그는 처음부터 본 교와는 공존할 수 없는 사람인 것으로 들었습니다만."

"무림에서 마교교주 장소를 제압할 수 있는 사람은 오직 장천사 장염뿐이다. 다행히 장염과 장소가 불구대천의 원수라고 하니… 장염이 돌아와 준다면 스승님들과 함께 교(敎)로 돌아갈 날도 멀지 않다."

"제 생각이 깊지 못했습니다."

혼세마왕이 무영혈장의 어깨를 가볍게 두드리며 소리쳤다.

"안 되겠다. 우선은 비를 피하고 다시 가도록 하자."

마침 저 멀리에 작은 관제묘가 어렴풋이 보인다. 혼세마왕이 관제묘를 손으로 가리킨 후 경공을 펼치기 시작했다. 그의 뒤를 따라 두 사람이 신속하게 몸을 날렸다. 세 사람이 사라진 자리로 빗줄기가 요란하게 떨어져 내렸다.

쏴아아아!

세 사람이 뛰어든 낡은 관제묘 안에는 사람의 흔적이 없었다.

'차라리 잘된 일이다.'

혼세마왕이 주변을 둘러보며 고개를 끄덕였다. 누군가 있었다면 다시 그를 죽이려 들었을 것이다. 그러나 낯선 젊은이의 말을 들은 뒤로 왠지 부담스러웠다. 지금까지는 자기가 살기 위해 타인을 죽여왔다. 그러나 꼭 죽여야만 했을까? 하늘은 공평하다는 말이 자꾸만 엉덩이를 들썩이게 한다. 아무래도 마음이 불편한 것이다.

허물어진 관제묘를 한 바퀴 돌아보고 온 무영혈장이 품 안에서 부싯돌을 꺼냈다. 잠시 후 어둡고 눅눅하던 관제묘 안에 온기가 돌기 시작했다.

"그런데 삼존께서 그리로 오실까요?"

혼세마왕이 묵묵히 고개를 끄덕였다. 아른거리는 불꽃을 바라보니 문득 이 년 전의 참사가 떠오른다. 장소가 돌아오던 날 천산마교의 절반이 불타 없어졌다. 누가 고의로 방화를 해서가 아니다. 장소의 손이 한차례씩 휘둘러질 때마다 땅 밑에서 화기(火氣)가 치솟아 사람과 건물을 집어삼켰다. 그날 큰 스승 풍소곡이 두려움이 가득한 얼굴로 말했다.

"뒤도 돌아보지 말고 달아나라! 저놈은 인간이 아니니 그에게 등을 보인다고 해서 수치스러울 것도 없다. 우리도 달아나 목숨을 보존하게 되면… 저놈이 익힌 마경을 찾아내서 약점이 있는지를 연구할 것이다. 청산이 있는 한 땔나무 걱정은 없는 법이니 너도 알량한 자존심 때문에 헛되이 목숨을 버리지 않도록 해라!"

처음에는 그게 무슨 말인지 몰랐다. 그러나 장소가 건물을 파괴하며 바람처럼 휘몰아쳐 올 때 혼세마왕은 비로소 마신(魔神)이 무엇인지 깨닫게 되었다. 그날의 처참한 광경을 떠올리자 혈관 속에서 피가 끓어올랐다. 그러나 제천혈마 장소는 인간이 상대할 수 없는 존재였다.

"마신을 보았으니 이제는 신선도 부처도 믿는다. 그리고 이건 그들의 싸움이다."

第三章
천하(天下)의 주인

천산(天山)의 마교는 지난 삼 년 간 아무런 소동도 일으키지 않았다. 어쩌면 시비를 일으킬 만한 고수가 사라졌기 때문인지도 모른다. 이 년 전 장소가 다시 천산으로 돌아온 뒤로 마교 서열 백 위 안에 드는 고수들 중 팔십여 명이 목숨을 잃었다.

삼마가 교주의 자리를 강탈할 때 적극적으로 가담한 사람이 우선적으로 척살되었고, 그 다음은 삼마가 공동으로 마교를 다스릴 때 그에게 동조한 사람들 순이었다. 그러다 보니 자연히 천산파에 남아 있던 마교의 고수들은 거의 대부분 죽임을 당했다.

장소의 잔인함을 익히 아는 고수들 몇은 불똥이 자기들에게 튀기 전에 슬며시 달아나 버렸다. 설마 하고 남아 있던 중도적인 성향의 고수들은 마교가 정리된 뒤에 몰살당하고 말았다. 검귀가 마교의 미래를 위해 그들의 힘이 필요하다고 만류했지만 소용없었다.

장소는 '내가 곧 마교의 미래다'라는 말과 함께 원로 고수들을 척살해 버렸다. 그렇게 한꺼번에 많은 고수가 사라졌으니 이전과 달리 조용히 지낼 수밖에 없는지도 모른다. 신강성(新疆省)의 사람들도 이제는 마교가 아니라 제천혈마 장소 그 한 사람을 두려워하고 있었다.

아침부터 회의실인 천마각(天魔閣)에 나와 있던 장소는 한가하게 추적추적 내리는 봄비를 바라보았다. 그러고 보니 이처럼 느긋한 기분이 들기도 오랜만이다. 지긋지긋하게 달라붙던 심마(心魔)도 사라지고 마교도 되찾았다. 어디 그뿐인가! 무공은 과거에 비해 세 배나 고강해져서 이제 더 이상 수하들의 눈치를 살피지 않아도 된다.

마교의 교주로 세워진 뒤 한동안은 수하들의 눈치를 살펴야 했다. 자신 같은 시골뜨기를 교주로 세워놓고 뒤에서 무슨 짓을 할지 알 수 없었기 때문이다. 게다가 그 이전까지는 마도(魔道)의 인물들과 지내본 경험이 없기에 두려움은 더욱 컸다.

그러나 이제는 세상이 완전히 뒤바뀌었다. 수하들은 오래전부터 자신의 말이라면 무조건 복종했고, 살기 위해서 자신의 눈치를 슬금슬금 살폈다. 장소는 그 점이 재미있었다.

'흥! 벌레만도 못한 놈들.'

수하들을 벌레만도 못하다고 생각했기에 아낌없이 죽였는지도 모른다. 장소가 믿을 만한 수하라고는 검귀와 혈수서생 이면수, 그리고 순찰영주 정도였다. 적어도 그 사람들은 몰락한 뒤에도 자기 곁에 남아 끝까지 따라다녔다. 비록 속으로는 무슨 꿍꿍이가 있는지 모르지만 모른 척하기로 했다. 어차피 자기에게 해를 끼칠 만한 능력을 자진 사람은 없다.

"너도 내가 왜 음산파를 그대로 두고 있는지 궁금하더냐?"

뜬금없이 던져진 질문에 검귀가 머뭇거릴 때다. 장소가 이면수와 순찰영주가 앉아 있는 쪽으로 몸을 천천히 돌렸다.

"마교는 신강성의 한 귀퉁이에 자리하고 있다. 음산파는 내몽고(內蒙古)의 음산산맥(陰山山脈)에 있는 작은 분파지. 나는 기껏 음산파나 되찾고 싶은 마음이 없다. 내가 가지고 싶은 것은 천하(天下)다."

"……."

검귀가 긴장한 얼굴로 이면수와 순찰영주를 바라보았다. 지금 교주는 천하를 가지고 싶다고 했다. 천하라면 역모라도 생각하고 있다는 것인가! 만약 장소가 황제가 되고자 한다면 지금까지의 소동은 아무것도 아니다.

"푸하하핫! 너희들은 내가 역심이라도 품고 있는 것으로 생각하느냐?"

"교주님, 속하들은 그저 교주님의 지시에 따를 뿐입니다."

검귀의 대답을 듣고 있던 장소의 얼굴에 씁쓰름한 웃음이 떠올랐다. 그것이 역모면 어떻고 아니면 어떻단 말인가? 이렇듯 무공이 탁월한 교주의 곁에 있음에도 아직 이들은 두려움 속에 살고 있었다. 볼수록 어리석고 한없이 연약한 존재들이다.

"지금에 와서 음산파를 흡수하면 다시 사파와 정파의 견제를 받게 될 것이다. 장경선을 찾게 되는 날 나는 천하의 주인이 된다. 적어도 그때까지는 정파와 사파의 이목을 끌어서는 안 된다. 그 어리석은 놈들이 내가 계획하는 일을 망칠 수도 있기 때문이지."

검귀는 교주가 어떤 생각을 가지고 있는지 알고 있었다. 교주는 장파와 사파보다 먼저 장경선을 찾아 그의 오행지기를 흡수하려고 하는 것이다. 그런데 만약 지금 정파와 사파가 단합하여 장경선을 척살이라도 하게 되면 모든 것은 물거품이 되고 말 것이다.

갑자기 생각났다는 듯 장소가 순찰영주에게 시선을 돌렸다.

"그래, 새로운 소식이 들어왔다지?"

"그렇습니다. 장경선과 닮은 자가 섬서성 상주에서 목격되었다고 합니다."

그토록 기다리던 소식이었음에도 장소의 얼굴에는 별다른 표정이 떠오르지 않았다. 그동안 워낙 많은 허위 보고가 있었기 때문이다.

"자세히."

"상주의 열래객점(熱來客店)에서 현상금을 노리던 자들과 일전이 벌어졌는데, 그들이 모두 섬전십이장에 당했다고 합니다."

장소의 눈에서 빛이 번득였다. 섬전십이장이라면 그야말로 장경선의 독문절기였다.

"그들이 섬전십이장에 당한 것을 어찌 알았다 하더냐?"

"무너져 내린 객점에서 생존자가 하나 발견되었습니다. 그의 입을 통해 강호에 소문이 나고 있는 형편입니다."

"……"

잠시 침묵하던 장소가 다시 입을 열었다.

"상주라면 대체 어디쯤이냐?"

"하남성과 섬서성의 경계에 있는 곳입니다."

"음… 하남과 섬서의 경계라……"

장소의 눈이 깊게 가라앉았다. 지난 삼 년 간 흔적도 보이지 않던 놈이 왜 갑자기 상주에 나타난 것일까? 게다가 자신의 행적이

드러나는 것을 신경 쓰지 않는다는 듯 넘진섭이상이라니! 아무리
생각해도 장경선에게 어떤 변화가 생긴 것이 틀림없다.

잠자코 듣고 있던 혈수서생 이면수가 조심스럽게 운을 띄웠다.

"혹시 그가 지금 하남성으로 가고 있는지도 모르겠습니다. 장경
선이라면 천하제일가의 오래된 심복 아닙니까?"

장소가 깜짝 놀란 얼굴로 이면수를 바라보았다. 오랫동안 장경
선을 수배했지만 정작 그에 대해 알고 있는 것은 별로 없었다. 그
런데 그가 경재학이 가주(家主)로 있는 천하제일가의 사람이었다
니!

"장경선이 정말로 천하제일가의 사람이었단 말이냐?"

이면수가 당연하다는 듯 재빨리 대답했다.

"그렇습니다. 그의 집안은 대대로 하남성 정주(鄭州)의 천하제
일가에 속해 있습니다. 후에 경재학이 낙양으로 분가(分家)를 할
때 그의 집안도 옮겨간 것이라 합니다."

"그거 참 공교롭구나. 장경선이 천하제일가의 사람이라니… 그
러고 보니 제갈위기는 무림맹에 있던 사람이라지? 천하제일가와
무림맹이라… 나는 오래전 당고랍산맥에서 경재학을 만난 적이
있다. 그런데 경재학은 그때 이미 오행혈마인을 알고 있었거든."

검귀와 이면수, 그리고 순찰영주의 얼굴이 묘하게 일그러졌다.
만약 장소의 추측이 사실이라면 무림에 오행혈마인을 만든 것은
경재학이 되는 것이다. 그런데 무림맹주가 왜 역천(逆天)의 오행
혈마인으로 무림을 어지럽힌단 말인가! 지금 그들의 머리로는 아
무리 생각해도 그 까닭을 알 수 없었다.

장소의 말을 듣고 있던 이면수의 가슴이 갑자기 요동 치기 시
작했다. 그에게 오행혈마인은 조금 더 특별한 의미를 갖는다.

‘그렇다면 경재학이 집마령주라는 말인가!’

이면수가 순찰영주를 향해 눈을 돌렸다. 순찰영주도 자신과 눈이 마주치자 미미하게 고개를 끄덕였다. 그도 이제야 집마령주가 누구인지 알아차린 것이다. 그러고 보면 자신이 그동안 너무 어리석었다. 무림에서 자신과 순찰영주를 삼 초 안에 패배시킬 수 있는 사람은 정해져 있었다.

‘그 간단한 이치를 왜 몰랐을까!’

이면수가 탄식과 함께 고개를 끄덕였다. 아마도 무림맹주라는 선입관(先入觀) 때문이리라! 그러나 이제라도 알게 되었으니 다행이다. 상대가 누구인지 알게 되자 그간의 체증이 모두 사라지는 듯했다.

흥분한 검귀가 탁자를 ‘탕’ 하고 내려치며 소리쳤다.

“교주님의 말씀대로 경재학이라면 충분히 그러고도 남을 자입니다!”

검귀는 이미 오래전 당고랍산맥에서 장소와 경재학의 남북지약(南北之約: 남쪽과 북쪽을 나누어 지배함)을 목격한 바가 있다. 경재학에게 어떻게 마경이 흘러 들어갔는지는 모르지만 그자의 인간성이라면 충분히 가능한 일이다.

고개를 끄덕이던 장소가 문득 이면수에게 고개를 돌리며 말했다.

“그렇다면 경재학의 끄나풀이 강호는 물론 천산(天山)에도 있었다는 말이 아니냐? 그렇지 않고서야 마경이 어찌 천마동에 있을까?”

장소에게 오행혈마경을 찾아 익히라고 권유한 사람은 혈수서생 이면수다. 지금 장소는 문득 그 사실을 떠올린 것이다. 깜짝 놀란

이면수가 바닥에 머리를 처박으며 소리쳤다

"교주님, 그것은 속하도 모르는 일입니다! 전대 교주께서 익히시던 절세마공이 그것이라는 사실 외에 제가 아는 것은 없습니다! 그리고 그것은 마교의 원로들도 모두 알고 있던 내용입니다!"

"이 장로의 말이 맞습니다."

순찰영주가 한마디 거들자 장소도 더 이상 이면수에게 신경 쓰지 않았다. 자신에게 마경을 권유한 사람은 이면수였지만, 순찰영주의 말을 들으니 더 이상 그를 의심할 수도 없다. 그렇다면 전대(前代)에 누군가가 마경을 천마동에 가져다 놓았다는 말이다. 그게 누구인지는 어차피 영원히 알 수 없을 것이다.

"어쨌든 상관없다. 마경을 터득한 자가 천하의 주인이니… 경재학은 자기 무덤을 판 꼴이지."

이면수가 장소에게 조심스럽게 입을 열었다.

"교주님의 말씀대로라면 장경선이 하남으로 가는 것은 틀림없을 것입니다. 수하들을 보내 무림맹과 천하제일가를 감시하겠습니다."

"서둘러야 할 것이다. 장염이 무림에서 사라진 지 삼 년이 흘렀다. 지금까지 그놈이 장경선과 동귀어진했다고 알려져 있었는데 장경선이 멀쩡한 것을 보면 터무니없는 소문이다. 내가 천산에서 꼼짝도 하지 않은 것은 장염의 생사를 확인하지 못했기 때문이다. 장경선이 나돌아다니는 것을 보면 머지않아 장염도 불쑥 나타날 것 같다. 아무래도 비가 그치는 대로 난주(蘭州)의 천마방으로 거처를 옮겨야겠다."

신강의 천산과 하남과는 너무 거리가 멀다. 게다가 자신이 천산에 칩거한 지 두 해가 지났으니 이제 슬슬 거처를 옮길 때도 되었다. 장염이 언제 천산으로 올지 모르기 때문이다. 적어도 오행지기를 다 모으기 전까지는 장염을 피해 다녀야 한다.

'빌어먹을 녀석 같으니… 끝까지 속을 썩이는구나.'

그러나 이제 팽팽한 줄다리기의 끝도 보이는 듯하다. 최후의 승자는 경재학도 장염도 아닌 자신이 될 것이다. 잠시 중얼거리던 장소는 수하들을 한번 둘러본 뒤 느긋하게 숙소로 돌아갔다. 다시 마교 교주의 자리를 되찾은 장소는 이전에 비해 많이 여유가 있어 보였다. 세월이 흘러서 그리된 것인지, 마공이 무르익어 그리된 것인지 모르지만 말이다. 어쨌든 장소가 느긋해질수록 수하들은 살맛이 났다.

검귀도 곧 장소의 뒤를 따라 사라졌다. 장소가 가는 곳이라면 어디든 따라가는 검귀였다. 이면수와 순찰영주는 검귀의 뒷모습을 보며 씁쓰름하게 웃었다. 검귀와 달리 자기들은 잠시 외도를 했기 때문이다. 한참 만에 순찰영주가 조용히 입을 열었다.

"나는 경재학이 그 정도로 지독할 줄은 몰랐소."

이면수도 고개를 끄덕였다. 대대로 자신의 수하인 장경선까지 오행혈마인으로 만들다니 보통 심성을 가지고는 어림도 없다. 오행혈마경을 익히다가 미쳐서 자결한 전대 교주를 생각하면 그것이 얼마나 극악한 무공인지 알 수 있다.

"그리고 보니 교주님을 빼면 지금까지의 오행혈마인은 다 정파에서 나온 것 같습니다."

순찰영주가 고개를 끄덕였다. 아직 신분이 밝혀지지 않은 사람들도 정파의 인물일 것이다.

"아마도 경재학의 손길이 미치는 곳이라 그러리라 보오."

"본 교에도 경재학의 수하가 아직 남아 있을까요?"

순찰영주가 고개를 끄덕였다.

"그렇나 해도 관계없지 않겠소? 어차피 교주님께서 장경선의 오행지기를 흡수하시면 더 이상 경재학의 무림맹과 녹림칠십이채에 신경 쓸 필요가 없으니 말이오. 그때가 되면 무림의 모든 문파는 재구성될 것이오."

"다른 건 다 차치하고라도… 우리 앞에서 집마령주 행세를 한 경재학은 용서할 수가 없습니다."

"후우… 나도 지금까지 별의별 종류의 사악한 놈을 만나봤지만 그런 놈은 처음이오."

두 사람이 멋쩍은 미소를 지으며 자리에서 일어났다. 자기들도 지금까지 살아오면서 적지 않은 악행을 했다고 생각하고 있었는데 경재학과 비교하니 오히려 건전한 구석이 있다.

*　　　　*　　　　*

"상주라면 여기서 얼마나 되는 거리요?"

"넉넉잡아도 보름이면 도달하리라고 보오만… 지금의 우리만 가지고 과연 섬전수 장경선을 감당할 수 있을지……."

"도존(刀尊)께서 그리 심약한 말씀을 하실 줄은 몰랐소."

평소에 조금 소심한 경향이 있던 사람은 혈해신마다. 오히려 풍소곡은 대범하게 큰일을 계획하고 추진해 왔다. 그런데 지금 혈해신마가 풍소곡에게 큰소리를 치고 있는 것이다.

"허헛! 그렇소? 혈존(血尊)께서 그리 말씀하시니 부끄럽구려."

독수마존이 곁에서 두 사람의 이야기를 듣고 있다가 넌지시 입을 열었다.

"섬전수 장경선도 오행지기를 모았다는 소문이 있소. 만약 그게 사실이라면 우리도 열래객점에서 맞아 죽은 사람들과 크게 다를 바 없을 거요. 그러나……."

풍소곡이 독수마존을 바라보았다. 독수마존의 말처럼 자기들 세 사람으로는 장경선의 상대가 되지 못한다. 그러나 무언가 여운을 남기는 것으로 보아 좋은 방책이 있는 듯하다. 마교의 눈을 피해 도망 다니는 처지에 대체 무슨 뾰족한 수가 있단 말인가?

"독존(毒尊)의 말씀을 들으니 뭔가 계책이 있는 듯하오만?"

"계책이라고 할 것까지는 없소. 그저 내가 잘하는 독(毒)을 좀 사용해 볼까 생각 중이오."

풍소곡과 혈해신마가 동시에 입을 열었다.

"독을?"

그러나 상대는 오행혈마인으로 이미 마신체(魔神體)를 이루고 있는 자다. 그런 자에게 과연 독이 통할까? 두 사람의 마음을 알고 있다는 듯 독수마존이 희미하게 웃으며 대답했다.

"이것은 신체에 아무런 이상 없이 단지 잠만 들게 하는 것이오. 이른바 미혼독(迷魂毒)이라고 하는 것인데… 미혼독을 백배쯤 연하게 하면 하오문에서 사용하는 미혼향(迷魂香)이 되오."

풍소곡이 탄성을 터뜨렸다.

"그렇다면?"

"그렇소. 순수한 미혼독을 장경선에게 주입하는 거요. 우리는 어차피 그자와 생사를 가릴 게 아니지 않소? 그가 잠든 틈에 품을 뒤져 마경만 찾아낼 것이오."

혈해신마가 걱정스러운 듯 되물었다.

"그런데… 만약 그의 품에서 마경이 나오지 않는다면 어찌 되는 것이오?"

"어찌 되긴요. 천산으로 돌아가 천마동과 교주의 숙소를 샅샅이 뒤져 봐야지요."

"헛!"

혈해신마가 어이없다는 듯 탄식을 터뜨렸다. 그러나 듣고 있던 풍소곡은 오히려 감탄사를 연발하며 독수마존을 추켜세웠다.

"독존의 고견에 탄복했소이다. 그처럼 간단한 일을 왜 생각하지 못했는지. 천산이야 우리가 눈을 감고도 돌아다닐 수가 있는 곳이 아니오? 오히려 천산이야말로 역도들의 눈을 피해 숨어들기가 훨씬 수월할지도 모르오. 게다가 장소가 마경을 익히고 없앴다고는 생각지 않소. 그것은 마교의 교주를 위한 것 중 하나이니 천마동 어딘가에 처박혀 있을 것이오."

말은 그렇게 했지만 풍소곡이나 독수마존은 마경에 크게 연연하지 않고 있었다. 지금 와서 마경을 찾아 연구한다고 뭐가 달라질까! 이제 와 익히기도 겁이 날 뿐 아니라 그처럼 대단한 무공의 허점을 알아내기도 불가능에 가까울 것이다.

그럼에도 이들이 마치 마경을 찾아 장소에게 대단한 복수를 할 것같이 떠들어대는 것에는 이유가 있다. 역도들의 눈을 피해 숨어 다니게 되었는데 이왕 피할 수 없는 방랑이라면 야무진 꿈이라도 꾸는 편이 나은 것이다.

실질적인 삼존의 바람은 장경선과 장소가 동귀어진하는 것과 장염이 돌아와 장소를 끝장내는 것이었다. 그럼에도 장경선의 곁으로 가고자 하는 것은 어부지리라도 얻기 위해서다. 그들은 '장소와 장경선이 싸우다 보면 뜻하지 않은 기회가 생길 수도 있다'고 믿고 있었다.

잠시 서로의 얼굴을 바라보던 삼존은 허탈하게 웃어 보이고는 걷기 시작했다. 장경선의 흔적을 쫓아 상주로 가는 것이다. 그러나 상주에서도 쥐죽은 듯 숨어 지내야 할 것이다. 섣불리 장소나 마교 고수들 눈에 뜨이느니 차라리 세월을 까먹으며 유랑하는 편이 낫기 때문이다.

*   *   *

사천제일루에 투숙해 있는 손님 중 가장 오래된 사람을 꼽으라고 하면 딱 두 사람이 있다. 건성으로 점소이 노릇을 하며 건들거리는 소결과 주방에서 열심히 잔일을 거들고 있는 향이다. 다른 사람들은 모두 피치 못할 사정으로 사천제일루에서 떠났다.

영화는 일 년쯤 투숙해 있다가 이듬해에 풍림장으로 돌아갔다. 모친인 연화부인이 병을 얻어 쓰러졌기 때문이다. 연화부인은 영화의 간병을 받고 곧 자리에서 일어났지만 영화는 사천으로 돌아가지 못했다. 겨우 몸을 회복한 연화부인이 허락하지 않았던 것이다.

때마침 장소가 마교 교주 자리로 복귀하는 등 강호 정세가 급격하게 변했다. 장소에게 크게 당한 기억이 있는 영화는 당분간 어머니의 말에 따르기로 했다. 무림에서 장소를 상대할 사람이 없으니 어디에 있으나 마찬가지겠지만 말이다.

이무심과 장소룡은 단오절의 비무 이후 은밀히 아미산으로 거처를 옮겼다.

하후연과 지염도는 용마표국으로 들어갔다. 물론 처음부터 그렇게 잘 풀린 건 아니다. 삼 년 전 돈이 떨어진 하후연과 지염도는 여름 내내 노숙을 했다. 민주려가 공짜로 묵어도 좋다고 했지만 자존심이 강한 두 사람은 듣지 않았다.

두 사람이 지붕 아래로 들어갈 수 있었던 것은 전적으로 장소룡 덕분이다. 아미산에서 하산(下山)하여 사천제일루에 들렀던 장소룡이 두 사람을 용마표국에 소개해 주었던 것이다. 총표두 낙장불패 곽자연은 즉시 두 사람을 식구로 받아들였다. 두 사람은 '사천에서만 일한다' 와 '장염이 돌아오는 날까지만 일한다' 라는 조건을 붙이고 용마표국의 표사가 되었다.

"허어! 그 아가씨 일하지 않아도 된다니까… 저렇게 바지런하네."

주방에 들렀다가 계산대로 돌아가던 민주려가 연신 감탄을 터뜨렸다. 장 명인(張名人)의 누이라는 아가씨는 보면 볼수록 호감이 간다.

삼 년 전 처음 사천제일루를 찾아와 자기 이름은 향이인데 장염의 누이라고 했다. 얼핏 보아도 귀태(貴態)가 흘러 의외로 장염의 집안이 좋은가 보다 생각했다.

나중에 들어보니 장염과는 의남매를 맺은 사이란다. 그 소리를 듣던 날 장염의 평범한 안면과 아가씨 같은 미색(美色)이 같은 태(胎)에서 나왔을 리가 없다고 크게 웃었다. 그러자 아가씨는 화들짝 놀라며 '그런 농담을 함부로 하시다가는 큰일 납니다' 라고 했다.

단오절을 넘긴 지 한 달이 되었을까? 아가씨가 심각한 얼굴로 찾아왔다. 대책없이 장기 투숙을 하다 보니 여비가 떨어진 것이다.

“돈이 없으니 일을 해서라도 갚아 나가겠습니다.”

그러나 자기가 어떻게 장염의 누이에게 일을 시킬 수 있단 말인가!

“그냥 투숙하고 계셔도 돈을 받지 않겠습니다.”

그러나 아가씨는 막무가내였다. 그냥 놀고 먹을 수 없으니 일을 시켜달라는 것이다. ‘그 말이 얼마나 오래가는지 두고 봐야겠다’는 생각으로 주방에 들여보냈다. 아가씨는 그 뒤로 하루도 빠짐없이 새벽부터 주방으로 나가 잔일을 거들었다.

그러기를 벌써 삼 년이다. 삼 년이면 지칠 법도 한데 도무지 지겨워하거나 피곤한 기색이 보이지 않는다. 그동안 주방 일을 거들며 헌원일광과 이대추와도 제법 친해진 눈치다. 특히 자손이 없던 이대추는 향이가 자기 친손녀라도 되는 양 눈에 띄게 싸고돌았다.

‘젠장… 전생에 부부였을지도 모른다구?’

언젠가 ‘왜 그렇게 향이를 감싸고 도느냐?’ 묻자 이대추가 정색을 하고 대답한 말이다.

“흥! 자기 얼굴이나 보고 그런 소리를 하지… 그 얼굴로 전생에 무슨 저런 아가씨와 부부였다는지 원.”

오늘도 특별히 할 일이 없는 민주려가 이대추의 농지거리를 떠올리며 투덜거리고 있을 때다. 식당 안쪽에서 또 다투는 소리가 들리기 시작했다.

“이그… 지겨운 녀석들 같으니…… 오히려 하는 짓을 보면 저 놈들이 전생에 부부인지도 모른다니까.”

소걸과 홍칠이 무슨 이유 때문인지 또다시 다투고 있었다. 멀리서 보니 오늘은 홍칠이 단단히 작정을 했는지 다소 과격한 몸짓까지 곁들이고 있다.

"이른 아침이라 마침 손님도 없으니 어디 마음대로 싸워봐라. 어느 놈의 대가리가 터지는지 오늘은 꼭 좀 봐야겠다."

삼 년 간 입씨름만 하는 두 사람을 지켜보는 일도 쉬운 일이 아니다. 본래 사내들의 세계란 치고 박고 하면서 서열과 의리가 생기는 법이다. 그렇지 않아도 나이가 많은 홍칠에게 바득바득 덤비는 소걸이 못마땅하던 참이다. 민주려는 오늘은 싸움을 말리지 않고 관람하기로 마음먹었다.

'얼씨구! 그렇지!'

두 녀석들의 싸움을 가만히 지켜보자니 괜히 덩달아 흥이 오른다. 자고로 싸움 구경과 불 구경이 최고의 낙이라고 하던가? 다 늙은 민주려의 입이 저도 모르게 헤죽헤죽 벌어지기 시작했다.

'아! 고 녀석들… 좀 더 화끈하게 못하나?'

멀리서 민주려가 구경하는지도 모르고 홍칠과 소걸은 핏대를 올려가며 말싸움에 열중하고 있었다. 오늘은 웬일로 홍칠이 한쪽 손을 허공에 치켜세우고 부르르 떨고 있다. 지금까지 단 한 번도 손찌검까지 가본 적이 없는 두 사람이다.

"이 얍삽한 자식아! 선배님께서 분명히 바닥을 깨끗이 쓸고 닦으라고 했는데, 아침나절 내내 눈에 띄는 덩어리 몇 개를 줍고, 뭐? 다 했다고?"

"어이, 홍 형! 그 손은 그만 내리고 얘기하시지. 그렇게 바닥에 신경 쓰이면 홍 형이 직접 하면 되잖아? 홍 형이 바닥 하면 내가 탁자를 할게!"

"야! 이 자식아! 니가 더러운 머리를 자꾸만 탁자에 털어대서

어제 나하고 바꾼 거 아냐! 그리고 이 자식이 걸핏하면 홍 형이
래! 내가 니 친구냐!"

마침내 흥분을 참지 못한 홍칠이 소걸의 머리통을 후려치고 말
았다.

퍽!

사람이란 자고로 처음 한 번이 중요하다. 얼떨결에 소걸을 후려
친 홍칠의 손은 자동으로 다시 올라갔다.

"이 자식아! 너도 객점에서 일하는 점소이면 점소이다운 행동
을 해라!"

퍽!

"너 같은 놈들이 있으니까 너도나도 점소이 알기를 우습게 아
는 거 아냐!"

퍽!

소걸은 우두커니 서서 자기 머리통 위로 떨어지는 홍칠의 손을
바라보기만 했다. 사실 지금 소걸이 저항의 의지를 상실한 것은
전혀 다른 이유 때문이었다. 그러나 그것도 잠시뿐이다. 홍칠의 손
이 머리에 닿을 때마다 소걸의 얼굴은 점점 일그러졌다.

'아… 씨발… 나 같은 무림의 고수가 점소이 따위에게 머리통
을 내주다니……'

아파서가 아니라 '너무나도 어설프게 휘두른 홍칠의 주먹을 왜
피하지 못했나!' 생각하니 분하고 떨린다. 스승 복이 터졌는지 어
려서부터 많은 스승들을 만나 쉬지도 못하고 무공을 익혔다. 대충
계산해도 팔구 년은 족히 무공을 수련한 것 같다. 그런데 지금 무
공 문외한인 홍칠의 주먹을 피하지 못한 것이다.

'씨이! 대체 써먹지도 못할 개수작은 왜 배웠을까.'

무공을 배우면 일반인이 휘두르는 주먹쯤은 본능적으로 피할 줄 알았다. 그러나 현실 속의 자기 몸은 그렇지 못했다. 홍칠이 주먹으로 내려치는 순간, 자신은 무엇을 어떻게 해야 할지 모르고 있었다. 한마디로 몸이 저절로 피해주지 않아서 지존심에 상처를 크게 입은 것이다.

그렇다고 내력을 이용해 상대를 패대기치자니 후환이 두렵다. 잘못해서 홍칠이 내상이라도 입게 되면 누가 그를 치료한단 말인가! 뒤를 돌봐줄 스승도 없으니 잘못했다가는 살인자가 될 수도 있다. 나이 열여섯에 살인자가 되면 그 다음은 뻔하다. 홀몸으로 유랑을 하다가 남의 집 처마 밑에 쪼그리고 앉아 추위와 허기를 달래야 하는 것이다.

퍽!

"우씨! 홍 형… 그만 때려라."

계속해서 맞다 보니 내가 왜 맞으면서 서 있어야 하는가 하는 생각이 든다. 살인자는 둘째 치고 일단 머리통이라도 보호해야겠다고 생각한 소걸이 홍칠의 손목을 움켜잡았다.

"어쭈! 이 자식이 이제는 아래위도 없네!"

홍칠이 힘을 써보았지만 한번 잡힌 손은 움직일 수 없었다.

"그래! 선배님을 쳐라 쳐! 이 막돼먹은 자식아! 기운 좀 세다고 다냐! 아예 죽여라 죽여!"

손목을 잡힌 홍칠이 악다구니를 쓰며 소걸을 걷어차기 시작했다.

팍팍팍!

소걸이 어이가 없다는 듯 홍칠을 바라보았다. 자기가 혼자 때리면서 마치 얻어맞는 사람 같은 소리를 하고 있다. 멀리서 누가 보면 자신이 홍칠을 붙들고 괴롭히는 것처럼 보일 것이다.

"홍 형! 나 화나면 스승님도 못 말려!"

벼락같은 소걸의 일성에 홍칠의 움직임이 일순 멎었다. 그러고 보니 싸가지없는 평소의 행동에 비해 용케도 잘 참아주고 있는 것 같다. 조금 더 했다가는 정말 미친놈처럼 덤빌지도 모른다고 생각하자 등골이 서늘해진다. 보기에는 비리비리해 보이는데 접촉해 보니 의외로 손아귀의 힘이 장사였다.

'이 자식이 언제 용(龍)의 뼈라도 삶아 먹었나…….'

잠시 후 홍칠이 더 이상 버둥거리지 않자 소걸은 잡았던 손목을 놓아주었다.

풀려난 홍칠이 씩씩거리며 소걸을 노려보았다. 나이도 어리고 키도 자기보다 작은데 어디서 저런 힘이 넘치는지 알다가도 모를 일이다.

"아! 요즘 아침저녁으로 비질을 조금 걸렀더니 손목에 힘이 쫙쫙 빠지네그려. 너, 짜샤! 오늘 운 좋은 줄 알아! 한 번 더 내 앞에서 뺀질거리면 가만히 있지 않을 테니 그때 가서 눈물 질질 짜지 마라!"

"……."

홍칠은 큰소리를 치며 재빨리 계산대가 있는 방향으로 걸어갔다. 뒤늦게라도 소걸이 본격적으로 덤벼들까 봐 겁이 났던 것이다. 그러나 정작 소걸은 삶의 의욕을 상실한 사람처럼 우두커니 서 있기만 했다. 민주려가 앉아 있는 계산대까지 걸어가도록 소걸은 움직이지 않았다.

"이놈아! 나이도 많은 놈이 아침부터 왜 동생하고 싸우고 지랄이냐!"

“…….”

노상 까불대던 소걸이 넋을 잃고 서 있자 그게 또 안돼 보이는 민주려다. 조금 전까지는 혼찌검을 내주었으면 하고 바랬는데 마음이 영 개운치 못하다. 어쩌다 이렇게 되었지만 소걸은 장 명인의 제자이며 따지고 보면 손님인 것이다.

민주려가 씁쓰름한 표정으로 주판을 툭툭 치고 있을 때다. 주루의 문이 열리며 한 사람이 성큼성큼 걸어 들어왔다.

“어서 오십시…….”

습관적으로 인사를 건네려던 민주려의 입이 떡 벌어졌다. 민주려가 얼어붙자 홍칠이 재빨리 나서며 설레발을 쳤다.

“아이구! 손님, 어서 옵셔! 저희 사천제일루로 말하자면 요리면 요리, 술이면 술, 어느 것 하나…….”

“하핫! 나도 알고 있다. 따지고 보면 내가 너의 선배다. 그렇지 않습니까, 민 대인(玟大人)?”

선배라니? 홍칠이 상대의 말뜻을 몰라 고개를 갸웃거렸다. 자기의 선배라면 점소이였다는 말인데 주인에게 자연스럽게 민 대인이라고 부른다. 게다가 이해 못할 것은 민주려의 얼굴이다. 온통 감격으로 가득해서 잘하면 눈물이라도 쏟게 생겼다.

“장 명인(張名人)! 이게 대체 몇 년 만이오?”

마침내 민주려의 입이 힘들게 열렸다. 살아가며 늘 마음 한구석에 남아 있던 남자, 같은 사내가 봐도 좋아지는 장염이었다.

“그러게 말입니다. 그래도 민 대인의 풍체는 여전히 보기 좋으십니다.”

민주려가 계산대에서 걸어나오며 크게 웃음을 터뜨렸다.

“허허헛! 나보다는 장 명인이 훨씬 보기 좋습니다. 그간 어디서 무슨 일이 있었던 게요?”

“그동안… 좋은 일도 있었고 나쁜 일도 있었지요.”

민주려가 장염의 손을 움켜쥐고 탁자로 걸어가며 홍칠에게 말했다.

“너는 속히 주방과 안채의 사람들에게 장 명인이 오셨다고 기별해라.”

홍칠이 실감이 나지 않는다는 얼굴로 장염과 민주려를 번갈아 보았다. 장 명인이라면 아직 얼굴을 보지 못한 사천성 제일의 요리사 아닌가! 그 전설을 흠모하여 일찍이 사천제일루에 취직하여 열심히 일했다. 언젠가 요리도 배워 장염과 같은 사람이 되리라는 꿈을 품고서 말이다.

“알겠습니다요!”

저도 모르게 큰 소리로 대답한 홍칠이 몸을 돌려 뛰쳐나갔다.

홍칠의 요란한 소리에 정신을 차린 것은 소걸이다. 인상을 잔뜩 찌푸리며 고개를 돌리던 소걸의 몸이 한순간에 굳어버렸다.

“스, 스승님……”

장경선과 함께 죽었을 거라는 소문이 파다하던 장염이 돌아온 것이다. 말로는 아니라고 했지만 ‘살아 있는 사람이라면 삼 년 간 어찌 흔적이 없을까?’ 싶어 내심 불안했다. 스승이 없는 동안 홍칠의 무한견제(無限牽制) 속에서 보낸 지난 삼 년 간의 기다림이란 또 어떤 것이었던가!

“씨이! 스승님! 어디 갔다가 이제 와요!”

“……”

소걸이 달려가 장염의 앞에 버티고 서서 숨을 헐떡거렸다. 두 사람 더 특별히 반가움을 표시하는 방법에 대해 알지 못한다. 장염은 그저 두 손으로 소걸의 머리를 쓰다듬으며 웃었고, 소걸은 씩씩거리며 거친 숨을 몰아쉬었다.

"하는 짓이 어린아이 같으니 이렇게 키도 안 자라는 거 아니냐."

다시 본 소걸은 정말 키가 작았다. 장염이 보기에 지난 삼 년간 거의 자라지 않은 것 같았다.

"그건 제가 어려서부터 못 먹고 떠돌아다녀서 그래요 뭐."

소걸이 자기 딴에는 키가 작은 가장 그럴듯한 이유를 댔다. 소걸의 과거를 아는 장염이 웃으며 대답했다.

"그래서 내가 삼 년 간 요릿집에 너를 맡긴 게 아니냐? 그동안 돌아다니느라 먹지 못한 음식을 실컷 먹으라고 말이다. 그런데도 아직 요만하구나. 하하핫!"

"씨이… 맨날 죽어라고 일만 했는데… 무슨……."

장염에게 지지 않으려고 투덜거리던 소걸이 말끝을 흐렸다. 곁에 서 있던 민주려가 인상을 쓰며 노려보았기 때문이다.

"푸하핫! 누가 너에게 그렇게 일을 시킬 수 있다면 나는 그분께 너를 맡기고 싶구나."

"씨이……."

소걸이 억울하다는 듯 입술을 질근질근 깨무는데 뒤에서 우당탕거리는 소리가 들렸다. 돌아보니 주방문이 열리며 향이 소저와 헌원일광, 그리고 이대추가 뛰어나오고 있다. 그동안 궁지에 몰려 있던 소걸이 뒤로 슬쩍 물러섰다.

"장 동생… 정말… 돌아왔군요."

"하핫! 향 누님, 오랜만에 뵙습니다. 강호를 여행하신 소감은 어떠십니까?”

장염은 향이 소저와 장가촌에서 나와 헤어진 이후로 처음 보는 셈이다. 그때 향이 소저와 하후연, 그리고 지염도가 북쪽으로 떠났다. 물론 향이 일행은 그 뒤 단오절의 비무 소식을 듣고 부랴부랴 사천으로 돌아왔지만 장염은 그런 사정을 알지 못했다.

“그건… 기대 이상이었어요. 그런데… 몸은 괜찮아요? 다치거나 내상을 입거나 한 건 아니죠?”

향이는 과거 장염이 내상을 입어 힘겨워할 때 함께 있었다. 지금도 오행혈마인과 싸우다가 내상을 입은 것은 아닌지 걱정스럽기만 하다.

“이렇게 건강한걸요.”

장염이 어깨를 으쓱해 보이자 향이가 피식 웃음을 터뜨렸다.

“이 녀석아! 나도 아까부터 이곳에 나와 있었다! 몇 년 지났다고 사부님도 몰라보는 거냐?”

“어이쿠! 이 사부님! 제가 어찌 사부님을 잊겠습니까? 제가 오늘날 이렇게 빌어먹지 않고 잘 지내는 것도 다 사부님이 가르쳐 주신 요리 덕분인걸요!”

갑자기 장염이 뒤에 서 있는 이대추를 향해 큰절을 올렸다. 무림인들이 보면 경악을 금치 못할 일이지만 이대추는 껄껄 웃으며 절을 받았다. 자기가 가르친 요리사 중에 장염처럼 잔소리가 필요치 않았던 사람도 없다. 그간 어디서 무슨 일을 했는지는 모르겠지만 얼굴이 이전보다 좋아진 것을 보니 대견하기만 하다.

“장 아우! 그날 이후로 늘 꿈자리가 뒤숭숭했는데 이렇게 건강한 모습을 보니 살 것 같구먼.”

헌원일광이 자리에서 일어나는 장염의 손을 움켜쥐고 세게 흔들어댔다. 복면의 괴인들에게 끌려갈 때만 해도 장염이 죽을 줄 알았다.

"하핫! 형님 덕분에 장가촌의 일행을 만나 구사일생(九死一生) 한 적이 있습니다. 제가 서장으로 간 것 같다고 하셨다면서요. 대체 어떻게 그걸 알았는지…… 형님 재주도 대단하십니다."

"푸하핫! 이 사람아, 자네가 매일 '서장, 서장' 하면서 노래를 불러놓고 이제 와 그게 무슨 소린가! 그때 자네가 찾아 나섰던 서장의 소저도 이곳에 머물다가 돌아갔다네."

"하하! 제가 그랬습니까?"

그러고 보니 사천제일루에 영화 소저도 머물다 간 모양이다. 장염이 무안해진 얼굴로 머리를 긁적이는데 안채에서 달려오는 소리가 들린다. 가볍게 달려오던 발걸음은 객점에 들어서며 차분해졌다. 누군가 싶어 고개를 돌리니 민소백이 문가에 멈춰 서서 숨을 고르고 있다.

"장… 소협……."

홍칠의 연락을 받고 달려나온 민소백은 정작 장염의 근처에 이르러 머뭇거리기 시작했다. 사람이 너무 많기도 했지만 어색한 것이다.

장염이 민소백을 행해 정중하게 허리를 숙이며 인사했다.

"민 소저를 다시 뵈니 반갑습니다. 그간 제게 베풀어주신 은혜… 늘 감사하고 있었습니다."

깜짝 놀란 민소백이 황급히 허리를 마주 조아렸다.

"별말씀을요. 오히려 소협께 감사해야 할 사람은 저와 아버지입니다. 보세요. 가게도 이전보다 훨씬 커졌지요? 모두 소협께서 저희를 도와주셨기 때문입니다."

사실 맞는 말이기는 하다. 사천제일루가 성도의 유명 요릿집이기는 했지만 사천성은 물론 중원에까지 이름을 얻지는 못했다. 그러나 요리 명인의 소문으로 인해 사천제일루는 세인의 관심을 끌었고 더불어 급속한 발전을 거듭했다.

"그렇지. 장 명인이 아니었다면 사천제일루는 오늘날 사천의 명소가 되지 못했을 거야."

민주려가 큰 소리로 맞장구를 치자 장염의 얼굴이 붉어졌다.

"하하! 그렇지 않습니다. 따지고 보면 그때도 제가 소란을 떠는 통에 그런 일들이 있었던 거지요. 오히려 제게 기회를 주신 두 분께서 큰 모험을 하신 거지요. 다행히 이제는 그 병도 나았으니 더이상 심려를 끼칠 일은 없을 겁니다."

이대추가 소걸을 장염의 뒤에 멀뚱히 서 있는 소걸에게 생각났다는 듯 소리쳤다.

"아참! 소걸아! 너는 속히 짐을 꾸려 아미산으로 가야겠다. 이 대협과 장 대협에게 장 명인이 돌아왔다는 소식을 전해야 하지 않겠느냐? 용마표국에 들러서 하후 소협과 지 소협에게도 알려주고."

"쩝… 알았어요."

소걸이 못내 아쉬운 듯 장염을 힐끔힐끔 쳐다보며 쩝쩝거렸다. 스승과 재회의 기쁨을 다 나누기도 전에 다시 혼자 먼 길을 가야하는 것이 못마땅했지만, 아미산의 거처를 아는 사람이 자신뿐이니 별수없다.

그럭저럭 장염이 사천제일루에 돌아온 지 한 달이 지났다. 그동안 장염의 주변으로 적지 않은 사람들이 모여들었다. 제일 먼저 근처의 용마표국에서 일을 거들던 하후연과 지염도가 돌아왔고, 얼마 후 아미산에서 수련과 재활 치료를 하고 있던 이무심과 장소룡도 합류했다.

얼마 후 장염의 귀환 소식을 들은 서검자와 화산파 장문인 상유천이 찾아와 객실을 얻었다. 그 다음 무당파 장문인 춘양 진인과 아미파 장문인 파경 사태가 투숙을 했고, 공동파의 추료도 세 명의 제자들을 이끌고 찾아왔다.

갑자기 무림의 지배자라는 칠대문파 장문인들이 하나둘 모여들자 놀란 것은 민주려다. 무림의 칠대문파 장문인 하나만 모셔도 대대로 자랑을 하고 다니는데, 지금은 자그마치 사대문파 장문인들이 제자들을 이끌고 사천제일루에 투숙하고 있는 것이다.

사천성 성도의 객점 주인들은 저마다 민주려에게 계속해서 좋은 일만 일어난다고 입을 모았다. 몇 해 전에는 요리 명인이 머물며 사천성을 깜짝 놀라게 하더니 이제는 칠대문파 장문인들까지 줄지어 찾아오고 있는 것이다. 심지어 사천제일루에 가면 은거기인들을 모두 구경할 수 있다는 소문까지 나돌았다.

장염을 아는 대부분의 사람들이 다 모여들었지만 영화의 모습은 보이지를 않았다. 장염이 영화를 사천으로 부르지 않은 까닭이다. 많은 사람들이 그 이유를 궁금해했지만 장염은 특별히 설명을 하지 않았다.

"장 동생, 어디를 다녀오세요?"

안뜰을 지나던 향이가 마주 오던 장염에게 환하게 웃으며 인사를 건넸다. 지난 며칠은 너무 바빠서 서로 얼굴 대할 시간도 없었다. 장염이 손에 들린 작은 꾸러미를 흔들어 보였다.

"네, 풍림장으로 편지를 보내려구요."

영호화(英豪花)를 부르지 않고 계속해서 편지만 보내는 장염이었다.

"화 매(花妹)도 오라고 해야 하지 않겠어요?"

"누님, 아직은 영화 소저가 풍림장에서 나와서는 안 됩니다."

"화 매가 장 동생과 만나기를 학수고대하고 있을 텐데요."

"영화 소저에게 찾아갈 때까지는 풍림장에서 나오지 말아달라고 부탁했습니다."

"……."

향이가 이해할 수 없다는 얼굴로 장염을 보았다. 그토록 서로를 그리워하던 두 사람이다. 그런데 지금 장염은 영화를 자기 곁으로 부르지 않고 있다.

"장소가 다시 마교 교주가 된 마당에 영화 소저가 강호를 돌아다닌다면 다시 세인들의 관심을 끌게 될 것입니다. 그렇게 되면 마교의 영향력 아래 있는 사파에서 영화에게 무슨 짓을 벌일지 장담할 수가 없게 되지요. 지금은 그런 일로 장소가 영화 소저에게 시선을 돌리게 해서는 안 됩니다."

향이가 고개를 끄덕였다. 장염의 말처럼 아직은 때가 아니라는 생각이 든 것이다. 영화를 아끼는 장염의 모습을 보면 부럽기도 하고 답답하기도 하다. 그럴 때마다 내가 왜 이럴까 싶지만 마음의 일은 어떻게 마음대로 조절할 수가 없다.

"장 동생……."

"네?"

잠시 머뭇거리던 향이가 이내 밝은 목소리로 말을 이었다.

"화 매를 생각하는 모습이 보기 좋아요."

"하하… 별말씀을요."

"……."

두 사람 모두 각자의 상념에 잠겨 있는데 멀리서 점소이들의 요란한 음성이 들려왔다. 보아하니 또 어느 대단한 손님이 들어온 모양이다. 장염이 잠시 허공을 응시하다가 향이에게 인사를 건넸다. 두 사람이 서 있는 곳이 객실의 뜰이니 어물거리다가는 또다시 귀찮은 일에 말려들지 모른다.

장염이 밖으로 황급히 걸어나가자 향이는 곧 주방으로 향했다. 얼마 전에 민주려가 주방 출입을 금지시켰지만 사실 주방이 가장 마음 편했다. 주방에서는 아무도 자기를 향해 '앞으로 어떻게 할 것인가?'에 대해 묻지 않았다.

주방문 앞에 이른 향이가 작게 한숨을 내쉬었다. 지금은 밀려드는 손님으로 주방의 일손이 부족해서 다행이다. 만약 주방마저 한가해진다면 더 이상 사천성에서 자신이 있을 곳은 없게 된다. 그렇게 되면 정말 생각하기도 싫은 결단을 내려야 할지도 모른다.

"후우… 후우… 후우……."

문고리를 잡고 몇 번 심호흡을 하던 향이가 환한 얼굴로 주방문을 열어젖혔다. 음식 냄새와 함께 후끈한 열기가 얼굴로 확 밀려들었다. 분주히 움직이던 사람들이 반가운 얼굴로 향이를 바라보았다. 향이가 인사를 건네며 사람들 속으로 파고들었다.

얼마 후 마당으로 한 떼의 사람들이 우르르 몰려들었다. 병장기를 휴대한 것으로 보아 무림인들이 분명하다. 그러나 그들은 씩씩한 생김새에 비해서 마음이 소심한 듯, 뜰을 가로지를 때도 발뒤꿈치를 들어 소리가 나지 않도록 매우 조심하고 있었다.

  요즈음의 사천제일루는 한 가지 기이한 현상을 보이고 있다. 식탁 사이를 오가며 주문을 받는 점소이들의 목소리가 쓸데없이 높아진 것이다. 워낙 많은 사람들로 들끓어 그렇게 된 것도 있지만 폭군 같은 손님들이 모두 사라져 버린 탓이다.

  그에 비해 많은 무림인들은 자기가 마치 점소이의 보조라도 된 양 점소이들을 어려워했다. 게다가 자기들끼리도 사소한 시비 하나 일으키지 않았다. 그뿐 아니다. 점소이들의 크고 작은 실수에도 무림인들은 화를 내지 않았다. 어쩌다가 주문한 것과 전혀 다른 엉뚱한 것을 가지고 가도 '허허' 웃으며 넘겼다.

  점소이들 가운데 목소리의 크기나 투덜거림이 특히 심한 사람은 소걸과 홍칠이다. 소걸은 스승이 돌아왔음에도 자기가 점소이 일을 계속해야 한다는 것으로 인해 투덜거렸고, 홍칠은 소걸만큼 소리치지 않으면 남들이 자기를 소걸의 후배로 볼지도 모른다 생각해 자주 고함을 질렀다.

  그러면서도 홍칠은 '대체 왜 점소이와 손님의 관계가 이렇게 되어가야 하는가?'에 대해 늘 고민했다.

  '이상하다. 예전에는 무림인들이 거칠었는데… 요즘은 소걸 같은 점소이가 지랄을 해도 너그럽게 다 받아준다. 아무래도 우리 요식 보조업에 대한 사회 전반적인 분위기가 많이 개선된 모양이다.'

  하릴없는 무림인들이 주루와 객점에 꼬이는 것이 사회 현상의 하나라면, 갑작스런 무림인들의 겸손과 너그러움도 그런 것이리라. 점소이들의 입지가 그 정도로 향상되었다면 더 이상 허리를 숙이지 않으리라! 누가 말하기를 '진정한 점소이는 동등한 사람에게 결코 허리를 굽히지 않는다'고 했다.

그렇게 다짐하고 적극적으로 변화했지만 아무도 자기에게 해코지를 하지 않았다.

'역시! 세상이 변했어!'

믿을 수 없게도 사회는 가장 이상적인 형태로 바뀌어 있었다. 드디어 자신의 꿈인 점소이 천하가 시작된 것이다.

홍칠과 소걸 같은 점소이들이 싸가지가 있게 행동을 하거나 말거나 사천제일루는 무림인들로 들끓었다. 나중에는 객실이 다 차서 더 이상 손님을 받지 못했다. 뒤늦게 몰려든 손님들은 식당과 주루에서 밤새 술을 마시거나 두런두런 이야기를 나누었다.

장경선이 강호에 나타났다는 소문만으로도 강호는 다시 벌집을 쑤신 듯 들끓기 시작했다. 장경선이 다시 모습을 드러냈으니 마교 교주 장소도 다시 활동을 재개할 것이다. 그러나 무림에서 장경선이나 장소를 대적할 수 있는 사람은 장천사 장염뿐이니 이래저래 사천제일루로 무림지사들의 발걸음이 몰리고 있는 것이다.

손님이 늘어나니 즐거워 비명을 지를 것 같은 사람은 민주려다. 드디어 많은 경쟁 업소를 물리치고 사천성에서 제일 가는 주루요, 객점이 된 것이다. 요즘 같아서는 하루하루가 즐거워 미칠 지경이다. 비록 점소이들이 점점 건방져 가고는 있지만 손님이 오히려 늘어나니 기묘한 일이다.

'바보들 아냐?'

그러고 보니 언젠가 '학대를 받을수록 쾌감을 느끼는 사람들이 있다'는 말을 들은 것도 같다. 깊이 생각하면 찜찜하지만 지금은 어떤 손님이든 가리고 싶지 않다. 메뚜기도 한철이라고 했다. 손님도 뜸한 겨울이 오기 전에 한몫 잡아야 하는 것이다.

민주려의 입이 함지박만하게 벌어져 다니는 것과 반대로 얼굴에 그늘만 깊어가는 사람도 있었다. 바로 옥돌 민 자를 쓰는 민주려의 외동딸 민소백이다. 민소백의 얼굴은 날이 갈수록 수척해져서 나중에는 무슨 병이라도 생긴 게 아닐까 의심할 정도였다.

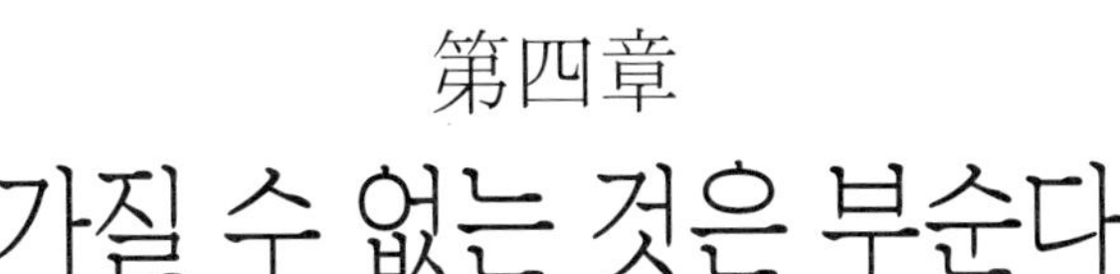

第四章

가질 수 없는 것은 부순다

달도 휘영청 밝은 어느 날 밤이다. 향이가 묵고 있는 객실의 문을 조심스럽게 두들기는 사람이 있었다.

톡. 톡. 톡.

어찌나 살그머니 손끝으로 건드리는지 깊은 밤이 아니면 듣지도 못했을 것이다. 내공이 깊어진 향이가 자리에서 천천히 몸을 일으켰다. 이 야심한 밤에 대체 누가 저리도 조심스럽게 찾아왔단 말인가! 향이의 가슴이 심하게 고동치기 시작했다.

"누구세요?"

"……"

상대가 말이 없자 향이는 방문에 가만히 서서 다시 물었다.

"이 밤에 누구세요?"

"향 언니… 저… 소백이에요."

그제야 향이는 황급히 문을 열었다. 민소백을 바라보는 향이의 눈가로 뜻 모를 아쉬움이 스쳐 지나갔다.

민소백은 어둠 속에서 머뭇거리며 들어가기를 주저했다. 아무래도 어색하기만 하다. 지금이라도 몸을 돌려 자기 방으로 뛰어가고 싶은 마음이 굴뚝같다.

향이가 얼른 민소백의 손을 안으로 잡아끌며 다정히 말했다.

"어서 와요. 달이 밝아 나도 잠이 오지 않았어요."

"네에……"

민소백이 희미하게 웃으며 고개를 끄덕였다. 향이는 민소백이 들어오자 하나뿐인 등에 불을 밝힌 후 마주 앉았다. 이렇게 늦은 밤 자기에게 찾아왔으니 뭔가 중요한 일이 있을 것이다. 물론 어렴풋이 그 이유를 알고 있었지만 내색하지 않았다.

"실은… 상의드릴 일이 있어서요."

"그래요, 무슨 일이죠?"

"……"

애꿎은 손가락만 오래도록 만지작거리던 민소백이 마침내 입을 열었다.

"그를 처음 보았을 때는 참 안됐다고 생각했어요. 무슨 병이 있는지 바싹 마른 몸에 얼굴도 근심으로 가득했죠. 그는 일행과 함께 와서 음식을 먹었지만 돈이 없어서 몸을 저당 잡혀야 했어요."

"네에……"

향이가 고개를 끄덕였다. 민소백은 역시 장염의 이야기를 하고 있었다. 향이의 얼굴에 안타까운 빛이 스쳐 지나갔다. 장염 때문에 가슴앓이를 하는 사람이 또 있는 것이다. 그러나 장염은 누구에게도 마음을 내어주지 않았다.

"그는 참 열심히 일했어요. 그리고 마침내… 명인이라 불리게 되었죠 그런데 어느 날 갑자기 사라지고 말았어요. 그 뒤로 저는 그의 의형인 헌원 숙수에게서 많은 이야기를 들었답니다. 덕분에 같은 집에 살면서도 잘 모르고 지내던 헌원 숙수와 친해지게 되었죠. 물론… 그 덕분에 한때는 명인과 헌원 숙수와 저에 관한 고약한 소문이 돌기도 했지만 말이에요. 후훗!"

향이는 웃으며 고개를 끄덕여 주었다. 장염과의 옛일을 떠올리는 소백의 모습은 아름다웠다.

"몇 년이 지나 그가 불쑥 돌아왔어요. 그런데 알고 보니 그에게는 이미 좋아하는 소저가 따로 있었어요. 귀하게 자란 아름다운 소저였어요."

"네에… 착하기까지 하죠."

향이가 허탈한 음성으로 말을 잇자 민소백이 고개를 끄덕였다.

"맞아요."

"……."

"……."

두 사람이 약속한 듯 입을 다물었다. 이상하게 영화에 대해 떠올리자 더 이상 대화는 이어지지 않았다. 잠시 후 민소백이 조용히 말했다.

"그래도 저는 장 소협에게 말할 거예요. 제 마음을 고백하지 못한다면 평생 후회할 것 같아요."

"……."

향이는 멍한 얼굴로 민소백을 바라보았다. 그래서 대체 어쩌자는 말인가? 괜히 두 사람 사이만 어색하게 될지도 모른다.

"민 매(玫妹)의 용기가 부럽군요."

"언니, 이건 용기가 아니에요. 그런데 이상한 거 있죠? 장 소협

에게 제 마음을 털어놓아야지 하면… 왠지 미안하다는 생각이 드
는 거예요. 그간의 소문도 신경 쓰이고… 헌원 숙수와는 아무런
일도 없었는데 말이죠."
　"장 소협에게요?"
　"아니요. 헌원 숙수에게요."
　"아! 네에……."
　"……."
　민소백이 무겁게 고개를 끄덕였다. 지금까지 단 한 번도 헌원일
광을 남자로 생각해 본 적이 없다. 그러나 몇 년 간 함께 장염의
이야기를 나누어서 그럴까? 하루에도 몇 차례씩 마주치는 헌원일
광을 보면 가슴이 답답해진다. 그는 늘 가까이 있어준 사람이지만
종종 장염만큼이나 낯설기도 했다.
　"확실히 그는 너무 멀리 있는 느낌이에요."
　"헌원 숙수 말이죠?"
　"아니, 장 소협이요."
　"후우… 맞아요……."
　향이가 탄식을 터뜨리며 고개를 끄덕였다. 확실히 자기에게 장
염은 너무 가까워서 오히려 먼 느낌의 사람이었다. 문득 서로를
바라보던 두 사람이 피식 웃음을 터뜨렸다. 별것도 아닌 일에 너
무 심각한 표정을 지은 것 같다는 생각이 들어서다.
　"그런데 언니, 장 소협은 어떤 사람이지요?"
　"후훗, 글쎄요. 뭐라고 해야 할까… 다른 사람은 신선이라고 하
는데 내가 보기에는 아이 같은 어른?"
　"어머! 그래요?"
　"그렇다니까요."

"호호호!"

향이와 웃고 떠들던 민소백은 새벽 미명(未明)에야 자기 방으로 돌아갔다. 민소백이 돌아가자 향이는 침상에 지친 몸을 뉘었다. 사방이 고요했지만 오히려 정신은 투명하게 맑아져 잠도 오지 않았다. 몇 번이나 몸을 뒤척이던 향이는 자리에서 일어나 거울 앞에 앉았다. 내공을 익힌 뒤로 피부는 점점 더 고와져 이십 대의 나이로 보이지만, 실제로는 벌써 삼십 대 중반이 된 자기 얼굴이 보인다.

"후우……."

거울의 표면을 몇 번 매만지던 향이는 가부좌를 틀고 앉았다. 지금 잠이 들면 늦잠을 자게 될 것 같으니 차라리 운기조식으로 하루를 시작하려고 하는 것이다.

*　　　*　　　*

지난밤 잠자리에서 오랫동안 뒤척여서일까? 평소보다 조금 늦게 일어난 장엽의 표정은 어두웠다. 사천제일루에 돌아온 뒤로 한 차례 천산(天山)을 다녀온 바가 있다. 다시 마교 교주가 되었다는 장소를 만나기 위해서다. 그러나 천산의 마교 총단을 다 뒤지고 다녔지만 장소는 없었다.

'수하들도 교주가 천산에 있다고 말하고 있는데… 과연 장소는 어디에 있단 말인가!'

천산에서 마교의 고수 몇 사람을 잡아 장소의 행방을 물은 적이 있다. 그러나 그들도 장소가 천산에 있는 것으로 알고 있었다. 그렇다면 장소는 아무에게도 밝히지 않고 어디론가 사라졌다는 말이 된다. 지금과 같은 때에 장소가 갈 만한 곳은 대체 어디일까?

장소가 천산에서 사라졌으니 이제는 장경선이 어디 있는지를 확인해야 한다. 그러나 장경선은 장소를 찾기보다 더욱 어려웠다. 장경선에 대해 소문은 무성했지만 대부분 거짓이었다. 지금까지 수많은 사람들이 장경선이라는 이름 아래 죽거나 잡혀가 고문을 당했다.

'확실한 정보가 있을 때까지 조금 기다려 봐야겠다.'

다행히 지금은 각 성의 무림고수들이 장경선과 장소의 흔적을 쫓아 돌아다니고 있었다. 그들을 통해 두 사람에 대한 정확한 정보를 얻는 게 최선인지도 모른다.

'제발 늦지 않기만을 바랄 뿐이다.'

적어도 장소가 장경선을 찾기 전까지 그 둘 중에 하나를 찾아야 한다. 만약 장소와 장경선이 먼저 만나게 된다면 모든 것은 수포로 돌아갈 것이다. 누가 누구를 먼저 만나는가에 따라 희비가 교차하니 살아간다는 게 쉽지 않다.

"그나저나 오늘은 헌원 형님을 한번 만나봐야겠다."

요즘 들어 왠지 헌원일광과 자신의 관계가 서먹해짐을 느끼고 있었다. 몇 년 전 전이를 수련하다가 우연히 헌원일광의 마음을 알게 되었다. 그래서 그런지 요즘은 겉돌고 있는 헌원일광과 민소백을 보면 괜히 웃음부터 나온다. 그러나 당사자들의 마음을 생각하면 마냥 웃고 지낼 수만도 없다.

객실에서 나온 장염은 자신이 오랫동안 몸을 담았던 주방으로 걸음을 옮겼다. 벌써부터 음식 냄새가 진동을 하고 있었다. 문을 살짝 열고 안으로 상체를 넣었다. 뿌연 연기 속에 분주히 움직이는 사람들이 보였다. 저 멀리 헌원일광이 뭐라고 소리치고 있다.

"헌원 형님, 잠시 시간이 되시겠습니까?"

요리사들에게 뭔가 열심히 지시하던 헌원일광이 흔쾌히 고개를 끄덕였다. 그렇지 않아도 장염과 개인적인 시간을 가져 본 지도 제법 오래되었다.

"어! 그래, 어쩐 일인가?"

헌원일광이 옷을 툭툭 털며 장염에게 다가왔다. 싱글싱글 웃고 있는 장염의 얼굴을 보니 뭔가 특별히 할 얘기가 있는 듯하다.

"오늘은 지난번에 나누던 이야기를 마저 해야겠습니다."

"지난번?"

헌원일광이 고개를 갸웃거렸다. 근래에 들어 장염과 특별히 나눈 이야기란 없다. 게다가 어떤 이야기를 중도에 그만둔 적도 없다. 그런데 지난번에 나누던 이야기라니? 여전히 선문답(禪問答) 같은 것을 즐기는 장염이었다.

'대체 내가 장 아우와 무슨 이야기를 나누었더라?'

그러나 아무리 되짚어봐도 생각이 나지 않는다.

"장 아우, 대체 우리가 나누던 이야기가 뭔지 물어도 되겠나?"

"하핫! 바로 형님에게 찾아온 봄에 대한 이야기입니다."

헌원일광이 더욱 의아한 표정으로 장염을 바라보았다. 봄이라니? 물론 계절적으로 지금이 봄인 것은 분명하다. 그러나 특별히 자신에게만 봄이 온 것도 아니지 않는가!

"나는 아우님의 이야기를 도무지 모르겠구먼."

장염이 손으로 입을 가리고 헌원일광의 귀에 나직이 속삭였다.

"왜 일전에 형님이 말씀하지 않으셨습니까? 민 소저를 마음에 두고 있다면서요? 오늘은 그 이야기를 해보자는 말입니다."

"헛! 무슨 소리를······!"

헌원일광이 깜짝 놀란 얼굴로 장염을 바라보았다. 대체 자신이 언제 그런 이야기를 장염에게 했다는 말인가! 그 내용의 사실 여부를 떠나서 귀신이 곡을 할 노릇이다.

"장 아우, 농담이라도 그런 소리 하지 마시게. 민 소저가 알면 큰일 난다네."

"삼 년쯤 전, 그때도 달이 참 밝았죠. 제가 형님을 찾아온 적이 있지 않습니까? 함께 이야기 나눈 것을 벌써 잊으셨습니까?"

장염을 다시 만난 것은 겨우 한 달 전이다. 그 이전에는 장염을 만나 대화를 나눈 기억이 없다. 그런데 삼 년 전에 장염을 만났다니, 그건 또 무슨 말인가? 아! 그러고 보니 삼 년쯤 전이라면 자신이 장염의 꿈을 꾸었을 때다. 헌원일광이 놀란 눈으로 장염을 바라보았다.

"설마··· 장 아우··· 그게 꿈이 아니란 말인가? 아니야! 그건 분명히 나의 꿈이었단 말일세."

아무리 생생하다 한들 어찌 꿈이 현실이 될까!

장염이 헌원일광에게 빙긋이 웃어 보였다.

"형님, 바로 그날 제가 형님을 뵈러 왔었습니다. 민 소저를 좋아하는데 차마 말할 수가 없다고 하지 않으셨습니까? 하하핫!"

"어허!"

마침내 헌원일광이 두 손을 들고 말했다. 정말 자기의 꿈속에서 나눈 이야기를 장염이 모두 기억하고 있는 것이다. 도무지 믿어지지 않았지만 엄연한 현실이었다. 한참 만에 헌원일광이 장탄식을 토했다.

"하아! 내가 신선 앞에서 어찌 거짓말을 할 수 있겠나. 그래, 장 아우의 말이 옳다고 인정해야겠지. 그러나 나는 분수에 넘는 행동은 하지 않는다네."

"형님, '사람 위에 사람 없고 사람 아래 사람 없다' 하질 않습니까?"

"그거야 말하기를 좋아하는 사람들의 장난일 뿐… 사람마다 처지에 따라 살아가는 길이 다른 법이라네."

"형님의 처지가 어때서 그런 말씀을 하십니까? 사천 요리계의 유명한 숙수께서 너무 겸손의 말씀을 하시는군요."

"그러나 민 소저는… 그만둠세. 자꾸 그런 말로 신세 한탄만 하고 싶지는 않다네."

"누가 감히 헌원 형님과 민 소저가 신분의 차이가 난다고 하겠습니까? 만약 형님이 민 소저와 신분 차이 때문에 어울리지 못하겠다고 말씀하시면 섭섭합니다. 저와는 의형제를 맺으신 분이 민 소저에게 신분의 차이를 느끼시다니요."

"장 아우, 그건……."

헌원일광이 뭐라고 대꾸하려 했으나 사실 맞는 말이기도 했다. 사실은 민 소저가 장염을 사모하는 것 같아 차마 다가가지 못했다. 장염이 자신의 의동생이니 신분 때문에 가까이 하지 못한다는 말은 앞뒤가 맞지 않는다. 아니, 어쩌면 그것은 장염에게는 대단히 실례가 되는 말일 수도 있다.

"장 아우, 아우의 신세가 나만큼 별 볼일 없다는 뜻으로 한 말이 아닐세."

"형님이 민 소저를 사모하는 것을 두고 누가 비웃는다면 그것은 저를 비웃는 것과 같습니다."

"하핫! 그렇게까지 생각해 주니 고맙네."

헌원일광은 장염에 대해 정확히 알지 못한다. 워낙 당사자나 주변 사람들이 말을 아끼기 때문이다. 그러나 가게를 드나드는 무림인들이 장염을 어려워하고 있다는 것쯤은 눈치로 알 수 있다. 그래서 지금도 장염의 말에 어설프게나마 동의를 하고 있는 것이다.

"나도 신분 차이 때문에 민 소저를 어려워하고 있다는 소리는 하지 않겠네. 그러나… 사실 민 소저가 마음에 두고 있는 사람은 자네가 아니던가?"

"하하핫! 형님의 눈에는 그렇게만 보이셨습니까? 제게는 오히려 형님을 더욱 생각하는 것으로 보이던걸요. 사실 사천제일루에 와서 형님과 민 소저의 다정한 모습을 보고 놀란 게 한두 번이 아닙니다. 게다가 저는 이미 마음으로 정한 소저가 있습니다. 그녀 이외에는 누구도 생각하고 싶지가 않습니다. 그게 자연의 이치라고 생각하고 있어요."

"자연의 이치라……."

헌원일광이 무심코 장염의 말을 받았다. 사실 자신은 아직 자연의 이치를 모른다. 그러나 장염과 같은 사람이 그렇게 말한다면 반드시 그럴 것이다.

"나는 잘 모르겠네. 아우님의 말을 들으니 용기가 생기네만, 이게 잘하는 일인지도 모르겠고……."

"서장을 여행할 때 들은 이야기입니다만, 어느 먼 나라엔 이런 말도 있다고 합니다."

"뭔가?"

"용감한 자만이 미녀를 차지한다."

"허, 거참! 굉장한 말일세. 무슨 불경(佛經) 같은데 기록된 말인가?"

"그건 저도 모르겠습니다만 아마 비슷할 겁니다."
"그 말을 평생 가슴에 담고 살아가겠네."
"부디 효험이 있기를 바랍니다."
"척 듣기에도 영험해 보이네."

*   *   *

검붉게 타오르는 석양을 등에 지고 한 사내가 낙양(洛陽)으로 들어서고 있었다. 죽립을 눌러쓴 사내는 낙양의 지리를 잘 아는 듯 망설임도 없이 한 방향으로 걸어갔다. 그가 걸어가는 방향은 바로 경재학이 가주(家主)로 있다는 낙양의 천하제일가였다.

본래 낙양의 천하제일가는 정주에서 갈라져 나왔다. 그래서 아직도 나이가 지긋한 원로고수들에게 천하제일가는 정주(鄭州)요, 그 다음 세대에게는 낙양이었다. 경재학이 분가(分家)해 나간 낙양의 천하제일가도 규모가 정주의 것 못지 않게 컸다. 전각이 이십여 채에 방만 해도 백 개가 넘었다.

사내는 낙양의 중심부에 있는 천하제일가를 멀찍이서 바라보고 있었다. 죽립 사이로 사내의 검게 탄 얼굴이 언뜻 드러났다.

'이미 무림의 지배자가 되어 가문을 일으키겠다는 꿈은 버렸다.'

무림공적이 되어버렸기 때문에 이제는 평생 숨어 다녀야 한다. 게다가 자기의 오행지기를 노리는 마교 교주 장소가 언제 덮칠지 알 수 없다.

그렇게 삼 년 간이나 조마조마한 마음으로 강호를 떠돌아다니던 장경선은 가족을 구한 뒤 영원히 은거하기로 결심했다. 경재학이 순순히 가족의 행방을 불 리가 없으니 다시 한 번 직접 수고를 할 수밖에 없다. 이런 날이 올 줄 알았으면 처음 방문했을 때 확실히 뒤져 보는 것인데, 이제는 후회해도 늦다.

장경선이 훌쩍 몸을 띄웠다. 허공 속으로 장경선의 몸이 녹아드는 듯하더니 일순간 사라져 버렸다. 남들이 보면 눈이 뒤집힐 수법이지만 이런 경공으로는 단지 달아나는 데 유리할 뿐이다. 그나마 장소나 장염 같은 사람에게서 달아날 수 있을지는 미지수였지만 말이다.

경공에 자신이 생긴 장경선은 천하제일가를 구석구석 뒤지기 시작했다. 죄인들을 가두는 항마금전은 물론 이십여 채의 전각도 빼놓지 않고 수색했다. 천하제일가의 고수들은 장경선이 그들의 머리 위를 구름처럼 넘나들어도 누구 하나 눈치 채지 못했다.

그러나 귀신 같은 경공으로도 이미 사라진 사람을 찾아낼 수는 없다. 전각을 다 조사한 장경선은 천하제일가의 식솔들이 머무르는 백여 개의 방으로 숨어들었다. 그러나 역시 어느 방에도 가족들의 흔적은 남아 있지 않았다.

'대체 어디에 숨겼단 말인가!'

왠지 불안한 마음이 들기 시작했지만 애써 부인했다. 경재학의 머리가 그처럼 아둔하지 않다는 것을 믿고 있기 때문이다. 자신의 생명이 걸린 일인데 가족들을 죽였을 리가 없지 않은가! 그러나 낙양의 천하제일가에는 없었다.

밤새도록 돌아다니다 지친 장경선이 어느 전각의 지붕 위에서 잠시 쉬고 있을 때다. 아래에서 두런거리는 소리가 들려왔다. 사방이 조용한 데다가 장경선의 내공도 평범하지 않으니 마치 곁에서 말하는 것처럼 들린다. 두 사람이 마주 앉아 대작(對酌)을 하며 나누는 이야기는 대체로 '천하제일가, 이대로 좋은가'라는 주제였다.

"그래서 하의도가 죽었단 말인가?"

"하의도를 죽인 사람들이 바로 가주의 친위대인 비비재단(悱悱在團: 알고 있으나 차마 입으로 말할 수 없는 단체)이라네."

"그걸 자네는 어떻게 알았나?"

"하의도가 사라지기 전날 아무래도 걱정이 된다며 나를 찾아왔었지. 그때까지 나는 가주께서 설마 하니 식솔들을 버리실 줄은 몰랐다네."

"어허! 빌어먹을… 적어도 선대의 가주께서는 식솔을 내치지 않았건만……."

"그러게 말일세. 섬전수 장경선이 저토록 날뛸 줄을 누가 알았겠나? 이번 일로 얼마나 많은 사람들이 죽어 나갈지 벌써부터 염려가 되네."

"이미 죽어 없어진 가족을 찾겠다고 난리를 부리고 있다니… 장경선이도 안됐구먼."

"세상에 비밀이 없는 법이니 장경선도 언젠가는 알게 될 걸세."

"대체 가주가 데리고 있다는 비비재단의 사람들은 정체가 뭐야? 같은 식솔도 살인멸구(殺人滅口)를 하다니… 이래서야 어디 서로 간에 믿고 살 수가 있겠나! 그 사람들은 어디서 무얼 하고 다닌다는 게야? 본가(本家)가 무림에서 무슨 몹쓸 일이라도 벌이지 않는 다음에야 어찌……."

사내의 말은 이어지지 못했다. 지붕이 조용히 갈라지며 한 남루한 옷을 걸친 사내가 방 한가운데로 떨어져 내렸기 때문이다.

후두두둑.

사내의 머리 위로 뒤늦게 나뭇조각과 돌 뭉치들이 흘러내렸다. 그러나 사내는 가만히 두 사람을 바라볼 뿐이었다.

"헉! 섬전수!"

"그래, 가족을 찾기 위해 날뛰고 있는 장경선이다. 비밀이 없다는 너희들의 말은 잘 들었다. 고통없이 죽고 싶다면 소상히 말해봐라."

두 사내의 얼굴에 공포와 절망이 스쳐 지나갔다. 섬전수 장경선의 이름만이 아니더라도 지금 그가 보여주고 있는 모습은 대단했다. 강기(剛氣)의 보호막에 의해 나무와 돌 부스러기들이 장경선의 주변으로 곱게 쌓이고 있었다. 그 하나만 보더라도 장경선의 무위(武威)가 어떠하리란 걸 짐작할 수 있다.

"나, 나는……."

한 사내가 한숨을 쉬는 순간 다른 사내의 몸이 빗살처럼 창밖으로 날아갔다. 순간의 틈을 노려 달아나고 있는 것이다.

"미련한 놈."

장경선이 아무렇지도 않다는 표정으로 사내의 뒤통수를 행해 손가락을 뻗었다. 그러자 주변에 곱게 쌓여 있던 돌 가루들이 허공으로 치솟아올랐다. 돌 가루들은 이내 한 자루 석창(石槍)으로 변해 사내를 향해 날아갔다.

퍼억!

푸시시.

머리를 관통한 석창은 허공에서 다시 돌 가루로 변해 사라져버렸다.

"아차! 달아나려고 한 녀석을 고통도 없이 죽어 버렸구나. 저런 저런… 너는 나를 실망시키지 않겠지?"

"후우… 섬전수 장경선을 만났으니 살기를 바라겠소? 천하제일 가의 행사가 근래에 들어 이상해지는 듯하더니 결국 이렇게 죽음을 맞이하게 되었구려. 알고 싶은 게 뭐요?"

"내 가족들은 어찌 된 게냐?"

사내는 잠시 장경선의 얼굴을 들여다보더니 침착하게 말했다.

"내가 알기로 그것은 사고라 했소. 어느 날 밤 항마금전에 갇혔 던 일수탈백(一手奪魄) 장태수(張泰守)가 가족들과 함께 탈출을 시도했다고 하오."

"그래서?"

장경선의 음성이 낮게 가라앉았다.

"그런데 그날 밤 항마금전을 지키던 내전의 무사들은 그들이 일반 죄수인 줄 알았던 모양이오. 달아나는 장태수 일가에게 화살 을 쏴서… 그날 밤 장태수와 그 가족들은 모두 화살에 맞아 죽었 다고 들었소."

"……."

"그날 내전을 지켰던 위사들은 나중에 영문도 모르게 하나둘 사라져 갔소. 마지막으로 남아 있던 자가 바로 하의도요. 물론 하 의도 역시… 다른 사람들과 마찬가지로 어느 날 사라졌지만. 하의 도는 아무래도 불안했던지 한동안 내전 근무를 함께하며 친분이 있던 나에게 비밀을 털어놓은 것이오. 가주께서 지시하신 일도 함 께 말이오."

"경재학이 뭐라고 시켰다던가?"

"혹시라도 섬전수 장경선을 만나면 장태수 일가는 이미 다른 곳으로 모셨다고……."

　가만히 듣고 있던 장경선의 눈에서 살기가 치솟기 시작했다. 그러고 보면 자신은 경재학의 술수에 휘말려 엉뚱한 일을 벌이고 다닌 셈이다. 경재학은 가족들을 볼모로 잡고 있다고 하며 혈마사와 장염을 상대하게 했다. 혈마사는 그렇다 치고 대체 장염과는 무슨 원한이 그토록 깊은 것일까? 물론 이제는 다 소용없는 짓이지만 말이다.

　"놈은 반드시 내 손에 죽게 될 것이다!"

　"……."

　"내 가족이 사라졌으니… 네게는 안됐지만 천하제일가도 오늘로 끝이다."

　장경선이 정면에 서 있던 사내를 향해 손을 슬쩍 휘둘렀다. 사내의 몸이 허공에 둥실 떠오르는가 싶더니 곧 폭발하고 말았다.

　펙!

　이미 오행지기(五行之氣) 목기(木氣)와 금기(金氣)를 체내에 융합한 장경선이다. 전신 공력을 끌어올린 후 허공으로 치솟은 장경선의 눈에 이십여 채의 전각이 들어왔다. 장경선의 두 팔이 천천히 벌어졌다.

　"무너져라!"

　외마디 고함과 함께 장경선의 몸이 풍차처럼 회전하기 시작했다.

　콰콰콰콰!

　장경선의 몸에서 쏟아져 나온 경력이 사방으로 휘몰아쳐 갔다. 멀리서 보면 마치 회오리바람이라도 부는 듯한 모습이었다. 내전과 외전을 지키던 무사들도 미친 듯이 몰아쳐 오는 회오리바람

앞에서는 속수무책이었다. 무사들과 부서진 전각이 한데 어울려 솟구쳤다가 이내 땅바닥에 처박혀 갔다.

콰지지직! 콰쾅!

"으아아악!"

경력에 휘말린 전각이 무너지자 사방에서 비명 소리가 울려 퍼졌다. 간혹 무너지는 전각에서 살아난 사람들은 나무와 돌이 휘몰아치는 바람에 맞아 이승을 하직해야 했다. 자정에 시작된 죽음의 회오리바람은 일각이 지난 뒤에야 가라앉았다.

바람이 가라앉자 사방에서 신음 소리가 들려왔다. 그러나 죽음의 신(死神)은 부상자라고 해서 봐주는 법이 없었다. 장경선은 부상으로 고통스러워하는 사람들조차 찾아다니며 마지막 숨통을 끊어버렸다. 그렇게 낙양의 천하제일가는 완전한 무덤이 되고 말았다. 과거 혈마사가 쓸고 지나간 자리와 비교도 되지 않을 만큼 처참한 광경이었다.

"경재학아… 특별히 너의 숨통은 아주 천천히 조여주마. 하루하루가 얼마나 지겹고 고통스러운지 느껴보거라."

이미 장소를 만날 수도 있다는 것에 대한 두려움은 사라진 뒤였다. 경재학과 천하제일가에 복수할 수 있다면 죽음 따위는 아무것도 아니다.

장경선은 모든 사람들이 죽은 것을 확인한 뒤에야 천천히 떠나갔다. 장경선이 떠나간 자리 위로 매캐한 연기가 피어 오르기 시작했다. 누군가 보관하던 불씨가 바람을 타고 번지는 모양이다. 그러나 태울 것도 마땅치 않았던지 연기는 불꽃이 되지 못하고 아침 안개에 섞여 버렸다.

＊　　　＊　　　＊

낙양의 천하제일가가 하룻밤 사이에 폐허가 되고 말았다는 소문은 강호 전역으로 퍼져 나갔다. 목격자가 없었기에 사람들은 그 끔찍한 일을 저지른 사람이 누구인지 알 수 없었다. 천하제일가가 폐허로 변한 것을 둘러본 사람들은 한결같이 대부대(大部隊)가 밀고 지나간 것 같다고 말했다. 그러나 몽고족이든 영락제의 군대든 하남성에서 목격된 바가 없으니 사건은 미궁 속으로 빠져들었다.

"낙양 본가(本家)가… 사라졌습니다."

"알고 있다."

총관 산전수전(山戰水戰) 목불인의 얼굴이 참담하게 일그러졌다. 자신의 마음이 이토록 아플진대 가주의 속이야 오죽할 것인가! 남아 있던 자신의 가족들도 몰살당했지만 분가(分家)한 경재학의 친지들도 일시에 죽임을 당했던 것이다.

"설마… 황군(皇軍)입니까?"

황제의 군대가 아니면 누가 감히 그런 일을 저지를 수 있단 말인가! 몽고족이 하남성까지 들어오기란 쉬운 일이 아니다. 그렇다면 무림과 담을 쌓고 지내고 있던 황실이 천하제일가를 제거하려고 했다는 것인데, 생각할수록 기가 막혔다.

"몽고족만으로도 벅찬 영락제가 할 일이 없어서 무림세가와 등을 지겠느냐? 당금 무림에서 낙양의 천하제일가를 하룻밤 사이에 폐허로 만들 수 있는 사람은… 세 명이다."

"……."

"장소와 장경선… 그리고 장염이다. 그러고 보니 모두 장씨로구먼."

목불인이 이해할 수 없다는 표정으로 경재학을 바라보았다. 대체 그들이 왜 낙양의 천하제일가를 없애려 한단 말인가!

"장소는 야심이 있으니 남들의 눈에 띌 서투른 짓은 하지 못할 것이고… 장염은 제놈이 마치 신선(神仙)인 양 위선을 떨고 다니니 역시 아니다. 지금에 와서 본가에 이렇게 잔인한 짓을 벌일 수 있는 놈은 오직……."

"섬전수 장경선에게 그만한 능력이 있습니까?"

"아직 오행혈마인을 상대해 보지 못했으니 그런 말이 나올 법도 하지. 나도 장경선이 오행지기 하나를 가지고 있을 때 겨우 목숨을 부지했었다. 그런데… 듣자 하니 장경선은 이미 오행지기 둘을 모았다더구나. 오행지기가 둘이 모였으면 나 같은 사람 다섯이 덤벼야 겨우 평수를 유지할 수 있을 것이다."

"헉! 장경선이 그 정도입니까?"

"아마도 장경선이 제 가족이 죽었다는 것을 알게 된 듯하다. 그렇지 않고서야 어찌 그런 일을 벌일까."

"그렇다면… 가주께서 몸을 피하시는 것이……."

경재학이 목불인에게서 몸을 돌려 창가로 걸어갔다.

"낙양의 본가(本家)가 초토화되었는데 나마저 몸을 숨겨보아라. 아버님이 계시는 정주(鄭州)의 천하제일가가 남아나겠느냐? 그리고 천하제일가의 가주이며 무림맹 맹주인 내가 적이 무서워 달아난다면 사람들은 또 뭐라고 하겠느냐?"

그렇지 않아도 요즘 들어 맹주의 위상이 예전과 같지 않아 고민이다. 만약 여기서 몸을 숨기게 된다면 맹주는 물론 더 이상 무림에 관여하기도 힘들 것이다. 경재학은 이렇게 은거를 하느니 장경선과 대면을 하는 편이 낫다고 생각했다.

"……."

목불인은 차마 입을 열지 못했다. 맹주의 말처럼 이제 여기서 아무도 달아날 수가 없다. 만약 장경선이 정주의 천하제일가로 향한다면 그곳 역시 화(禍)를 입게 될 것이다. 그랬다가는 수백 년을 이어온 천하제일가도 멸문이 위기에 놓이게 된다.

경재학이 침묵하자 목불인도 길게 읍(揖)을 한 후 자리에서 물러났다. 목불인이 집무실에서 나가자 경재학이 한숨을 내쉬었다. 말 그대로 이제는 정면 돌파만이 남은 셈이다. 비록 무림사에 전설로 내려오는 무검(無劍)을 터득했지만 장경선은 이미 마신(魔神)이다.

"장염… 그놈이라도 제때에 와준다면……."

그러나 장염은 자신과 장경선의 은원 관계를 모르니 그것도 쉬운 일이 아니다. 그렇다면 장소라도 나타나 주기를 기대하는 수밖에 없다. 장소가 원하는 것은 무림이니 자신이 조금 양보한다면 직접 부딪칠 일은 없을 것이다.

어차피 천하의 안위니 어쩌니 하는 것은 관심이 없다. 당장 자기가 죽고 사는 문제 앞에서 그런 것이 무슨 의미가 있을까! 그러고 보니 확실히 장염보다는 장소가 나타나 주는 게 낫겠다는 생각이 든다. 만약 장염이 장경선과 만나게 된다면 대화가 오갈 터인데, 그랬다가는 자신이 장염을 죽여달라고 했다는 사실도 드러날지 모른다.

"아무렴. 장염 그놈의 성격이라면 부질없는 말로 시간을 질질 끌 것이고, 그러다 보면 별 소리가 다 나올 수 있지."

그렇다면 장소에게는 장경선의 정보를 흐리고 동시에 상염의 귀는 막아야 한다. 일난 이 위기를 넘기고 나면 무림과 완전한 오행혈마인 장소가 전쟁을 치르든 말든 관계없다. 어디 그뿐이랴! 힘에 부치면 그때 가서 화산파의 상유천이나 소림사의 원정 선사 같은 이에게 맹주의 자리를 넘겨주고 한 걸음 물려나도 된다.

'만약 내가 맹주 자리를 넘길 정도의 상황이라면… 그런 대전쟁 후에 과연 누가 살아남을까.'

낙양 천하제일가의 정예라고 할 수 있는 비비재단(悱悱在團)의 수하들을 이용한다면 장소를 부르고 장염을 막는 것은 일도 아니다.

"흐흐흐! 어디 한번 두고 보자. 이왕 내가 가질 수 없는 것이라면 부서지는 것도 좋지."

*　　　*　　　*

그 즈음 정주(鄭州)에 있는 천하제일가에도 낙양의 비보(悲報)가 전해졌다. 경재학이 식솔들을 데리고 낙양으로 분가(分家)해 갔다고는 하나 아직도 많은 친지들이 정주에 남아 있었으니 그 슬픔은 이루 말할 수가 없었다. 그러나 슬퍼한다고 모든 일이 해결되는 것은 아니다. 사태가 심각하다고 느낀 경영자는 가문의 원로들을 한자리에 불러 모았다.

"본래 자식의 일에 관여하지 않으려 했으나 아무래도 무림맹으로 본가의 고수들을 보내야겠다. 낙양의 분가가 멸문했다면 그 다음은 재학이가 표적이 될 것이다. 그뿐이 아니다. 홍수들이 정주의 본가로 들이닥칠지도 모른다."

경영자는 처음에 가문의 원로들 모르게 아들을 도우려 했다. 그러나 뜻밖에 일이 커져 분가가 멸망하고 말았다. 이제는 원로들 모르게 일을 처리한다는 것도 불가능할 뿐 아니라 오히려 그들의 도움이 있어야 할 판이다.

원로 고수이자 무림에 일검진천(一劍震天)이라는 외호로 알려진 경재범이 즉시 화답했다.

"어찌 가주님의 명을 따르지 않겠습니까? 홍수가 낙양의 식솔들을 노리고 있다면 그 다음은 반드시 무림맹이 될 터. 마침 친지들의 원한도 갚아야 한다고 중지가 모아졌으니 고수들을 보내야 마땅하지요."

"그렇습니다."

원로들이 저마다 찬성하고 나서자 경영자가 만족한 듯 고개를 끄덕였다. 정주 천하제일가의 고수들이 활동을 재개하면 무림의 판도가 바뀔지도 모른다. 초원으로 돌아간 몽고족들조차 탐을 내던 무력(武力)이니 경재학의 호위는 물론 정주본가(鄭州本家)를 위협할 세력도 제거할 수 있을 것이다.

'설마 몽고족과 손을 잡았다는 것이 탄로 나서 황제의 비밀 조직에 당한 것은 아니겠지.'

경영자는 아직 경재학과 오행혈마인이 얽힌 일을 알지 못한다. 그저 지난번 몽고족으로부터 사신이 왔을 때 그를 아들에게 맡긴 것이 못내 마음에 걸릴 뿐이다. 만약 황제의 비밀 조직에 당한 것이라면 이 참에 초원으로 도망가야 할지도 모른다.

'그게 아니라면… 어떤 조직이든지 혹독한 대가를 치르게 할 것이다!'

무림세가들이 저지른 일이라면 멸문시킬 것이며, 만에 하나 무림맹의 산하 조직이 관계되었으면 무림맹을 화해시킬 것이다. 무림맹에서 천하제일가의 비밀 세력이 천하에 드러나게 된다면 적어도 견제를 할 만한 상대는 제거해야 할 것이다.

"천하제일가의 미래가 걸린 일이니 늦지 않도록 하여라."

"가주께서도 가시려고 하십니까?"

경재범이 깜짝 놀란 얼굴로 경영자를 바라보았다.

"식솔을 사지(死地)로 보내는 마당이니 당연히 함께 가야지."

경재범의 얼굴이 환하게 밝아졌다. 경영자가 무림에서 손을 뗀 지 어언 오십 년이 넘었다. 경영자가 무림을 종횡하던 시절에 사람들은 그를 신검(神劍)이라 불렀다. 낙양을 멸문시킨 자들이 누구인지는 모르지만 신검이 함께 간다면 염려할 바가 아니다.

"가주께서 직접 나서주신다니 마음이 든든합니다."

"허허헛! 서둘러 함께 갈 고수들을 준비시키거라."

"알겠습니다."

경재범은 칠순이라는 나이도 잊고 씩씩한 음성으로 대답했다. 경재범과 원로들의 입에 오르내리는 고수들은 대부분 이미 삼십 년에서 오십 년 전에 무림에서 은거한 사람들이다. 회의를 주재하는 경재범의 주름진 얼굴에 웃음이 가득했다. 경영자가 은퇴를 선언하면서 그의 오른팔로 일하던 자신의 인생도 끝이 났다. 그런데 지금 비록 가슴 아픈 동기로 시작되었지만 무려 오십 년 만에 다시 찾아온 신검 경영자의 시대인 것이다.

＊　　　　＊　　　　＊

급박하게 돌아가는 천하제일가와 대조적으로 사천제일루에는 때 아닌 봄바람이 불기 시작했다. 장염이 민소백과 헌원일광의 중매인(中媒人)을 자처하고 나섰기 때문이다. 하지만 장염의 말이라면 하늘처럼 받드는 민주려라 해도 그것만은 받아들이지 않으려 했다. 그러나 민소백이 장염과 헌원일광을 각각 만난 후에 '헌원일광이 아니면 시집을 가지 않겠다'고 하자 마침내 민주려의 고집도 꺾이고 말았다. 민주려와 헌원일광은 때가 때인지라 혼인식을 다음해로 미루고 간단히 약혼만 하기로 했다. 주루와 객점이 무림인으로 바글대는 마당에 무슨 혼인식을 벌인단 말인가!

그래도 정작 약혼을 하는 날은 대단했다. 헌원일광이 장염의 의형이라는 사실이 밝혀지자 인근의 요리사와 무림인들이 몰려들었기 때문이다.

헌원일광의 뒤편에 마련된 가족석으로 화산파의 기인(奇人) 서검자와 장문인 상유천이 자리를 잡았다. 그뿐 아니다. 머무르고 있던 아미파와 공동파의 장문인은 물론 소림사의 원정 선사까지 찾아와 헌원일광의 가족석에 한자리씩 차고 들어갔다.

이대추는 칠대문파의 장문인 사이에 앉아 어색하게 웃었다. 요리 제자인 헌원일광을 축하하려고 했는데 그 자리에 설마 칠대문파 장문인들이 낄 줄은 몰랐다. 그렇다고 이제 와 다른 곳으로 슬그머니 사라질 수도 없다. 어색해진 이대추는 그저 만만한 장염만 연신 불러댔다.

"장염아! 여기 우육(牛肉: 소고기)과 채(菜)가 떨어졌다. 서둘러 가져오라고 해라."

"아, 녀석아! 사부님께 술 한잔 올리지 않고 어딜 그리 쏘다녀?"

이대추가 큰소리를 칠 때마다 좌우에 앉은 무림고수들이 감탄한 얼굴로 포권(包拳)을 해 보였다. 이대치는 그 새비에 더욱더 장염을 불러댔다.

그럭저럭 먹고 마시느라 떠들썩한 약혼식이 끝날 무렵이다. 헌 원일광이 슬그머니 장염에게 다가왔다.

"장 아우, 내 궁금한 게 하나 있는데… 그날 민 소저가 아우님 께 뭐라고 하던가?"

그날이라면 중매를 서겠다고 나선 뒤 민소백과 둘이 면담을 한 날일 게다. 장염이 헌원일광을 보며 대답했다.

"아, 그날! 아무 말도 하지 않았는데요? 민 소저는 혼자 여아홍 (女兒紅) 한 병을 비우고 일어났습니다."

"그랬던가? 나는 민 소저가 자네에게 할 말이 많을 줄 알았는 데……"

"형님도 참… 그나저나 그날 형님이 뭐라고 하셨기에 민 소저 가 혼인을 승낙한 겁니까?"

그날 여아홍을 비우고 나간 민소백은 곧바로 헌원일광과 만났 다. 그 뒤로 민소백은 오직 헌원일광하고만 혼인을 하겠다는 선인 했었다.

"뭐… 나름대로 용기를 내서 자네와 같은 사람이 되지는 못하 겠지만 그래도 최선을 다하겠다고 했네."

"하하하! 다행입니다. 형님도 옛날의 저처럼 광인(狂人)이 되면 큰일 아닙니까? 저와 같은 사람이 되실 필요는 없습니다."

"푸하핫! 그런가?"

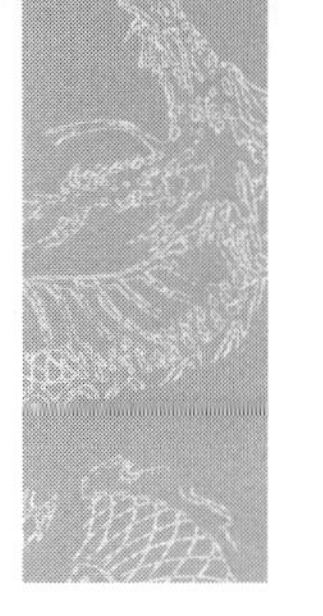

第五章
무위(無爲)에 들려면 화동(和同)하라

헌원일광과 민소백의 약혼이 있던 날 밤이다. 장염이 방에서 쉬며 차(茶)를 마시고 있는데 누군가 문밖에서 인기척을 냈다. 이미 찾아온 손님이 향이라는 사실을 알고 있는 장염은 즉시 밖으로 나가 인사를 했다.

"이 시간에 향 누님이 어쩐 일이십니까?"

"네에… 장 동생과 상의할 일이 있어요."

장염이 향이를 자리로 안내한 뒤 찻잔을 내밀었다.

"아미파의 제자들이 어렵게 구했다며 가져다 준 것입니다."

"뭔지 모르지만 향기가 좋군요."

"그렇지요?"

향이는 말없이 오래도록 차를 마셨다. 마치 이 시간이 다시 돌아오지 않을 것처럼 느긋하게 즐기는 듯했다.

"장 동생, 민 소저가 좋은 사람을 만나서 다행이에요."

"저도 그렇게 생각합니다."

향이가 다시 한 모금의 차를 입 안에 머금었다. 첫맛은 씁쓰름했지만 목구멍을 넘어간 뒤에도 향긋한 향기가 입 안에 오래 남았다. 향이는 그것이 마치 장염과의 만남과 같다고 생각했다. 의혈단에서 다소 초라하게 시작된 만남이었지만 그 뒤로는 정말 꿈속같이 행복했다.

"후우, 민 소저가 부럽기도 하지만… 사람들은 나름대로의 사는 법이 있답니다."

"누님도 머지않아 좋은 배필을 만나실 겁니다."

"그래요……."

향이는 다시 찻잔을 손에 들어 올렸다. 이미 거의 다 마시고 바닥에 조금 고인 찻물과 찻잔은 차가웠다. 향이는 자기 마음도 빨리 찻잔처럼 서늘하게 식어야 한다고 생각했다. 이제는 마음에 담아두었던 말을 해야 할 때가 된 것이다. 그러나 이 시간이 지나면 다시는 장염을 만나지 못하게 될 수도 있다.

그래서 향이는 더욱 뜸을 들이고 있었다.

"전에는 세상에 태어난 것을 탄식했었어요. 의혈단의 주방에서 잔일을 거들 때 많은 젊은 무사들이 제게 다가왔었답니다. 그런데 그들은 모두… 내 신분이 천함을 알고는 곁에서 떠나갔지요. 한 사람이 떠나갈 때마다 내 마음은 한 차례씩 죽어갔답니다."

마침내 잔을 비운 향이가 자리에서 일어나 창문을 열었다. 봄이라고는 하지만 서늘한 바람이 방 안으로 밀려들었다.

"그러다가 장 동생을 만났어요. 나는 자포자기한 마음으로 장 동생에게 매달렸는지 몰라요. 그때는 정말… 무공을 배우면 모두 보상받게 될 줄 알았어요."

"누님은 잘 해내실 겁니다."

"그래요. 그런데… 해도해도 안 되는 게 있어요. 나는 욕심이 많은 사람인가 봐요. 장 동생을 만나 다시 살아갈 용기를 얻게 되었는데 아직도 바라는 게 너무 많아요."

"제가 도와드리겠습니다."

향이는 뒤도 돌아보지 않고 천천히 대답했다.

"장 동생은 아마… 나를 돕지 못할 거예요."

"왜요?"

"내가 장 동생을 원하고 있기 때문이지요. 나, 참 나쁜 여자죠? 화매(花妹)도 없는데 장 동생에게 찾아와 이런 말이나 하고 있다니……."

"……."

장염은 대답하지 않았다. 그동안 향이 누이의 마음을 전혀 몰랐다면 거짓일 게다. 그러나 언젠가 좋은 사람을 만나게 되면 자연히 극복될 것으로 알았다. 그래서 피를 나눈 친누이처럼 모시려고 무진 애를 썼다. 그러나 지금 이 순간 그동안의 모든 노력은 수포로 돌아가고 있었다.

장염이 얼굴에 그늘이 지기 시작했다. 마음이 여린 향이 누이가 대범하게 행동하고 있다. 향이 누이의 성격이라면 이미 떠날 준비를 끝냈을 것이다. 그 고통스러운 노력들이 가슴을 아프게 하는 것이다.

"날이 밝는 대로 고향으로 돌아가겠어요. 저승에 계신 부모님과 동생들을 위해 사당도 짓고… 열심히 살아갈 생각이에요."

"……."

"나중에 장 동생보다 더 좋아하는 남자가 생기게 되면… 그때

화매와 장 동생을 초대하겠어요.”

“…….”

아무리 궁금해도 수계현으로 찾아오지 말라는 소리다. 장염이 향이의 뒷모습을 보며 묵묵히 고개를 끄덕였다. 지금은 안타깝지만 그것이 서로를 위한 최선일지 모른다.

줄곧 창밖만 바라보던 향이가 마침내 장염을 향해 돌아섰다. 어느새 향이의 볼 위로 맑은 눈물이 흘러내리고 있었다.

“나는 장 동생의 호의를… 평생 잊지 않겠어요. 부디 보중(保重)하세요.”

“…….”

말을 마친 향이는 아주 천천히 장염에게 허리를 숙여 인사했다. 그간의 돌봐줌에 대한 감사의 표시였다. 그러나 이제 헤어지면 언제 다시 만날지 알 수가 없다. 향이의 어깨가 가볍게 떨리기 시작했다. 오랫동안 장염은 자상한 스승이자 마음 편한 동생, 그리고 이해심 많은 연인이었다.

투두둑. 툭. 툭.

방바닥으로 떨어져 내리는 물방울 소리가 장염의 귀에 천둥처럼 울렸다. 향이 누이가 얼굴을 숙이고 소리없이 울고 있는 것이리라. 장염은 떨고 있는 향이의 가녀린 어깨를 보듬어주고 싶었다. 그러나 마음뿐, 장염은 조금도 움직이지 않았다.

“누님, 좋은 소식을… 기다리고 있겠습니다.”

“…….”

향이는 얼굴을 들지 않은 채 고개를 끄덕여 보인 후 그대로 걸어나갔다. 향이가 떠나간 자리 위로 소슬한 바람이 불어왔다. 장염은 향이가 서 있던 자리에 고여 있는 눈물을 하염없이 바라보다가 가부좌를 틀고 앉았다.

"……."

떠나간 향이 누이를 생각하니 한없는 슬픔으로 마음이 가라앉지 않는다.

'기쁜 일이 있으면 기뻐하고, 슬픈 일이 있으면 슬퍼하라!'

지금까지는 무엇이든 애써 누르거나 가두지 않는 것으로 내공을 수련해 왔다. 그러나 향이 누이가 떠나간 자리는 예상외로 커서 좀처럼 수습되지 않았다. 깊고 어두운 허탈감에 사로잡힌 장염은 거듭 탄식했다. 떨쳐 내려 할수록 향이 누이를 향한 연민의 정이 가슴 밑바닥에서 계속해서 치고 올라왔다.

'아아! 대체 지금까지 내가 해온 일이란 무엇이란 말인가?'

험난한 강호에서 지켜주려 애썼지만 장가촌 사람들은 비참하게 이승을 떠났다. 어디 그뿐인가! 오행혈마인을 막으려 동분서주(東奔西走)했지만 단 한 사람도 저지하지 못했다.

'망자(亡者)의 산(山)'에서 보낸 삼 년 동안에도 세상은 아무런 일도 없었다는 듯 여전히 제 갈 길을 가고 있었다.

한마디로 자신이 있든 없든 여일(如一)한 모습으로 세상은 존재했던 것이다.

'나의 분주함은 대체 무엇을 위한 것이었을까? 아니, 나는 그토록 추구하던 무위자연(無爲自然)을 알고는 있는 것인가!'

지금도 자신은 향이 누이의 등을 떠밀듯이 보내고 있다. 대체 무엇이 자연의 이치이며 무위자연이란 말인가! 한동안 번민하던 장염은 문득 허탈함 속에 도사리고 있는 자신의 정염(情炎)을 발견하게 되었다.

'헛! 이것이야말로 심마(心魔)인가…….'

망자의 산에서 잃어버린 것은 삼 년 간의 시간만이 아니었다. 스승 진원청이 심어준 무위자연에 대한 믿음도 역사 앞에서 느끼게 되는 허허로움 속에 퇴색해 버리고 만 것이다. 무위자연이 병들면 무위도식(無爲徒食)이 된다. 그것은 마치 허허로움과 허탈감의 차이처럼 비슷하지만 끝이 전혀 다르다.

무위자연으로는 역사를 초월할 수 있지만, 무위도식으로는 병든 인간의 역사 속에 휩쓸려 정염을 탐미하게 될 뿐이다.

'무위를 위해서는 화동(和同)해야 한다. 경천일기공은 빛을 부드럽게 하고 먼지와 하나가 되라[和其光 同其塵]고 했다.'

그러나 그것은 세상과 적당히 타협하라는 말이 아니라 무위(無爲: 하지 않음)함으로 자연 속으로 녹아들으라는 말이다. 그러나 지금의 장염에게는 화(和)와 동(同)으로 무위하려는 것을 가로막는 정해(情海)가 있다. 그 정(情)의 바다는 '나라는 존재가 세상에 미친 영향이 없다'는 허무를 기반으로 장염의 자아 속에 깊게 뿌리 내리고 있었다.

날이 밝아왔지만 장염은 객실에서 밖으로 나가지 않았다. 밤새 번민했지만 정해 때문에 자연과 화동할 수 없었다. 그렇다고 이제 와서 향이 누이를 곁에 둔다는 것은 지금까지 지켜왔던 자연의 이치와 무위자연을 거스르는 일이다.

새벽 무렵에 장염은 생각을 비우고 앉아 있다가 깜박 잠에 빠져들었다.

꿈속에서 장염은 수계현의 겨울 강변에 서 있었다. 폐가(廢家)가 보이고, 그곳에 자리를 잡고 살아가려는 향이 누이가 보였다. 안타까움에 손을 내밀어 보았지만 닿지를 않는다. 그 순간 자기

대신에 내밀어지는 낯익은 손을 보았다.

"향이 누님……."

선잠에서 깬 장염은 다시 눈을 감았다. 그 손의 주인은 누구였을까? 지금까지는 자기가 아니면 안 된다고 생각했지만, 꿈속에서 향이는 그 손을 잡아주었다. 비록 꿈이었지만 그것만으로도 장염은 희망을 가질 수 있게 되었다.

'어리석구나… 내가 없는 동안에도 세상이 여일하게 돌아갔다고 허탈해하면서, 어찌 내가 아니면 안 된다고 불안해했더란 말인가!'

정해(情海)이든 정염(情炎)이든 모두가 눈속임에 불과했다. 무위자연으로 가는 길은 그렇게 시시때때로 장염의 의지를 시험하고 있었다. 장염은 이미 다 이루었다고 생각한 순간 즉시 허물어지고 마는 나약한 자기를 발견하고 웃음을 터뜨리고 말았다.

"아하하! 정녕 무위는 이룰 수가 없는 것이다. 그것을 완성하겠다고 버둥거렸으니 그것이야말로 무위를 역행하는 것이 아닌가! 나는 욕심없이 죽는 그날까지 무위자연을 꿈꾸며 살아가겠다."

그렇게 한바탕 웃고 나니 가슴이 시원해진다. 떠나간 향이 누이에게도 새로운 만남과 또 다른 이별이 기다리고 있을 것이다.

느긋하게 자리에서 일어나 밖으로 나가니 어느덧 해가 머리 위까지 떠올라 있다. 장염이 밝은 햇살에 눈을 찡그리며 기지개를 켜는데 뒤에서 누군가 다가왔다. 오래전부터 객실에 묵고 있는 화산파의 장문인 상유천이었다.

"안녕하십니까?"

"덕분에 잘 지내고 있소. 그런데 장 소협 소식은 들으셨소?"

"무슨 소식 말씀이십니까?"

"낙양의 천하제일가가 멸문의 화를 입었다오."

장염이 깜짝 놀란 얼굴로 상유천을 바라보았다. 대체 누가 감히 경재학의 본가(本家)를 괴멸시킬 수 있단 말인가!

"언제 그런 일이……."

"나도 오늘에야 들었는데 벌써 며칠 되었다고 하오. 맹주는 다음 불똥이 어디로 튈지 몰라 전전긍긍하고 있다고 합디다."

"다음이라뇨?"

"홍수가 노리는 것이 맹주인지 정주의 천하제일가인지 알지 못하니 하는 말이오. 만약 둘 다라고 하더라도 어디부터 찾아갈지 의문이고……."

대충 사정을 짐작한 장염이 고개를 끄덕였다. 하남성 인근에서 장경선을 본 사람들이 있다고 했으니 십중팔구 그가 관련된 일일 것이다. 그런데 왜 장경선이 경재학과 천하제일가를 노리고 있단 말인가? 그러고 보니 장경선은 한때 자신을 죽이려고 찾아다니기도 했다.

'대체 왜 그런 이해할 수 없는 행동을 하고 다닐까?'

물론 과거에 제갈위기도 자기의 목숨을 노렸었다. 그러나 그것은 자기를 사천혈사(四川血史)의 목격자로 착각했기 때문이다. 그에 비해 장경선의 행동은 도무지 예측할 수 없다. 과거에 자기의 목숨을 노리던 것이나 지금 천하제일가를 몰락시키려고 하는 일 모두 말이다.

"그는 아마도… 섬전수 장경선일 겁니다."

"장경선이 대대로 천하제일가의 사람이니 충분히 가능한 일이오. 단지 알지 못하는 것은 그가 왜 경재학과 천하제일가를 노리고 있느냐 하는 것이오."

"만약 그가 장경선이라면 조만간 장소도 하남성에 나타날 것입니다. 아무래도 저는 사천에 오래 머무르지 못할 것 같습니다."

"무림맹의 사람들이 장경선과 장소의 행방을 쫓고 있으니… 좋은 소식이 있을 것이오."

"그래야지요. 장경선의 다음 목표가 어디인지만 분명히 알 수 있다면 좋을 텐데……."

마음 같아서는 당장에 무림맹으로 달려가고 싶었지만 경재학이 버티고 있으니 그것도 쉽지 않다. 뻔뻔하고 교활한 경재학과 함께 있어야 한다는 사실은 장염에게 여간 고역이 아니었던 것이다.

장염이 사천제일루를 떠나야 할 시기는 예상보다 빨리 찾아왔다. 며칠 후 무림맹에서 나왔다는 상비검(常備劍) 벽남천(壁南天)이 사천제일루를 방문했던 것이다. 그는 장염에게 장경선이 하남성에 나타났으며 낙양의 천하제일가를 폐허로 만들었다고 했다.

"장경선은 정주(鄭州)로 가는 길에 또다시 사라졌다고 합니다. 밀정들의 보고에 의하면 마교 교주도 정주로 떠났다고 합니다. 알고 계시겠지만 정주에는 천하제일가의 본가가 자리하고 있습니다."

벽남천의 이야기를 듣고 있던 장염이 조용히 되물었다.

"기다리던 소식임에는 틀림이 없군요. 그런데 장경선이 왜 천하제일가 전체를 노리고 있는 것입니까?"

"선대(先代)의 은원(恩怨)이라고 알고 있습니다만 저희도 자세한 사정은 모르고 있습니다. 천하제일가의 내부 문제인지라……."

마침내 장염이 고개를 끄덕였다.

"그렇지 않아도 오늘이나 내일쯤은 하남으로 떠나려고 했습니다. 다행히 목적지가 정해졌으니 즉시 떠나겠습니다."

"맹주께서 장 대협에게 거시는 기대가 크십니다."

"나는 그를 위해 일하고 있는 것이 아니오."

냉정하게 말을 끊은 장염이 벽남천에게 정중하게 인사를 했다. 볼일을 다 봤으면 이제 그만 나가달라는 의미다. 벽남천이 씁쓰름한 표정을 지으며 자리에서 일어났다.

"아무쪼록 장경선의 악행(惡行)이 정주에서 끝나기를 바랍니다."

"……"

장염이 대답하지 않자 벽남천은 허리를 숙여 보인 후 객실에서 떠나갔다.

벽남천이 떠난 직후 장염은 사천제일루에 남아 있는 지인들을 한자리에 불러 모았다.

"오늘 무림맹에서 손님이 왔다가 갔습니다."

무리 중에 앉아 있던 하후연이 조심스럽게 입을 열었다.

"드디어 섬전수 장경선이 목표로 하는 것을 알아냈나 보군요."

"……"

장염이 하후연의 얼굴을 지그시 바라보았다. 하후연과 지염도는 아직도 향이 누이가 갑자기 떠난 이유를 알지 못한다. 만약 향이 누이가 강호를 유랑하려 했다면 저들도 따라갔을 것이다. 그러나 향이 누이는 이제 그만 귀향하려 한다고 했고, 그들에게 강호(江湖)는 동경의 대상이었다. 강호가 사람을 만나고 다시 이별하게 만든 셈이다.

잠시 다른 생각에 잠겨 있던 장염의 눈에서 신광이 번득였다. 떠난 사람에게는 떠난 이유가 있듯이 남은 자들에게도 해야 할 일이 있다.

"그렇습니다. 그는 천하제일가와 원한이 있다고 합니다."

화산파 장문인 상유천이 고개를 끄덕이며 중얼거렸다.

"그렇다면……."

"짐작하신 대로 정주의 천하제일가라고 합니다."

장염과 상유천을 바라보던 서검자가 미심쩍은 듯 말했다.

"너무 시기가 맞아떨어지니… 오히려 이상하다는 생각이 드는 구먼. 맹주가 관계된 일치고는 너무 단순한 게 흠이라면 흠이야."

"허허헛! 사부님, 아무렴 맹주께서 자기와 집안이 관련된 일인데 손해 볼 일을 하겠습니까?"

"그도 그렇군……."

서검자가 동감이라는 듯 머리를 끄덕였다. 자기의 생명을 담보로 모험을 할 사람이 몇이나 될까. 자기의 생명과 가문의 존망(存亡)이 달린 일이니 경재학도 어쩔 수 없을 것이다.

"제가 하남으로 가야 자세한 사정을 알 수 있으니 지금 즉시 떠나겠습니다. 장경선과 장소는 이미 인간의 한계를 넘어선 사람들이니… 지금부터는 저 혼자서 처리하겠습니다."

지난 몇 년 동안 칠대문파와 사파의 고수들이 무림공적인 장경선과 장소를 잡겠다고 난리법석을 떨었다. 모두가 정사연합(正邪聯合)의 무림공적 선포와 지나치게 높게 걸린 현상금 때문인데, 그 바람에 애매한 희생자가 적지 않게 발생했다.

그러나 만약 진짜 장경선이나 장소를 만난 사람들이 있었다면 모두가 몰살당했을 것이다. 그동안 '경재학이라면 오행혈마인의 공포를 알 터인데 왜 그랬을까?' 하는 의구심도 들었다. 천만다행으로 지금까지는 그들의 은신처가 노출되지 않아 대규모의 피해가 발생하지 않았다.

문제는 지금부터다. 장소는 마교가 뒤에 있으니 사람들이 알아서 피했다. 그에 비해 장경선은 홀몸으로 그에게는 아무런 배경이 없다. 또다시 많은 무림인이 그에게 따라붙을 것이다. 장염은 자기 주변에 있는 사람들이라도 장소와 장경선의 위험을 알아주기를 바랬다.

장염의 염려를 눈치 챈 사람들이 묵묵히 고개를 끄덕였다.

그제야 장염은 자리에서 일어났다. 시간을 다투는 일이니 속히 서둘러야 했다.

"스승님, 저는 이곳에 남아 있어야 합니까?"

"네가 원한다면 함께 가자꾸나."

의기소침해 있던 소걸이 자리에서 벌떡 일어나 소리쳤다.

"어이구, 가야지요! 스승님과 삼 년이나 떨어져 있었는데 또 혼자 가시면 안 됩니다! 큰일 납니다!"

"그렇다면 서둘러 채비를 하거라."

"예!"

소걸이 기운차게 대답하고 밖으로 뛰어나갔다. 이 지긋지긋한 객점에서 해방되는 날을 얼마나 손꼽아 기다렸던가! 이제 스승이 돌아왔으니 무조건 따라 나가야 한다. 재수없이 몇 해 더 잡혀 있게 된다면 진짜 완벽한 최악의 점소이가 되고 말 것이다.

*   *   *

징염이 사천(四川)을 떠날 무렵, 난주(蘭州)의 천마방에 있던 장소도 낙양으로 출발했다. 무림맹에 파견한 수하가 '장경선은 무림맹의 경재학을 노리고 있다'는 소식을 보내왔기 때문이다. 일찌감치 낙양에 도착한 장소는 가장 먼저 장경선이 쓸고 지나갔다는 천하제일가를 구경했다.

"크크크! 경재학이 섬전수 장경선에게 어지간히 밉보였던 모양이로군."

주변을 둘러보고 온 이면수가 고개를 끄덕였다.

"그렇습니다. 기둥 하나 온전히 서 있는 것이 없습니다. 단 한 사람의 생존자도 없었다고 하니… 장경선도 보통 잔인한 놈이 아닌 듯합니다."

"푸훗! 그렇겠지… 너는 사람의 심장을 먹어본 적이 있느냐? 우리는 그런 사람들이거든. 크크!"

"……."

이면수가 황송하다는 듯 허리를 조아렸다.

"그나저나 어찌 부상자도 하나 없었을까?"

"돌아다니며 일일이 머리통을 부순 듯 합니다."

"대단한 놈이로군……."

뒤에서 듣고 있던 검귀가 조용히 입을 열었다.

"섬전수 장경선이 평소 잔인한 사람이라고는 알려져 있지 않았으니… 그만큼 경재학에 대한 원한이 깊은 것이라고 생각됩니다."

장소가 피식 웃으며 검귀를 바라보았다.

"원한이라… 웃기는 소리들이지. 그러나 세상에 원한은 없다. 그저 강자와 약자가 있을 뿐……."

이면수와 함께 서 있던 순찰영주가 크게 고개를 끄덕였다.

“고주님 말씀이 옳습니다. 천하제일가가 강했으면 오늘과 같은 멸문도 없었을 것입니다.”

“크하하핫! 아직도 쥐새끼처럼 숨어 다니는 삼마(三魔)를 보아라. 놈들이 강했다면 내가 다시 마교의 주인이 되었겠느냐? 나는 그 쥐새끼들에게 원한 같은 것은 없다. 그저 내 자리를 탐낸 놈들의 최후가 어떤 것인지 보여주고 싶을 뿐이다. 그나저나 그놈들도 하남으로 기어 들어왔다지?”

순찰영주가 즉시 대답했다.

“그렇습니다. 놈들은 감히 어부지리(漁父之利)를 노리고 있는 듯합니다.”

“그래? 그렇다면 장경선을 만나는 날 쥐덫이라도 놓아야겠구나. 크하하핫!”

요즘은 장경선을 생각하면 저절로 웃음이 나온다. 그는 천하를 얻기 위해 거쳐야 하는 마지막 관문이었다.

‘장경선만 손에 넣게 된다면… 장염도 두렵지 않다.’

지난 삼 년 간 있지도 않은 장염의 눈치를 살피며 장경선을 찾아 헤맸다. 그런데 드넓은 세상에서 흔적도 없이 사라졌던 장경선이 눈앞에 나타난 것이다. 웃고 있던 장소의 얼굴이 차갑게 가라앉았다. 괜히 들떠서 돌아다니다가 장경선이 자신을 먼저 알아본다면 모든 일은 원점으로 돌아갈 것이다.

“장원으로 돌아간다.”

“존명!”

사방 가득 들어차 있던 마교 고수들이 한순간에 사라져 버렸다. 인적이 끊긴 폐허 위로 아지랑이가 가물가물 피어 오르기 시작했다.

                    *   *   *

사천제일루를 떠나면서부터 소걸은 입을 꾹 다물었다. 소걸의 침묵을 본 적이 없던 장염은 그 이유가 궁금했지만 먼저 묻지 않았다. 사람은 결국 본성을 따라 살게 되어 있기 때문이다. 사흘째 되던 날 마침내 소걸의 입에서 침이 튀기 시작했다.

"도저히 못 참겠다! 스승님! 제자는 한 가지 알고 싶은 것이 있네요."

"말해 보거라."

생각만 해도 가슴이 벌렁거리는지 소걸은 몇 번이고 숨을 깊게 들이마셨다.

"평생 쉬지 않고 무공을 익혀온 제가 점소이의 주먹에 맞았습니다."

평생 쉬지 않고 무공을 익혔다고 말할 때는 마음에 걸리는 바도 적지 않았지만 중요한 건 그게 아니다. 또래보다 키가 작은 소걸이 장염의 얼굴을 빤히 올려다보았다.

"그런데?"

"스승님, 그런데라뇨? 제자가 피하지도 못하고 맞았다니까요!"

"그래, 아프더냐?"

"아픈 게 문제가 아니지요. 만약 그게 주먹이 아니라 칼이나 도끼였다고 생각해 보세요. 얼마나 끔찍했겠어요? 그런데 그걸 제가 피하지 못한 거예요."

"네 말을 듣고 보니 주먹이라 참 다행이로구나."

소걸이 장염을 노려보았다. 원하는 대답은 '주먹이라 다행이다'

가 아니라 그 주먹을 피할 수 없었던 이유다.

"무공을 익히면 하늘을 훨훨 날고, 손에서 바람이 나가며, 눈을 감고도 바늘 같은 암기를 피할 수 있다고 들었습니다."

"그럴 수도 있겠지……"

"그런데 저는 왜 무공도 익히지 못한 홍칠의 주먹을 피하지 못했을까요?"

"맞아서 아픈 거냐? 피하지 못해 마음이 상한 거냐?"

"마음이 상한 거죠."

"언제 맞았더냐?"

"스승님이 돌아오시던 날이요."

"그렇다면 너는 지금까지 무공을 아주 잘못 익힌 것이로구나."

"……"

소걸이 실망과 기대가 섞인 눈으로 장염을 바라보았다. 어쩌면 스승이 쓸 만한 무공을 하나쯤 전수해 줄지도 모른다.

꿀꺽.

소걸은 마른침을 목울대로 넘기며 스승의 입에서 나오는 말에 귀를 기울였다.

"앞으로는 몸이 조금 아프고 마음은 개운한 그런 무공을 익혀야겠다. 맞아봐야 하루면 나을 것인데, 너는 자그마치 한 달 보름이나 앓고 있지 않느냐?"

"헉!"

소걸이 놀라거나 말거나 장염의 말은 계속됐다.

"하루를 앓는 것이 나으냐, 한 달을 앓는 것이 나으냐?"

"하루요……"

"그렇다면 앞으로는 무조건 몸이 아픈 쪽을 택하거라."

"지기… 스승님, 마음과 더불어 몸도 아프지 않게 하는 무공은
없나요?"

"세상의 이치란 하나를 얻으면 다른 하나는 반드시 잃게 되어
있다."

말을 하는 장염의 얼굴이 너무 슬퍼 보여서 소걸은 대꾸를 하
지 못했다.

"맞아도 아프지 않을 상대에게는 그냥 맞아주겠다고 작정을 해
라. 그러면 몸도 아프지 않고 마음도 편할 게다."

"아플 것 같은 사람을 만나면요?"

"당연히……"

소걸이 장염의 옆얼굴을 힐끔 바라보았다.

"달아나야지."

"키킥, 스승님이 그렇게 말씀하실 줄 알았다니까요."

"이번에는 네 마음에 드는 말이었나 보구나."

"우헤헤, 제자가 처음으로 익힌 수법이 바로 달음박질입니다."

"장하구나."

스승의 말은 어디까지가 진심이고 농담인지 구별할 수가 없다.

"후우, 그래도 피하지 못하고 맞는 건 정말 싫어요."

"그렇게 조바심을 내니 오늘 네가 모르고 있는 것을 가르쳐 주
마. 네가 홍칠에게 맞은 이유는 너보다 네 몸이 더 정직하기 때문
이다."

대체 이게 무슨 소리인가? 자기는 두들겨 맞기 싫다는데 몸이
더 정직해서 그렇다니!

"스승님, 조금 더 자세히 가르쳐 주세요."

"하하하! 너의 몸은 상대가 안전한지 위험한지를 이미 알고 있

다는 말이다. 그러니 피할 수 없었던 게 아니라 게으른 네 몸이
피하지 않은 게지."

"에이… 설마……."

"이 녀석! 몇 년 간 곁에 두지 않았다고 벌써 스승의 말을 의심
하는 거냐?"

소걸은 대답 대신 헤벌쭉 웃고 말았다. 장염 스승의 말이라면
틀림없는 사실일 것이다. 그간 익힌 공력이 헛되지 않았다고 생각
하니 기쁨을 감출 수가 없다. 진작 알았다면 지난 한 달 간 속으
로 끙끙 앓지도 않았을 것이다.

"우헤헤헷!"

소걸의 맑은 웃음이 한낮의 관도 위로 울려 퍼졌다. 마주 오던
몇 사람이 미친 사람처럼 계속 웃어대는 소걸을 이상한 눈으로
힐끔거렸다. 그래도 소걸은 웃음을 멈추지 않았다. 자존심 강한 소
걸이 자그마치 한 달 보름이나 참아두었던 웃음이기 때문이다.

*　　　*　　　*

한편 무림맹은 또다시 시작된 살인 사건으로 발칵 뒤집혀 있었
다. 몇 년 전에도 제갈위기에 의해 많은 무림인들이 죽임을 당한
적이 있다. 그러나 대다수의 무림인들에게 천만다행이랄까? 이번
에는 단지 무림맹에 들어와 있던 천하제일가 출신의 사람들만 죽
어갔다는 것이다.

이미 경재학의 오른팔이나 다름없던 총관 산전수전 목불인도
죽었다. 경재학의 재임 기간에 두 명의 총관이 살해된 셈이다. 더
이상 맹주는 새로운 총관을 선임하지 않았다. 하루에 한두 명씩

주어 ㅣ기니 무림맹의 운영에 신경 쓸 틈이 없다. 요즘 경재학은 매일 아침마다 '지난밤에는 누가 죽었을까?' 확인하는 것이 일과가 되어버렸다.

이른 아침부터 경재학의 숙소를 찾아온 철권(鐵拳) 우장한(宇壯漢)이 침통한 표정으로 입을 열었다.

"맹주님, 어젯밤 내전 경비를 담당했던 무사 둘이 또 죽었습니다. 그들도… 본가 출신의 사람들입니다."

경재학이 장탄식을 터뜨리며 고개를 끄덕였다. 이로써 무림맹에 들어와 있던 천하제일가의 사람들은 둘만 남기고 다 죽은 셈이다.

"그래, 너와 나만 남았구나. 이제 놈이 원하는 바를 알겠다. 나에게 피가 마르는 고통을 주고 싶은 모양인데… 그러기에는 시운(時運)이 따르지 않을 것이다."

"……"

우장한은 맹주의 말을 이해하지 못하고 고개를 갸웃거렸다.

'생사(生死)가 오락가락하는 이 급박한 시기에 무슨 놈의 시운이란 말인가?'

맹주는 범인을 잡으려고 하는 게 아니라 자기 앞에 나타날 때까지 기다리고 있는 것처럼 보인다. 고수들의 말과 행동은 이해하기 어렵다지만 이건 해도 너무한다.

"밖으로는 쉬쉬하고 있지만 흉수에 대해서는 소문이 무성합니다. 어떤 이는 장경선이라고 하고, 또 어떤 이는 제갈위기가 다시 돌아온 것 같다고도 합니다."

이 두 사람 모두 맹주가 아니면 상대할 수 없는 자들이다. 우장한은 바로 그 점을 말하고 싶었다. 그러나 경재학의 관심은 전혀 다른 곳에 가 있었다. 자기가 장소를 불러들여 오행혈마인을 완성하려 한다는 것은 비비재단의 수하들밖에 모르는 일이었다.

"그래? 아직도 제갈위기라니… 미련한 것들… 꼭 자기들의 눈으로 죽은 걸 봐야 믿는 놈들이 있다니까."

물론 자신에게는 잘된 일이기도 하다. 헛소문이 무성할수록 자신의 의도대로 될 것이기 때문이다. 정주로 가는 장염이 장경선의 소문을 듣게 된다면 일이 또 꼬이게 된다.

"그만 돌아가 보거라. 조심하고……."

말로는 조심하라고 했지만 경재학은 우장한이 오늘 밤에 죽을 거라고 생각했다. 우장한의 죽음은 장경선이 언제 자기를 찾아올지 알려주는 지표(指標)이기도 했다.

"알겠습니다."

원하던 대답을 듣지 못한 우장한이 울적한 표정으로 돌아갔다. 경재학은 그의 뒷모습을 보며 고개를 저었다. 아무리 독하게 마음을 먹으려 해도 기분이 좋지 않았다. 어쨌든 저들은 모두 자신과 한솥밥을 먹어온 식구들이었다.

"들었느냐? 제갈위기만으로는 안 된다. 선대(先代)와 원한을 맺은 몽고족이나 혈마사의 잔당이 천하제일가에 복수를 하고 있다는 소문을 퍼뜨려라."

경재학의 머리 위쪽 천장 속에서 나직한 음성이 들려왔다.

"알겠습니다……."

"천산(天山)의 이매(夷昧)에게 마경을 회수하라 이르고, 모든 수단을 동원하여 정주(鄭州)의 장염이 무림맹으로 오지 못하게 하라."

"언제까지… 그를 막아야 합니까?"

오늘날 누가 감히 정전사 상염의 앞길을 막을 수 있단 말인가?
천장 속의 인물도 바로 그 점을 염려하고 있는 듯하다. 경재학은
주저하는 듯한 수하의 말을 듣고도 그다지 노여워하지 않았다. 장
염은 자신이 덤벼들어도 어쩌지 못할 상대였다.

"장소와 장경선이 만날 때까지만이라도… 눈에 띄지 않게 그의
발걸음을 잡아두어라."

장염의 직접적인 부딪침은 피해야 한다. 수하들이 섣불리 설쳐
댔다가는 괜한 의심만 받게 될 것이다.

"알겠습니다……."

경재학이 비비재단의 수하에게 지시를 내리는 동안 철권 우장
한은 사신(死神)과 대면하고 있었다. 아직 이른 아침이니 경재학
의 추측보다 다소 빠른 시간이다.

"너, 너는… 섬전수가 아니냐?"

우장한은 장경선이 홀연히 나타나자 부들부들 떨기 시작했다.

"나, 나는… 천하제일가에서 별 볼일 없는 사람이다."

"나도 그렇다."

"왜… 나 같은 사람에게… 찾아오는 건가?"

"주인을 잘못 만난 죄라고 생각해라."

"……."

우장한이 번개처럼 오른손을 품 안으로 넣었다가 꺼냈다. 그의
손에 들린 것은 무림맹에서 제작한 오색비연무(五色飛煙茂)였다.
며칠 전 천하제일가의 사람들에게 하나씩 지급된 것인데, 지금은
이것만이 마지막 희망이었다.

"손끝이라도 움직이면 죽는다. 다른 사람들은 그것이 없어서 터

뜨리지 못한 줄 아느냐?"

우장한의 얼굴이 절망으로 물들어갔다. 그러고 보니 죽은 사람들은 한결같이 오색비연무를 움켜쥐고 있었다. 섬전수라는 장경선이 터뜨릴 시간도 허락하지 않았다는 말이다.

"그러나 예외는 있지… 네가 마지막 손님이로구나… 오늘은 맹주를 불러야겠으니 마음대로 해봐라."

우장한은 기다렸다는 듯이 오색비연무를 허공으로 던졌다.

펑!

무림맹 창설 이후 내전 한복판에서 처음으로 오색비연무가 터졌다.

"……."

잠시 후 사방에서 요란한 종소리가 울리는가 싶더니 무림맹의 고수들이 병장기를 말아 쥐고 몰려들었다.

"와아아!"

그러나 장경선은 무림고수들이 사방을 에워싸도 태연했다.

"대충 다 모인 게냐?"

"네가 아무리 오행혈마인이라 해도 오늘은 쉽지 않을 것이다."

다 죽어가던 우장한의 목소리에도 어느덧 힘이 실렸다. 피식 웃으며 가만히 듣고 있던 장경선이 돌연 소리를 질렀다.

"경재학, 보아라! 이제는 네놈의 차례다."

장경선의 손이 번개처럼 우장한에게 뻗어갔다. 섬전수라는 별호가 실감나는 한 수였다. 우장한이 즉시 주먹을 말아 쥐고 막아보았지만 소용없었다.

콰직!

우장한의 양쪽 손목이 부러지는 소리가 장내에 울려 퍼졌다.

"크윽!"

장경선은 우장한의 목줄기를 움켜쥐고 허공으로 들어 올렸다. 그리고 눈 깜빡할 순간, 우장한의 몸이 오그라들기 시작했다.

"끄아아악!"

우장한의 처절한 비명이 울려 퍼졌다. 백여 명이나 되는 무림고수들이 둘러서 있었지만 감히 장경선을 막지 못했다.

털썩!

가죽과 뼈만 남은 우장한이 땅바닥으로 떨어졌다.

"살고 싶은 자는 물러서라. 나는 경재학의 목숨에만 관심이 있다."

다음 순간 장경선의 주변으로 기($氣$)의 태풍이 몰아치기 시작했다.

고오오오!

장경선의 기도에 눌린 무림인들이 주춤거리며 뒤로 물러서기 시작했다. 장경선이 정면으로 몇 걸음 내딛는 순간이다. 무림인들의 뒤편에서 한 자루 검이 쾌속하게 날아왔다.

츠츠츳!

장경선은 검세가 보통이 아님을 직감하고 좌측으로 이동했다. 그러자 검은 눈이라도 달린 듯 방향을 틀어 장경선에게로 날아갔다.

"이기어검이다!"

지켜보던 무림인들이 탄성을 터뜨렸다. 무림에서 이기어검을 사용할 수 있는 사람은 불사신검 경재학뿐이다. 물러서던 무림인들이 전열을 가다듬기 시작했다. 맹주가 나타났으니 어정쩡하게 몸을 사려서는 안 될 것이다.

장경선의 몸이 허공으로 날아올랐다. 간만의 차이로 검(劍)은 장경선의 발 밑을 스쳐 지나갔다.

츠츠츠츳!

장경선을 지나 오 장쯤 날아가던 검이 공중에서 반원을 그리며 돌아오기 시작했다. 허공에 둥둥 떠 있던 장경선이 돌연 고함을 버럭 질렀다.

"이 비겁한 놈아! 수하들의 뒤에 숨어서 장난질이나 치겠다는 거냐!"

장경선이 두 손으로 연거푸 장력을 날렸다.

펑! 펑!

사람들의 머리 위에서 검과 장풍이 마주치자 경력이 사방으로 휘몰아쳐 갔다.

"크으윽!"

내공이 약한 사람들은 머리를 짓누르는 힘에 밀려 그대로 주저 앉거나 뒤로 벌러덩 넘어졌다. 잠시 후 정신을 차린 사람들은 허공에서 떨어져 내리는 검 한 자루를 발견할 수 있었다. 불사신검 경재학이 아직 땅에 떨어뜨려 본 적도 없다는 지존검(至尊劍)이 었다.

허공에서 떨어져 내린 장경선이 한쪽 발로 지존검을 지그시 밟고 굉소(轟笑)를 터뜨렸다.

"푸하하핫! 이것은 그 유명한 지존검이 아니냐!"

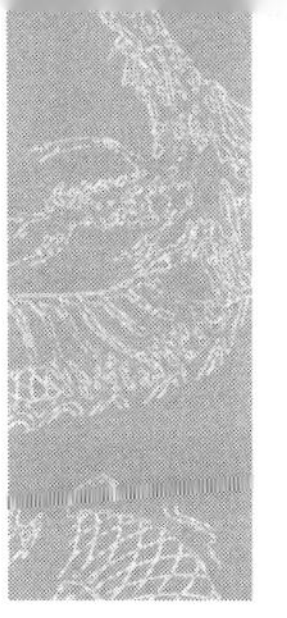

第六章

다섯이 하나가 되면 지옥이 열린다

경재학은 더 이상 피할 수도 달아날 수도 없다는 것을 깨닫고 서서히 걸어나갔다. 비록 예상보다 일찍 나타났지만 아직은 한 가닥 희망이 남아 있었다. 장소가 가까이에 있을 것이라고 생각한 경재학은 위풍당당(威風堂堂)하게 걸어나왔다.

"네 이놈! 인성을 상실한 마인이라고 하더니 과연 하는 짓이 정상이 아니로구나!"

장경선이 어이가 없다는 표정으로 경재학을 노려보았다. 자기를 실컷 이용해 먹고 가족마저 죽인 사람치고는 너무 뻔뻔했다.

"푸하핫! 나야 인성을 상실해서 그렇다 치고, 네놈은 어째서 그렇게 사는 게냐?"

장경선의 말을 듣고 무림인들이 웅성거리기 시작했다. 오행혈마인이 천하제일가에서 나왔는데 그가 모시던 가주를 비난하고 있는 것이다.

경재학은 주변 분위기가 어수선해지자 재빨리 선수를 치기 시작했다.

"천하무림의 안위를 위해 너를 이용한 것이 죄라면, 오냐! 내가 죄를 범했다고 치자. 그렇다고 무고한 사람들을 수백 명이나 죽인단 말이냐!"

"죽일 놈."

할 말을 잃은 장경선이 이빨을 빠드득 갈아붙였다. 경재학은 자신의 행동을 너무도 교묘하게 꾸며대고 있었다. 그렇다고 당장 그의 말에 뭐라고 반박할 수도 없다. 적어도 자신을 이용해 혈마사를 없애달라고 한 것은 사실이기 때문이다.

"네놈이 나의 가문을 몰살시켰으니, 이제 나도 그렇게 하는 것뿐이다. 이제 그만 순순히 목숨을 내놓아라!"

장경선의 마지막 말은 허공에서 들려왔다. 어느 틈에 경재학이 있는 곳으로 몸을 날린 것이다. 단 한 번의 도약으로 장경선은 자그마치 칠 장(七丈: 약 21미터)이나 날아가고 있었다.

"헛!"

경재학은 장경선이 코앞으로 날아오자 기겁을 하고 뒤로 물러났다. 그러나 검을 잃어버린 뒤라 손에 무기가 없다. 황급히 둘러보던 경재학은 곁에 있던 사람의 검을 빼앗아 장경선에게 날렸다.

얼떨결에 검을 빼앗긴 사람은 화산파의 제자 백리영(百里榮)이다. 백리영의 검은 영월검(永月劍)이라는 다소 거창한 이름을 가지고 있었는데 검 자체는 그리 훌륭한 것이 아니었다.

츠츠츠… 꽈광!

아니나 다를까! 잘 날아가던 검은 경재학의 공력을 이기지 못하고 중간에서 그만 폭발해 버리고 말았다. 지존검 같은 명검이 아닌 이상 경재학의 공력을 감당할 수가 없었던 것이다. 느닷없는 검의 폭발에 놀란 사람은 오히려 장경선이다. 장경선은 눈앞에서 검이 폭발을 일으키자 대경실색하여 수직으로 날아올랐다.

파파파팟!

조각난 검의 파편은 장경선의 발 밑을 지나 뒤편으로 빛살처럼 날아갔다. 장경선의 뒤에는 수십 명의 무림인들이 서 있었다. 그러나 검편(劍片)에는 눈이 없으니 피아(彼我)를 구별하지 못한다.

"끄아악!"

멍하니 서 있던 서너 명의 무림인들이 그 자리에서 절명을 하고 말았다. 백리영은 얼이 빠진 모습으로 경재학과 죽어 넘어진 동료들을 바라보았다. 검을 빼앗기고 무림인들이 넘어지기까지 모두 한순간에 일어난 일이었다.

"잔인한 놈! 아무 관계도 없는 선량한 무림동도들까지 죽이고 있구나!"

경재학이 다시 한 자루의 검을 취해 자세를 갖추었다. 그리고 이번에는 아까보다 더한 내력을 검에 실어 힘껏 던졌다.

츠츠… 꽈광!

검은 백리영의 영월검보다 못했던지 경재학의 손에서 떠난 즉시 폭발을 일으켰다. 검의 파편이 또다시 장경선에게 날아갔다. 이번에 부서진 검은 영월검보다 더 잘게 부서져 마치 한 무더기 암기를 뿌린 것 같았다.

"미친 놈!"

가만 보니 경재학이 검을 부수어 날리는 것에 재미를 들린 모양이다. 자기가 피하면 뒤에 서 있던 무림맹 고수들이 죽을 것이다. 그러나 장경선도 어차피 다른 사람들의 목숨에는 관심이 없었다.

"아악!"

장경선의 뒤편에 서 있던 무림인들이 또다시 죽어갔다. 워낙 잘게 부서진 검 조각인지라 이번에는 그 숫자도 두 배나 많았다.

"네놈은 이곳에 있는 무림인들을 죄다 잡을 생각이냐?"

장경선이 소리치며 경재학을 향해 날아올랐다. 경재학은 지치지도 않는지 또다시 한 사람의 검을 빼앗아 들었다. 그러자 이번에는 장경선의 근처에 있던 무림인들이 사방으로 달아나기 시작했다. 씁쓰름한 표정으로 주변을 둘러보던 경재학이 장경선에게 대꾸했다.

"고양이가 쥐 생각하는 것처럼 들리는구나!"

"쥐새끼 같은 놈! 그러고도 네놈이 맹주라고 할 수 있겠느냐!"

경재학의 평생에 이와 같은 모욕은 처음이다. 천하제일가의 가주이며 무림맹의 맹주로 저런 소리는 들어본 기억이 없다. 경재학의 턱이 노여움으로 부들부들 떨리기 시작했다.

'내가 이런 모욕을 당하고도 피하기만 한다면 장차 무림에서 살아갈 수 없을 것이다.'

마침내 마음을 굳힌 경재학이 장경선에게 말했다.

"네가 정정당당하게 원수를 갚고자 한다면 나에게도 정식으로 상대할 기회를 줘야 할 것이다."

"오냐! 네놈이 말하는 정식이란 것이 무엇이냐?"

경재학이 아직도 땅바닥에서 뒹굴고 있는 자신의 지존검을 가리켰다.

"본 맹주의 절학은 검법인데 보다시피 지존검이 아니면 펼칠 수가 없다. 너는 나에게 감히 지존검을 넘겨줄 수 있겠느냐?"

장경선은 이미 경재학이 지존검으로 펼친 이기어검을 막아냈다. 이제 와 다시 지존검으로 무슨 수작을 벌이더라도 충분히 상대할 자신이 있었다.

"크하하핫! 그렇게 하도록 해라. 그러나 지존검이 아니라 네 아비의 무상검(無上劍)으로 덤빈다 해도 오늘의 죽음은 피할 수 없을 것이다!"

경재학이 손에 쥐고 있던 청강장검을 원주인에게 던져 주고 천천히 중앙으로 걸어갔다. 지존검에 묻은 흙을 털어낸 경재학이 천천히 돌아섰다. 언젠가 오늘과 같은 날이 올 것에 대비하여 무검(無劍)을 연성했다. 무검은 손에 든 검을 잊는 경지이니 지존검이 아니라도 상관없었다. 그러나 장경선의 경계심을 늦추기 위해서는 지존검이 필요했다.

지존검을 움켜쥔 경재학은 더 이상 움직이지 않았다. 두 손을 편안히 내리고 서 있는 모양새가 마치 '나는 여기 있으니 올 테면 오라'는 식이다. 지금까지 쫓겨 다니던 것을 생각하면 이해할 수 없는 자세였지만 장경선은 신경 쓰지 않았다.

살기를 흘리며 바라보고 있던 장경선이 경재학에게로 달려가며 두 손을 휘둘렀다. 섬전십이장의 장풍(掌風)이 경재학에게 몰아쳐 갔다.

콰콰콰콰!

장풍이 막 경재학의 몸을 때리기 직전이다. 경재학이 지존검으로 장경선을 천천히 찔러갔다. 동귀어진이라도 하려는지 몸 가까이 이른 장풍에는 신경도 쓰지 않았다.

"헛!"

돌연 공격하던 장경선이 몸을 비틀었다. 그뿐 아니다. 장경선은 커다란 충격이라도 받은 듯 몸을 비틀고 난 후에도 연거푸 세 걸음이나 옆으로 이동했다. 어찌나 그 움직임이 빨랐던지 원래 그렇게 움직이려고 작정한 사람 같았다. 그러나 기세 좋게 공격하던 사람이 미쳤다고 물러나 몸을 사리겠는가!

장경선이 의혹이 가득한 눈으로 자신의 어깨를 바라보았다. 길게 찢어진 옷자락 사이로 가늘게 나 있는 혈선이 보인다. 검보다 훨씬 앞선 무형(無形)의 검기에 혈마기마저 깨진 것이다. 그것은 지금까지 보여주던 이기어검보다 한 단계 위의 경지였다.

이해할 수 없는 것은 경재학이다. 자신의 필살기가 먹혀들어 장경선이 뒤로 물러났음에도 한숨을 쉬며 침통한 표정이었다. 본래는 심장을 꿰뚫었어야 하는데 어깨를 찌르는 데 그쳤다. 게다가 살갗에 상처를 내지도 못했으니 자신의 무검으로도 장경선을 감당할 수 없는 것이다.

"교활한 놈! 죽여주마!"

방심하고 있다가 당했다는 생각에 울화가 치민 장경선이 오행지기를 끌어올렸다. 기의 태풍이 몰아쳤고 삽시간에 장경선의 주변은 진공 상태로 빠져들었다.

고오오오!

전각의 기둥이 흔들리고 지붕이 들썩거렸다. 살갗을 따갑게 할 정도로 강한 기운이 땅거죽마저 흔들고 있었다.

"끄으으……."

내공이 약한 사람들은 고통스럽게 귀를 막으며 뒤로 물러났다. 뒷걸음으로 물러나는 사람들의 눈과 귀에서 핏줄기가 솟구쳐 올랐다.

"가랏!"

징갱신의 두 손에서 무형의 장력이 쏟아져 나왔다. 오행지기를 담은 절정의 회선장(回線掌)이었다.

경재학이 지존검으로 무형의 장력을 비스듬히 받아냈다. 그러나 무검의 절학으로 회선장을 걷어냈지만 그 속에 담긴 오행지력(五行之力)까지는 피할 수 없었다.

"크헉!"

오행지기가 검신을 타고 경재학의 내부로 파고들었다. 엎친 데 덮친 격으로 휘청거리며 물러나는 경재학에게 튕겨났던 회선장이 다시 날아들었다.

퍼엉!

경재학이 피를 토하며 뒤로 길게 날아갔다.

털썩.

땅바닥에 거꾸로 처박힌 경재학이 지존검을 의지해 다시 일어섰다. 입술로는 검붉은 피가 꾸역꾸역 쏟아져 나왔지만 얼굴 전체에 깃든 것은 묘하게도 웃음이었다.

"쿨럭… 크흐… 이것이 바로… 쿨럭… 오행지력이었구나… 과연……"

"죽을 때가 되니 정신이 오락가락하는 게냐?"

장경선이 웃고 있는 경재학을 이해할 수 없다는 듯 노려보았다.

"크흐흐… 어서… 죽여라……"

자기가 만든 오행혈마인에게 죽게 되었다고 생각하자 회한이 밀려들었다. 그러나 그렇다고 마냥 통탄해할 경재학이 아니다.

'나를 죽이고 내가 경영하던 세상을 모두 파괴해라! 그것이 너의 운명이다!'

경재학이 흐려져 가는 눈으로 장경선을 바라보았다. 세상이 온통 붉은 것을 보니 눈에도 피가 가득한 모양이다. 장경선의 오행지기가 짜릿한 여운을 남기며 단전(丹田)을 갉아먹는 느낌이 든다.

습관적으로 운기를 해보려 했지만 단전은 텅 비어 있었다. 고개를 떨구고 바라보니 돌아온 회선장에 맞은 곳이 단전이었던 모양이다. 길게 찢어진 하복부에서 솟구친 피가 땅을 축축이 적시고 있었다.

장경선이 오른손을 천천히 들어 올렸다. 죽어가면서도 연신 피를 게우며 웃고 있는 경재학의 얼굴을 보니 짜증이 밀려들었다.

"추악한 머리통을 날려주마!"

장경선의 손이 막 경재학의 머리 위에 떨어지려는 순간이었다. 어디선가 검 한 자루가 날아들어 장경선의 다리를 쓸어갔다. 깜짝 놀란 장경선이 공중으로 훌쩍 몸을 띄워 올렸다. 그러자 이번에는 다시 세 자루의 검이 날아들었다.

'무림맹에 이 정도의 고수가 남아 있었던가!'

허공에서 섬전십이장으로 세 자루의 검을 쳐낸 장경선이 그 여파로 경재학에게서 조금 떨어지게 되었다. 바로 그때였다. 장경선의 정면으로 네 사람의 신형이 번개처럼 날아 내렸다.

스스스슷.

상대를 확인한 장경선이 뜻밖이라는 듯 다시 몇 걸음 물러섰다.

뒤로 물러나 있던 무림맹의 무사들이 서서히 다가왔다. 새롭게 나타난 사람들을 바라보던 무림인들의 눈에 존경과 흠모의 빛이 떠올랐다.

"신검(神劍) 경영자(經營子)께서 오셨다!"

장경선의 앞을 가로막은 사람은 바로 경재학의 부친이자 무림의 살아 있는 전설이라는 경영자였다.

"네가… 오행혈마인이 되었다니……."

경영자가 안쓰럽다는 듯 장경선을 바라보았다. 경영자는 아직 장경선과 아들의 일을 알지 못한다. 어쩌다가 경재학과 원한을 맺게 되었는지 궁금했지만 묻지 않았다. 무림맹에서 혹시라도 아들의 치부가 드러나게 된다면 곤란하다.

장경선은 착잡한 눈빛으로 경영자를 바라보았다. 낙양으로 분가(分家)하기 전까지 식솔들을 자상하게 돌봐주던 경영자였다. 그러나 운명은 이미 그들을 원수로 갈라놓았으니 머뭇거릴 이유가 없다. 마음을 정한 장경선이 경영자를 똑바로 바라보며 말했다.

"아쉽지만 당신들의 천하제일가와 나는 같은 하늘 아래 살 수 없게 되었소."

"그런가? 우리 천하제일가도… 무림공적은 용서하지 않는다."

잠자코 듣고 있던 장경선이 크게 웃음을 터뜨렸다.

"크하하핫! 당신들 네 사람이, 감히 나를 막을 수 있다고 생각하는 거요?"

장경선의 말이 끝나기가 무섭게 경영자의 곁에 있던 세 사람이 검을 뽑았다.

차차창!

"무례한 놈!"

그러나 그들은 섣불리 움직이지 않았다. 이미 초인적인 장경선의 무위(武威)를 한차례 경험한 까닭이다.

경영자가 탐스럽게 자란 흰 수염을 쓰다듬으며 대답했다.

"어찌 우리 네 사람이 너를 막을 수 있겠느냐? 우리는 너를 위해 사람들을 조금 더 데리고 왔다."

경영자가 손을 들어 올리자 사방에서 무림인들이 뛰어나왔다.

장경선이 유심히 보니 뒤늦게 나타난 사람들은 모두 백여 명으로 하나같이 기도가 출중하다.

'저들이 말로만 듣던 정주 천하제일가의 식객(食客)들이구나.'

평소 무림의 기인(奇人)들과 교분이 두텁던 경영자는 은거한 뒤에도 자신을 따르는 사람들과 관계를 유지했다. 그들 중 대부분은 정주에 내려와 천하제일가의 손님으로 머무르며 지냈는데, 말이 손님이지 경영자의 수하를 자처하며 천하제일가로 편입된 사람들이었다.

"잘됐다. 그렇지 않아도 정주까지 가야 하는가로 고민하던 참이다! 오늘 이 자리에서 천하제일가의 씨를 말려주마!"

"쳐라!"

삽시간에 장내는 아수라장이 되어버렸다. 천하제일가와 오행혈마인 장경선의 격돌이 시작된 것이다.

콰콰콰콰!

장경선은 천하제일가 전부를 남김없이 죽이겠다는 듯 전신의 공력으로 사방에 기(氣)의 그물을 쳤다. 천하제일가의 사람들은 장경선과 같은 공력은 본 적이 없었다. 많은 사람들이 기의 태풍에 휘말려 허둥대다가 장력에 맞아 죽어갔다.

천하제일가의 사람 오십여 명은 싸움이 시작된 지 한 식경(약 30분) 안에 죽임을 당했다. 상대적으로 공력이 약했기 때문이다. 그러나 남은 오십여 명은 장경선도 함부로 할 수 없는 사람들이어서 지루한 공방전이 계속되었다.

정신없이 검을 휘두르던 경영자가 어이없는 얼굴로 주변을 돌아보았다. 땅에 쓰러진 식솔 오십여 명이 보인다. 지금까지 수많은 싸움을 치렀지만 이렇게 일방적으로 당해보기도 처음이다. 문득 생각해 보니 오행혈마인에 대한 소문은 지나치게 축소되어 있었다.

'이런 자를 고작 백여 명으로 상대할 수 있다고 믿었다니……'

경영자가 탄식을 터뜨리는 동안에도 두세 사람이 쓰러지고 있었다. 장경선에게는 검(劍)과 도(刀)가 전혀 통하지 않았다. 경영자 자신의 무상검도 몇 번이나 튕겨났으니 다른 사람은 말할 것도 없을 것이다.

'이 끔찍한 살육을 누가 막아주어야 하는데……'

경영자의 간절한 바람을 하늘이 들어준 것일까? 사방으로 장풍을 날리던 장경선이 갑자기 움직이지 않았다. 한순간 마치 석상처럼 굳어버린 것이다. 순간의 기회를 놓치지 않겠다는 듯 검과 도가 빗발치듯 몰아쳤다.

카캉! 챙!

날아든 병장기에 몸을 찔리면서도 장경선은 끝내 미동도 하지 않았다.

'대체 이게 무슨 일인가?'

의외의 사태에 놀라면서도 경영자는 숨을 조절했다. 장경선의 넋이 나간 틈을 이용해 절기를 발휘할 생각이었다. 그러나 경영자가 검에 내력을 다 불어넣기도 전에 기이한 현상이 일어났다. 갑자기 장경선의 몸이 서너 개로 늘어난 것이다. 이게 무슨 일인가 싶어 눈을 끔뻑이는 순간, 각각의 장경선은 사방으로 흩어져 장력을 날려댔다.

펑! 펑! 펑! 펑!

잠시 후 늘어났던 신형이 하나둘씩 합쳐지기 시작했다. 그리고 장경선의 모습이 하나로 모아졌을 때 더 이상 그의 주변에 도검(刀劍)을 들고 서 있는 사람은 없었다. 가까이에서 공격하던 절정

고수 대여섯 명이 모두 나가떨어진 것이다.

"아아……."

신검 경영자가 절망의 탄식을 터뜨렸다. 경공이 극에 달하면 이형환위보다 더 높은 경지라는 환영분체술(幻影分體術)을 펼칠 수 있다고 했다. 지금까지 그런 사람이 있다는 말을 들어보지 못했는데 오늘 장경선이 보여준 것이다.

오행지력 하나도 감당하기 어려운 마당에 이 무슨 통탄할 일이란 말인가! 모든 것을 포기한 신검 경영자가 검과 하나가 되어 장경선에게 날아갔다. 죽음을 각오한 경영자의 신검합일이 두려워서일까? 장경선은 뒤로 십 장(十丈: 약 30미터)이나 물러나 버렸다.

삽시간에 목표를 잃은 경영자가 허공에서 보니 멀리 떨어져 있는 장경선이 보인다. 그런데 장경선은 자신이 아니라 다른 곳을 바라보고 있었다.

"이놈!"

모욕을 느낀 경영자가 다시 검끝을 돌려 장경선에게 날아갔다.

그러나 장경선은 다시 몸을 날려 피한 뒤 여전히 두리번거릴 뿐이다.

그제야 경영자는 뭔가 심상치 않은 일이 일어나고 있다는 느낌을 받았다. 진정을 하고 자세히 바라보니 장경선의 표정이 야릇하다.

'놈도 두려워하는 것이 있단 말인가?'

한숨을 돌린 경영자는 재빨리 경재학을 감싸 안았다. 경영자의 주변으로 천하제일가의 고수들이 물샐틈없이 에워쌌다.

"재학아……."

"쿨럭… 으으… 아버님……."

경재학은 경영자의 품에 안겨 피를 한 사발이나 토한 뒤 정신을 잃어버렸다. 경영자는 즉시 경재학을 안아 올렸다.

"놈의 정신이 다른 곳에 가 있는 동안 이 자리를 피해야겠소."

"알겠습니다."

천하제일가의 사람들이 경영자와 함께 천천히 이동을 했다. 경영자의 가슴이 두근거리기 시작했다. 만약 지금 장경선이 눈을 돌리면 경재학은 구할 수가 없다. 그러나 하늘은 경영자의 간절한 바람을 외면했다. 장경선의 몸이 경영자를 향해 천천히 돌아서기 시작한 것이다.

"서둘러라!"

경영자가 버럭 소리를 지른 뒤 장경선을 향해 신검합일로 날아가기 시작했다. 조금이라도 시간을 끌어보기 위해서다. 그런데 경영자의 검보다 조금 빠르게 장경선을 향해 몰아쳐 가는 권풍(拳風)이 있었다.

콰콰콰콰!

기다리고 있었다는 듯 장경선의 몸이 다시 돌아갔다. 동시에 장경선의 두 손바닥이 권풍을 마주 해갔다.

섬전십이장으로 날린 열두 개의 장풍이 권풍을 향해 날아갔다.

꽈광!

권풍과 장풍이 만나는 순간, 요란한 폭발음과 함께 주변에 있던 전각이 바스러져 날아갔다. 소리가 어찌나 컸든지 근처에 있던 천하제일가 고수들은 고막이 터져 귀에서 피가 줄줄 흘리고 있었다. 뜻밖의 충격을 받은 장경선이 휘청거리며 뒤로 물러났다.

"제천혈마 장소로구나!"

과연 저 멀리서 두 팔을 대붕(大鵬)처럼 벌리고 날아오는 사람은 장소였다. 장소가 천마파천권으로 장경선의 공력을 시험한 뒤 곧바로 들이닥친 것이다.

"크하하핫! 네가 섬전수 장경선이냐? 그동안 어디에 숨어 있었더냐!"

장소의 뒤를 따라온 마교 고수 십여 명이 장경선의 뒤에 길게 늘어섰다. 장소를 위해 장경선의 퇴로를 차단한 것이다.

장경선의 얼굴이 일그러졌다. 조금만 더 시간이 있었다면 경재학과 천하제일가 모두를 끝장냈을 것이다. 그러나 장소가 나타났으니 경재학은 다음으로 미루어야 한다. 한 번의 맞닥뜨림이었지만 장소의 공력은 자신과 비교할 바가 아니었다.

"나의 장력을 받아낸 뒤에나 허튼소리를 해라!"

장경선이 양 손바닥을 정면으로 쭉 뻗었다.

콰아아아!

두 줄기 장풍이 꿈틀거리며 장소의 가슴으로 파고들었다. 장소가 다시 천마파천권으로 장풍을 때려갔다. 그러나 장풍은 마치 살아 있는 뱀처럼 스스로 몸을 비틀어 장소의 가슴에 박혔다.

퍼펑!

"크음……!"

충격을 이기지 못한 장소의 상체가 뒤로 꺾였다. 그러나 그뿐이었다. 장소는 다른 사람들처럼 내상을 입지 않은 듯 오히려 한 걸음 걸어나왔다.

"크흐흐, 나를 너무 무시하는 것 아니냐? 마공이 아니면 나의 몸에 흠집도 낼 수 없을 것이다."

장소가 자연스럽게 손을 아래로 휘둘렀다. 오행지기 무극토(無極土)를 시전한 것이다.

장경선이 조금 떨어진 곳에서 의아한 얼굴로 장소를 바라보았다. 장소의 손에서는 어떤 변화도 읽을 수 없었다.

'대체 저놈이 왜 손을 휘둘렀을까?'

장소쯤 되는 자가 허튼 손짓을 할 리가 없다. 장경선의 생각은 길게 이어지지 못했다. 온몸이 땅 밑으로 빠져들었기 때문이다.

"헉!"

깜짝 놀란 장경선이 두 발을 쾌속하게 움직였다. 그러나 첨벙거리며 흙만 요란하게 튈 뿐 몸은 떠오르지 않았다. 장경선은 그제야 이것이 오행의 변화임을 알아차렸다.

"어디서 감히!"

휘우우웅!

장경선의 주위로 기(氣)의 태풍이 회오리처럼 형성되었다. 그 힘이 어찌나 강했던지 주변의 흙들이 빨려들어 거대한 흙 기둥처럼 보일 정도다. 이미 경공의 극치에 이른 장경선은 소용돌이치는 흙을 밟고 하늘로 솟구쳤다.

흙 기둥은 거의 십 장이나 수직으로 솟아 있었다. 마침내 흙 기둥 위까지 도달한 장경선은 목금기(木金氣)로 흙을 굳힌 뒤 겨우 두 발로 버티고 섰다.

"어디 그렇다면 이것도 막을 수 있겠느냐?"

장소가 조롱하며 다시 한 손을 휘둘렀다. 그러자 장경선이 서 있던 흙의 기둥에서 화염(火焰)이 솟구쳤다. 장경선은 오행혈마기로 전신을 보호한 뒤에 아래로 훌쩍 뛰어내렸다. 이미 장경선의 옷과 몸은 크게 그슬려 있었다.

흙 탑에서 뛰어내린 장경선이 막 지면에 내려선 순간이다. 장소가 기다렸다는 듯이 달려와 천마폭열장(天魔暴熱掌)을 펼쳤다.

뜨거운 기운이 전신으로 밀려들자 장경선은 본능적으로 섬전십이장을 펼쳤다. 두 사람 다 오행지기를 운영하여 펼친 장력인지라 지축을 흔드는 굉음과 함께 대폭발이 일어났다.

쫘광!

충돌로 장소의 화기(火氣)가 담긴 천마폭열장이 사방으로 흩어졌다. 그러자 근처는 삽시간에 불구덩이가 되고 말았다. 전각은 물론 천하제일가와 무림맹의 고수들조차 불길을 피하지는 못했다.

화르르륵!

"끄아아악!"

"으악!"

장소가 감탄한 눈으로 장경선을 바라보았다. 명오와 제갈위기를 상대할 때와는 확실히 달랐다. 상대가 오행지기를 두 개나 흡수했기에 가능한 일이다. 그렇게 생각하니 더 더욱 장경선의 오행지기가 탐이 난다. 저 두 개의 오행지기를 자기 것으로 만들면 천하의 주인이 될 수도 있는 것이다.

한차례 위기가 지나가자 장경선은 뒤로 물러나 천천히 호흡을 조절했다. 울컥거리며 목구멍으로 피가 올라왔지만 장경선은 억지로 삼켰다. 먹이를 눈앞에 둔 짐승처럼 장소의 눈이 번쩍이고 있었다. 자기가 내상을 입은 줄 알면 더욱 기를 쓰고 덤빌 것이다.

장경선이 아무렇지도 않다는 듯 자기 가슴을 툭툭 치며 소리쳤다.

"나의 오행지기를 가져가고 싶다면 너도 목숨을 걸어야 할 것이다!"

"크하하핫! 오냐! 어디 한번 마지막까지 버둥거려 보아라!"

장소가 크게 웃으며 장경선을 향해 달려갔다. 어차피 둘 중에 하나는 이 자리에서 죽을 것이다. 장소는 무림맹의 고수들이 보는 앞에서 더 이상 시간을 끌고 싶지 않았다.

장경선이 장소를 향해 두 손을 어지럽게 흔들었다.

······.

그러나 요란한 동작과 달리 이번에는 아무런 소리나 느낌이 없었다.

"헉!"

무형무음(無形無音)의 장력(掌力)이라고 생각한 장소가 재빨리 뒤로 몸을 뺐다. 만약 정말 그런 장력이 있다면 일단 피하고 봐야 한다. 그러나 시간이 흘렀지만 여전히 아무런 변화도 일어나지 않았다.

"속았다!"

어느 틈에 장경선은 저만치 달아나고 있었다. 장소가 욕설을 퍼부으며 미친 듯이 뒤쫓기 시작했다. 순식간에 두 사람의 신형은 한줄기 선(線)으로 변해 장내에서 사라져 버렸다.

오행지기의 주인인 장소가 사라지자 치솟던 불길은 즉시 수그러들었다. 천하제일가와 무림맹의 고수들이 넋을 잃고 서로를 바라보았다. 지금까지 가까이에서 오행혈마인의 무공을 구경한 사람은 거의 없다. 저 오행혈마인들을 상대할 사람이 과연 있을까? 게다가 이제 저 두 사람이 만났으니 그간 무림을 떠돌던 전설도 실현될 것이다.

오행혈마인 다섯이 하나가 되면 지옥이 열린다.

경영자는 오십여 명의 절정고수들을 데리고 무림맹에 남기로 했다. 무림맹 자체의 인원으로 경재학을 지키는 것은 무리였다. 마

음 같아서는 경재학을 정주로 옮기고 싶었지만, 당장 무림맹에서
나간다는 것도 위험한 일이었다.

무림맹에 남아 있던 사람들은 칠대문파의 장로와 그들의 제자
다. 그러나 천하제일가에서 온 고수들은 이미 은거한 전대의 고인
(高人)들이었다. 정사(正邪)를 막론하고 무림의 세계는 비교적 간
단한 법칙에 의해 지배당한다. 그것은 '법(法)보다 주먹이 가깝
다' 라는 것인데, 무림맹도 예외일 수는 없다. 전대 고수들이 대거
등장하여 어영부영 무림맹을 장악하고 만 것이다.

그날 밤 칠대문파의 장로들은 한자리에 모여 긴급 회의를 열었
다. 잘못했다가는 천하제일가에 무림맹을 고스란히 내어주게 생겼
기 때문이다. 현재 무림맹의 운영을 위해 파견된 칠대문파의 장로
급들은 소림사의 고정 선사와 무당파의 이원지 도인(道人), 화산
파의 벽운(碧雲)과 곤륜파의 구마 상인(臼磨上人), 아미파의 원로
(元老) 영진 사태(榮進師太)와 점창파의 망아 도인(忘我道人) 등
이었다.

삼 년 전 무림맹은 대대적인 세대 교체 작업을 벌였다. 멸문한
사대문파 출신의 고수들이 모두 고향으로 돌아갔고, 칠대문파에서
는 새로운 고수들을 파견했다. 소림사의 고정 선사와 곤륜파의 구
마 상인을 제외하고는 모두 새롭게 파견된 사람들이었다.

곤륜파의 구마 상인이 좌중을 둘러보았다. 과거에 구대문파가
다 모여 있을 때는 신진사대 문파의 수장으로 회의를 주재하다시
피 했지만 이제는 다른 문파의 눈치를 살피지 않을 수 없었다. 욱
일승천하던 신진사대문파 중에 이 개 문파가 삼 년 전 멸문을 당
하고 말았던 것이다. 그래도 누구 하나 나서지 않으니 구마 상인

은 자신이 먼저 답답한 심정을 토로하기로 마음먹었다.

"여러분, 아무리 급박한 상황이라 해도 천하제일가가 무림맹의 주인 행세를 하게 할 수는 없지 않겠소?"

조심스런 구마 상인의 말에 이원지 도인이 고개를 끄덕였다.

"옳습니다. 천하제일가가 무림맹을 좌우하게 내버려 둔다면… 칠대문파의 수치일 것입니다."

이원지 도인의 말이 끝나자 나머지 사대문파 사람들도 묵묵히 고개를 끄덕였다. 무림맹이 세워진 이래 단 하나의 단체가 전체를 장악한 역사는 없다.

"일이 이렇게 되었으니 장로회의 힘만으로는 무림맹을 운영하기가 어렵게 되었다고 봅니다. 맹주께서 크게 부상을 입어 의식이 없으시고, 천하제일가가 무림맹에 상주하고 있으니… 이제는 장문인들이 오셔야 사태가 수습되지 않겠습니까?"

고정 선사의 말에 영진 사태가 조용히 되물었다.

"선사의 말씀은 우리가 장문인들을 모셔와야 한다는 말씀이십니까?"

"그렇습니다. 섬전수 장경선이 맹주와 천하제일가를 노리고 있지 않습니까? 그러니 천하제일가가 무림맹에서 떠날 리가 없겠지요. 설상가상(雪上加霜)으로 마교 교주 장소가 장경선을 노리고 근처를 배회하고 있을 터이니… 언제 어디서 무림맹으로 불똥이 튈지 모릅니다. 그러니 장문인들께서 오셔서 천하제일가와 오행혈마인들의 문제에 나서주셔야만 원만한 해결을 볼 수가 있을 것입니다."

그제야 영진 사태가 고개를 끄덕였다. 지금 그들은 천하제일가에게 떠나라고 할 수도 없고 어떤 지시를 내릴 수도 없다. 워낙 천하제일가에서 나온 사람들의 배분이 높았기 때문이다. 지금 그

들에게 뭔가를 주장하거나 요구할 수 있는 사람들은 장문인들 정
도였다.

지금까지 가만히 듣고만 있던 화산파의 벽운이 이원지 도인을
바라보며 말했다.

"선사의 말씀대로 우리 모두 장문인들을 모시는 것이 낫겠습니
다. 이대로 있다가 신검 노선배의 지시를 받들어야 할 상황이 온
다면……."

벽운이 생각하기도 싫다는 듯 고개를 저었다. 무림의 일대기인
이라는 신검 경영자가 싫어서 그런 것은 아니다. 오행혈마인이 무
림의 공적(公敵)인 것은 틀림없으나 어제오늘의 일을 보면 마음
한구석이 불안하다. 왠지 내막을 알 수 없는 천하제일가의 은원에
휘말려 든다는 느낌이 드는 것이다.

그날 밤 늦게까지 칠대문파 장로들은 장문인들을 모시는 시기
와 방법에 대해 논의했다.

한편 같은 시간 신검 경영자는 숙소에서 곤혹스런 표정을 짓고
있었다. 경재범이 찾아와 지금 칠대문파 장로들이 대책 회의를 하
고 있다고 했기 때문이다.

"허어! 아무리 내가 일선에서 물러섰다고는 하나 너무들하는구
먼."

삼십 년 전만 같았으면 있을 수 없는 일이다.

"어떻게 할까요?"

경재범이 경영자의 안색을 살폈다. 만약 신검이 그들을 모두 가
두어두라고 하면 그 말에 따를 작정이다. 어차피 이번 일이 끝나
면 다시 은거에 들어갈 터이니 뒤에서 뭐라고 하든 상관없다. 중

요한 것은 지금 천하제일가의 고수들이 무림맹을 접수했다는 사실이다.

그런데 지금 장문인들이 몰려와서 무림맹에서 떠나라고 하든지, 혹은 자기들 멋대로 이래라저래라 지시를 내리게 되면 입장이 곤란해진다. 지금은 떠날 수도 없고, 무림맹의 이름으로 오행혈마인을 추격하라고 지시하면 따를 생각도 없기 때문이다.

"내버려 두거라. 어차피 나약한 장문인들이 오리라 생각하지도 않는다. 괜히 나중에라도 천하제일가가 칠대문파의 제자를 감금했다는 소문이라도 돌게 되면 최악의 상황이 생길 수도 있다."

칠대문파 장문인들이 오행혈마인의 문제에 직접 나서지 않으려 한다는 것쯤은 눈치로 알 수 있다. 어쩌면 그들은 지금 자신이 무림맹에 나와 있는 것을 다행으로 생각할지도 모른다. 자존심이 있으니 말로는 못하겠지만 말이다.

"네."

경재범은 다소 힘이 빠진 목소리로 대답했다. 자기의 생각은 신검과 조금 달랐다. 장문인이 와줄 것이라는 믿음이 없었다면 부르려고 하지도 않을 것이다. 대체 그들은 장문인이 와서 무엇을 할 수 있다고 믿는 것일까?

"그보다 재학이의 상태는 어떠하더냐?"

"갈비뼈가 내려앉은 것이야 그런대로 괜찮으나… 내장이 뒤틀리고 기해혈(氣海穴)도 파괴되었습니다."

"어허……."

경영자가 장탄식을 터뜨리며 자리에서 일어섰다. 더 이상 무공을 사용할 수 없는 몸이 되고 만 것이다. 그것은 무림인에게 죽음보다 고통스러운 일이다. 무공이 높았던 자일수록 상실감은 더욱 클 것이다. 아들이 느낄 절망을 생각하니 가슴이 답답해진다.

"우리가 무림맹에서 나가는 것은 장경선과 장소의 일이 어떻게 진행되는가에 달려 있다. 경계를 강화하고 주변을 탐문하여 새로운 소식이 없는지 알아보거라."

"알겠습니다."

경재범이 돌아가자 경영자는 창문을 열어젖혔다. 서늘한 밤 공기가 폐부 깊숙이 밀려들었다. 감당할 수 없음을 알면서도 아들은 왜 피하지 않았을까? 천하제일가가 감당할 수 없다는 것을 알고 있었기 때문일까? 아니면 장소가 장경선을 없애주길 바라는 마음으로 기다리고 있었던 것일까?

아니, 무엇보다도 대체 왜 장경선이 천하제일가에 원한을 품게 되었을까? 모든 것은 혼수상태에 빠진 아들이 깨어나 봐야 알 수 있을 것이다. 경영자의 입에서 한숨이 길게 흘러나왔다. 이유야 어떻든 무림의 절대고수였던 아들은 재기 불능이 되고 만 것이다.

*　　　　*　　　　*

그 무렵 정주(鄭州)의 춘원객점(春園客店)에 짐을 풀고 천하제일가를 관찰하던 장염은 고민에 빠져 있었다. 무림맹에서 나온 사람은 계속해서 장경선이 정주에 있다고 했다. 그러나 보름이 지났지만 장경선은 물론 사파(邪派)의 움직임도 감지되지 않았다. 만약 장경선이 정주에 있다면 마교의 고수들도 더러 눈에 띄었을 것이다.

'장경선이 벌써 잠적한 것은 아닐까?'

그러나 이내 고개를 저었다. 장소가 노리고 있다는 것을 알고도 강호에 나올 때에는 그럴 만한 이유가 있었을 것이다. 목숨을 담보로 하면서까지 모습을 드러낸 장경선이다. 그런 장경선이 경재학과 천하제일가가 건재한데 벌써 사라질 리가 없다.

무림맹의 고수가 자신에게 정보를 제공하지 않았다면 답답해서 하남성 곳곳을 뒤지고 다녔을 것이다. 그러나 다행히 춘원객점에 머무르고 있는 동안 상비검 벽남천이 가끔씩 찾아와 장경선을 목격한 사람들의 이야기를 전해주었다. 장염은 멀찍이서 천하제일가를 관찰하거나 장경선이 목격되었다는 지역을 둘러보는 것으로 만족해야 했다.

그러던 어느 날이다. 봄바람에 들떠서 하루도 가만히 있지 않던 소걸이 숨을 헐떡이며 뛰어들었다.

"헉헉! 스승님! 소식 들으셨어요?"

"무슨 일이냐?"

소걸이 의자를 끌어다가 털썩 주저앉으며 소리쳤다.

"객점에 들른 무림인들이 그러는데 섬전수가 무림맹에서 난동을 부렸답니다."

장염이 깜짝 놀라 소걸을 바라보았다. 정주에 있다던 장경선이 무림맹에 나타났다니 어이가 없다.

"언제 그런 일이 있었다고 하더냐?"

"벌써 사흘 전의 일이랍니다."

"그럴 리가… 사흘 전이라면 벽 대협이 찾아왔던 날이 아니냐? 그날 벽 대협은 장경선을 망산(邙山)에서 본 자가 있다고 하질 않았느냐?"

소걸이 고개를 끄덕이며 대답했다.

"스승님 말씀은 맞는데요, 여하튼 지금 무림맹이 발칵 뒤집어졌답니다. 맹주도 죽다가 겨우 살아났다고 하던데요?"

"허어… 또 다른 이야기는 없느냐?"

"신검 경영자가 도와줘서 겨우 위기를 넘겼답니다."

"어떻게 그런……."

장염이 자리에서 벌떡 일어나자 소걸도 덩달아 일어섰다.

"지금 무림맹으로 가시려구요?"

"아니, 그보다 먼저 확인할 것이 있다. 내가 돌아오면 바로 떠날 수 있도록 준비를 해두거라."

"네에."

소걸의 대답을 들은 장염이 밖으로 뛰어나갔다. 장염의 뒷모습을 보며 소걸이 고개를 갸웃거렸다. 그렇게 급하면 무림맹으로 먼저 가야 하지 않나 싶어서다. 스승의 뒷모습이 사라지자 소걸이 콧노래를 부르며 짐을 꾸리기 시작했다. 따분한 일상의 반복보다는 스승과 함께하는 여행이 차라리 즐거운 것이다.

객점에서 나온 장염은 경공을 펼쳐 한달음에 천하제일가로 달려갔다. 자기 추측이 맞는다면 정주에 와서 지금까지 속았다고밖에 볼 수가 없다. 벽남천은 계속해서 장경선이 정주에 있다고 했다. 그러나 그 시간 장경선은 물론 자신이 지키고 있던 천하제일가도 무림맹에 있었다.

하지만 벽남천은 계속해서 장경선이 정주(鄭州)에 있으며 천하제일가를 노리고 있다고 했다. 벽남천의 말이 사실이라면 천하제일가는 주력을 무림맹으로 빼돌리지 않았어야 한다. 당장 장경선이 자기들을 노리고 있는데 어떻게 무림맹으로 고수를 보냈겠는가!

자신이 도착한 뒤로는 아무런 움직임이 없었으니 최소한 그 이전에 자리를 비운 것이 된다. 그리고 신검 경영자가 고수들을 이끌고 무림맹으로 간 게 사실이라면, 적어도 무림맹과 천하제일가는 장경선의 목적을 알고 있었다는 말이다.

'무림맹에서 나를 따돌리려 한 것일까?'

아니, 어쩌면 무림맹에서 천하제일가의 이동을 몰랐을지도 모른다. 그렇게 생각하자 한순간 머리가 복잡해졌다.

'우선은 신검 경영자와 그를 따르는 절정고수들이 정말 이곳에 없는지를 확인해야겠다.'

천하제일가에 도착한 장염은 십여 개의 전각을 샅샅이 뒤지기 시작했다. 그러나 생각보다 많은 사람들이 머무르고 있어서 누가 누구인지 알 수가 없다.

'천하제일가의 사람에게 묻는 것이 가장 빠르겠다.'

장염은 화려한 전각을 경비하고 있는 무사의 등 뒤로 소리없이 다가갔다.

"으헉!"

내전을 경비하던 동인지(東認知)는 누군가의 손이 어깨에 닿자 흠칫 놀랐다. 낙양의 천하제일가가 당했다는 소식을 들은 뒤라 더 놀랐는지 모른다. 즉시 몸을 돌리려 했지만 어쩐 일인지 움직일 수가 없었다. 진땀을 흘리고 있는 동인지의 귓가로 차분한 음성이 들려왔다.

"몇 가지만 물어봅시다. 가주께서는 이곳에 계십니까?"

"으음……."

상대의 음성을 듣는 순간 벌렁거리던 가슴이 진정되기 시작했다. 오행혈마인이라면 이런 느낌을 줄 수 없을 것이다. 게다가 왠

지 음성에는 호감이 담겨 있어 가주를 해하려고 찾아온 사람 같
지도 않다. 게다가 어차피 가주는 이곳에 없으니 바른대로 말한다
해도 손해 될 것은 없다.
　"가주께서는 오래전에 고수들을 이끌고 무림맹으로 가셨소."
　"왜 갔는지 알 수 있습니까?"
　"맹주 때문인 것으로 알고 있소."
　"고맙습니다."
　그 말을 끝으로 상대는 더 이상 아무것도 묻지 않았다. 한참을
기다리던 동인지가 조심스럽게 물었다.
　"언제까지 나를 잡아둘 것이오?"
　"……."
　미풍(微風)이 불어와 동인지의 옷자락을 흔들었다. 걱정스럽게
도 상대는 여전히 말이 없다. 다소 소심한 동인지의 얼굴이 다시
굳어졌다. 상대의 목소리가 아무리 부드럽다 해도 그는 침입자였
다. 이대로 허망하게 죽는 건 아닌가 생각하자 처와 자식들의 얼
굴이 떠오른다.
　'이럴 줄 알았으면 좀 더 잘해줄 것을……'
　흙냄새를 실은 바람이 다시 한 번 뜰을 가로질렀다. 봄 햇살이
등 뒤로 그림자를 길게 만들 때까지 동인지는 홀로 삶과 죽음을
넘나들었다. 장염은 오래전에 객점으로 돌아갔지만 가주의 처소
앞에 홀로 남은 동인지는 여전히 움직일 줄을 몰랐다.

第七章

검은 고양이 눈을 감다

경재학은 내외상을 입고 쓰러진 지 열흘 만에 겨우 정신을 차렸다. 그나마 천하제일가에서 좋다는 약은 다 쓴 덕분이다. 아마 천하제일가가 조금만 늦었어도 경재학은 죽었을 것이다. 하지만 경재학은 살아난 대신 자신이 가지고 있던 모든 것을 잃어버리고 말았다.

겨우 정신을 차린 경재학은 자신이 폐인이 되었다는 사실에 그다지 놀라지 않았다. 장경선에게 그렇게 당하고 살았다는 것 자체가 더 신기한 일이었다. 경재학은 그날 마지막으로 본 부친의 모습이 환영인 줄 알았다. 죽음에 직면해서 자신이 헛것을 보았다고 생각했는데, 깨어보니 경영자가 돌보아주고 있었다.

경재학은 대내외적인 모든 일을 경영자에게 맡긴 뒤 숙소를 비밀리에 다른 곳으로 옮겼다. 경영자와 무림맹의 사람들에게는 장경선 때문이라고 했지만, 그곳에서 경재학은 비비재단의 수하들과 함께 마지막 반전(反轉)을 준비했다.

가장 시급한 것은 장경선과 장소를 찾는 일이지만 장염과 칠대문파를 견제하는 것도 그에 못지 않게 중요했다. 어느 한쪽이라도 실패했다가는 지금까지 벌여온 일만으로도 자멸할 것이 분명했다. 지금 경재학의 바램이 있다면 부친과 함께 명예롭게 정주로 돌아가는 것이었다.

실내가 조금 답답하다고 느낀 경재학은 자리에서 일어나 창문을 열었다. 포근한 느낌을 주는 바람이 밀려왔다. 계산을 해보니 무림맹의 모처로 숙소를 옮긴 지 이십여 일이 지났다. 열흘쯤 전에 장염이 무림맹으로 왔지만 경재학은 자기가 머무르고 있는 곳에서 나가지 않았다.

수하들의 말로는 그가 사방으로 다니며 상비검 벽남천을 찾는다고 했다. 그러나 결국 헛수고에 그치고 말 것이다. 벽남천은 비비재단의 수하로 무림맹에는 발을 들여놓은 적이 없기 때문이다.

그 뒤로 육대문파 장문인들이 몰려와 자신을 찾았지만 역시 만나지 않았다. 그들은 언제나 도움을 받으면서도 자신이 몰락하기만을 바래왔다. 그들에게 페인이 된 모습을 보여주기란 죽기보다 싫었다. 겉으로는 애석한 척 위로의 말을 하겠지만 그 모두가 위선임을 잘 알고 있다. 그들은 자신이 회복할 수 없다는 사실에 속으로는 희희낙락(喜喜樂樂)하고 있을 것이다.

'장염이 무림에 있으니 이제 나는 있으나마나나라고 생각하겠지.'

감히 검신 경영자가 와 있는데도 무림맹으로 몰려온 것은 그 때문이리라. 부친이 칠대문파가 감히 돌아오지 못할 것이라고 생각한 것은 장염과 그들의 관계를 모르기 때문이다. 과거에는 자신을 중심으로 구대문파가 뭉쳤다. 그것이 이제는 장염을 중심으로 칠대문파가 모인 것으로 바뀐 것뿐이다.

만약 장염이 자신처럼 무상(無上)의 권력을 얻게 되면 그때도 칠대문파 장문인들이 그를 좋아할까? 아마 아닐 것이다. 칠대문파 사람들은 세력과 욕심이 없어 보이는 장염을 이용하고 싶은 것이다. 만약 장염이 지금이라도 자기 세력을 만들기 시작한다면 칠대문파는 자신에게 했던 것처럼 장염을 견제하기 시작할 것이다.

'미련한 놈, 이용당하는 줄도 모르면서 협객인 양 날뛰니……'

어차피 세상은 그런 것이다. 이용하는 자와 이용당하는 자, 그리고 강한 자와 약한 자. 자신은 그 모든 것을 익히 알고 있음에도 마지막에 실패하고 말았다. 모든 것을 잃은 지금 생각해 보니 그것은 하늘의 뜻이었다. 하늘은 세상의 이치를 알고 있는 사람을 가만히 내버려 두지 않는다.

'하늘이 나를 방해한다면 나도 천리(天理:하늘의 이치)라는 것을 비웃어 보이겠다.'

경재학이 높고 푸른 하늘을 잠시 응시하다가 속삭였다.

"자리에 있느냐?"

어디선가 희미한 음성이 들려왔다. 이전 같으면 누가 어디에 은신해 있는지 알고 있을 터지만, 지금은 수하가 대답을 해도 방향조차 가늠하기 어려웠다.

"말씀하십시오."

"나를 미끼로 장경선을 불러들여야겠다. 우선 이매(夷昧)를 준비시키고 호북성 무한(武漢)에 장소가 천마후를 데리러 간다는 소문을 퍼뜨려라."

"존명."

더 이상 말이 없는 것을 보니 수하는 어디론가 사라진 모양이다. 부상을 입은 뒤로는 곁에 누가 있는지 없는지 모르니 답답하기만 하다. 괜히 눈치를 살피는 주변 사람들도 부담스럽다. 장경선과 장소의 문제를 끝내면 당장 정주로 돌아갈 생각이다.

그러기 위해서는 장염보다 먼저 장경선과 장소를 만나게 해야 한다. 처음에는 장경선에게서 자신을 지키기 위해서였지만 이제는 다르다. 역천(逆天)의 마물(魔物)이라는 오행혈마인으로 이 위선으로 가득 찬 세상과 빌어먹을 천리를 마음껏 조롱할 것이다.

＊　　　　＊　　　　＊

무림맹에 들어온 장염은 마침내 누군가 계획적으로 장경선에게서 자기를 떼어놓으려 한다는 것을 알았다. 무림맹의 사자를 자처하던 상비검 벽남천은 가공의 인물이었다. 그러나 장염이 이해할 수 없는 것은 그가 누구인가 하는 것이다.

'설마 경재학이 그런 짓을 벌였을까?'

경재학이라면 그러고도 남을 인간이지만, 자기의 생명이 달린 일이니 쉽게 단정할 수도 없다. 어쩌면 그는 마교의 고수일지도 모른다. 장소가 수하들을 풀어 교란 작전을 벌이고 있다면 그것도 충분히 가능한 일이다. 그러나 마교의 고수라고 하기에는 기도가 단정했고, 무림맹의 사정에 대해 너무 잘 알고 있었다.

상비검 벽남천에 대해서는 생각할수록 머리만 아프다. 마침내 장염은 그가 누구이며 왜 자신을 속였는지에 대해서 잊기로 했다.

'어차피 지금 중요한 것은 장경선과 장소가 만나지 못하게 하는 일이다.'

장경선이 아니라면 장소라도 찾아야 하는데, 쉬운 일이 아니다. 무림맹의 정보 체계가 엉망으로 꼬여 버려 진위(眞僞)를 구별하기 어려운 정보가 쏟아져 들어왔다. 믿을 수 있는 것은 이제 칠대문파의 제자들이 간혹 전해주는 것뿐이었다.

장염이 곤혹스런 표정으로 생각에 잠겨 있을 때다.

"장 사조(張師祖), 안에 계십니까?"

목소리를 들어보니 춘양 진인의 제자 이원지 도인이다. 문을 열고 나가자 가만히 서 있던 이원지 도인이 허리를 숙였다.

"어쩐 일이십니까?"

"장문인께서 급히 찾으십니다."

"……."

장염이 묵묵히 이원지 도인을 바라보았다. 일전에 장문인들이 무림맹의 운영을 위해 회의를 열 것이라고 하더니 오늘이 그날인 모양이다.

"혹시 회의에 참석해 달라는 것 때문입니까?"

이원지 도인이 어색하게 웃으며 고개를 끄덕였다. 장 사조가 장문인들의 회의에 나가지 않으려 하는 것을 알고 있다. 그러나 이번에는 신검 경영자와 관계된 문제를 의논해야 하니 장 사조가 있어줘야 했다. 신검 앞에서 자연스러울 수 있는 사람은 장 사조밖에 없다.

장 사조의 기도가 천인합일(天人合一)하여 그런 것도 있지만, 선대로부터 신검의 도움을 받아왔기에 칠대문파는 어느 정도 제약이 따랐다.

"부담스러우시면 그냥 자리만 지켜주셔도 됩니다. 어차피 신검께서도 선배의 자격으로 회의에 초대되실 겁니다."

장염이 고개를 끄덕였다. 신검 경영자를 선배의 자격으로 부른
다는 것을 보면, 오늘 회의는 무림맹의 운영권을 두고 벌이는 장
문인들과 신검의 신경전인 셈이다. 장문인들은 신검의 배분과 지
고한 무공 때문에 자신을 곁에 두려고 하는 것이다.

"먼저 가세요. 곧 뒤따르겠습니다."

이원지 도인의 얼굴에 웃음이 떠올랐다. 장 사조가 함께 간다니
이미 일은 끝난 셈이다.

"그럼, 이만 물러가겠습니다."

이원지 도인이 돌아간 뒤에도 장염은 한동안 움직이지 않았다.
그다지 가고 싶지 않은 자리이지만 무림맹의 정상화를 위해서는
어쩔 수 없다. 무림맹의 체계가 허물어진 틈을 타서 어디서 시작
된 것인지도 모를 온갖 방해 공작이 난무했다.

게다가 천하제일가의 사람들과 칠대문파 출신의 고수들, 그리고
시험을 거쳐 무림맹의 식구가 된 사람들이 제각각 따로 움직이고
있어서 이제는 누가 무엇을 지시해도 자신과 이해 관계가 얽힌
사람의 말이 아니면 움직이지 않았다.

안에서 듣고 있던 소걸이 답답하다는 듯 방문을 열고 나왔다.

"스승님, 가기 싫으면 가지 마세요."

"그렇게 보이느냐?"

"아님 말구요."

"하하! 이 녀석아! 어른이 되면 싫은 자리도 마다하지 말아야
하는 때가 있단다."

"에구, 어른은 좋은 게 아니구나."

"길의 끝에는 또 다른 길이 있어서 말이지, 사람은 언제나 배우

고 적응하며 살아가게 되거든."

"스승님은 지금 뭘 배우고 계신데요?"

"나는 화동(和同)을 공부하고 있단다. 좋은 것과 싫은 것 모두를 한번 받아들여 보는 거지."

"에이! 저는 좋은 것만 받아들일래요."

"그러냐? 너의 관상(觀相)을 보건대… 후훗! 쉽지 않을 것이다."

"헛! 스승님이 관상을 볼 줄 아세요? 어떻게 보는지 저도 가르쳐 주세요."

"그건 배워서 뭐 하게?"

"나중에 처자들에게 밥이라도 빌어먹을 일이 생기면……."

장염이 소걸의 머리를 쥐어박은 뒤 마루로 내려갔다.

"이놈아, 나누어 주면서 살 생각을 해라."

"……."

멀어져 가는 장염을 향해 소걸이 소리를 빽 질렀다.

"사람 일은 모르잖아요! 그리고 얻어먹는 것도 다 마음의 공부라구요!"

모퉁이를 돌던 장염이 손을 머리 위로 들어 가볍게 흔들었다. 알아들었다는 신호다.

*   *   *

장로들과 장문인들이 마침내 한자리에 모였다. 며칠 전에도 일차 회동을 가졌지만 그때는 구체적인 이야기를 나누지 않았다. 아직 천하제일가를 향해 무엇인가 요구하기에 이르다고 생각했기

때문이다. 그러나 이번에는 각오를 단단히 한 듯 장문인들의 표정
이 굳어 있었다.

곤륜파의 구마 상인이 자리에서 일어나 뒤에 앉아 있는 장염을
힐끔 쳐다보았다. 지금까지 장염이 오기를 기다리고 있었다. 혹시
라도 곤륜파가 다른 생각을 가지고 있다고 생각하면 곤란하다. 그
렇지 않아도 곤륜파는 장염과 다소 어색한 관계였다.

"곤륜파가 워낙 멀리 있는지라 장문인께서 오시는 데 시일이
제법 걸릴 것입니다."

조심스런 구마 상인의 말에 의사청(議事廳)에 모여 있던 장문
인들이 미소를 지어 보였다. 신룡 진인의 성격으로 볼 때 이런 일
에 나 몰라라 할 사람이 아니다. 구마 상인이 머뭇거리자 화산파
의 장문인 상유천이 너털웃음을 터뜨리며 화답했다.

"허허헛! 알다마다요. 그나저나 무림맹의 장로들께서 그토록 화
급히 청하신 사유나 들어보십시다."

사전에 약속을 한 장로들이 일제히 고정 선사를 바라보았다. 장
로들의 시선이 모아지자 고정 선사가 자리에서 천천히 일어섰다.

"빈승이 그간의 일을 간단히 말씀드리겠습니다."

인사를 나누며 다소 떠들썩했던 좌중의 분위기가 차분히 가라
앉았다. 이제 무림맹의 주인들이 모두 모였으니 문제를 해결해야
할 것이다. 사실 칠대문파라고 해도 천하제일가와 오행혈마인은
어느 것 하나 소홀히 다룰 수 없는 것이었다.

"모두 아시다시피 이십여 일 전 장경선과 장소가 무림맹에서
한차례 격전을 벌였습니다. 그 뒤로 두 사람은 어디론가 사라져
버렸는데, 아직 이렇다 할 소식이 없습니다. 그런데 문제는 섬전수
장경선입니다. 장소가 나타나기 전까지 장경선은 무림맹에 잠입해

선하제일가 사람들을 살해했습니다. 그리고 그는 맹주에게 회복할 수 없는 상처를 입혔는데… 모두가 원한 때문이었습니다. 그가 삼 년 만에 다시 모습을 드러낸 것도 천하제일가와 맹주에게 복수를 하기 위해서였습니다.”

듣고 있던 장문인들이 고개를 끄덕였다.

“맹주께서는 그날 장경선에게 당해 무공을 잃은 상태입니다. 맹주를 구한 사람들은 천하제일가의 선배들이신데… 그분들은 장경선에게서 맹주를 보호하신다는 명목으로 무림맹에 남으셨습니다.”

고정 선사가 잠시 말을 멈추고 마른침을 꿀꺽 삼켰다. 저도 모르게 긴장하고 있는 것이다. 헛기침을 몇 번 하던 고정 선사가 계속해서 말했다.

“문제는 무림맹이 아무것도 할 수 없는 지경에 처했다는 것입니다. 맹주께서 쓰러지신 뒤로는 무림의 선배님들에게 지시를 받아 움직이고 있습니다. 장로회에서는 장경선과 장소의 소재를 파악하려 했지만 천하제일가에서 모든 무림맹 고수들을 경계하는 일에 투입시켰기 때문에… 지금은 뭐가 어떻게 돌아가는지 전혀 파악되지 않고 있는 실정입니다.”

춘양 진인이 안타깝다는 듯 중얼거렸다.

“허… 천하제일가의 심정이야 이해가 가지만, 지금은 장경선과 장소의 소재를 파악하는 데 주력해야 할 때가 아닌가.”

가만히 듣고 있던 원정 선사가 춘양 진인을 바라보며 말했다.

“그렇다고 봐야지요. 오행혈마인이 하나가 되면 무림에 다시없는 대재앙이 찾아올 것입니다. 더구나 그가 제천혈마 장소라면… 무림의 정사양도(正邪兩道)는 삼 년 전 혈마사의 난입이나 삼십 년 전에 있었던 이패(二覇)의 중원행(中原行) 때보다 더 큰 피해를 입게 될 것입니다."

"……."

원정 선사의 말을 듣고 있던 장문인들의 등줄기로 전율이 스쳐 지나갔다. 장소가 오행지기를 하나로 모으게 된다면 그 자체만으로도 크나큰 재앙이다.

상유천이 침울한 분위기를 환기시키려는 듯 빙긋 웃으며 좌중을 둘러보았다.

"자아! 다행히 장 대협도 곁에 계시니 우리가 해야 할 일이나 논의해 보십시다."

침울하게 앉아 있던 사람들의 얼굴이 조금씩 밝아지기 시작했다. 삼 년 간 실종되었던 장염이 돌아와 그들의 곁에 있었다. 장염이 함께 있는 한 최악의 상황은 막을 수 있을 것이다.

"우선 무림맹의 고수들을 낙양(洛陽)과 정주(鄭州)에 풀어 장경선과 장소를 찾아봐야지요."

춘양 진인의 말에 원정 선사가 고개를 끄덕였다. 오행혈마인들의 소재를 찾는 것이 지금으로써는 가장 시급한 문제였다.

"맞습니다. 오행혈마인이 어디에서 무엇을 계획하고 있는지를 알 수 있다면… 맹주의 신변을 지키는 일도 더욱 쉬워질 것입니다."

대충 방향이 정해지자 상유천이 천천히 입을 열었다.

"그러기 위해서는 먼저 신검(神劍) 노선배를 이리로 모셔야 할 것 같습니다."

무림맹의 고수들을 신검 경영자가 움직이고 있다고 하니 그것부터 해결해야 했다.

장문인들의 얼굴에 가벼운 긴장이 스쳐 지나갔다. 신검 경영자

에게 '앞으로는 무림맹의 지시에 따라달라'는 요청을 한다는 것
이 어떤 의미인지 알기 때문이다. 앞으로는 영원히 신검과 천하제
일가의 도움을 받지 못하게 될 수도 있다. 그뿐 아니다. 신검의 말
이라면 지금도 물불을 가리지 않는 고인(高人)들이 적지 않은데,
그들 모두와 등을 돌리게 될지도 모른다.

"그래야겠지요."

원정 선사가 고개를 끄덕였다. 지금은 신검의 시대가 아니라는
것을 신검과 그의 추종자들에게 알려야 한다. 무림맹은 사사로운
원한의 해결이나 어느 한 사람의 보호를 위해서가 아니라 강호에
몸담고 있는 무림인들의 권익을 지켜주기 위해 만든 것이다.

"가주, 화산파 제자 백리영이라는 젊은이가 찾아왔습니다."

맹주의 집무실에 나와 있던 경영자가 경재범을 바라보았다. 화
산파의 백리영이라는 자와는 안면이 없으니 드디어 때가 된 것이
리라. 오래전 경재범이 장로들의 불손한 마음을 지적했지만 무시
했었다. 장문인들이 위험을 각오하고 무림맹으로 모일 것이라고
기대하지 않았기 때문이다.

"무슨 일인지 묻고 돌려보내라."

"알겠습니다."

이제 와 화산파의 어린 제자 따위에게 들을 말이란 없다. 어차
피 장문인들과 자신의 일이다.

'젊은이라고?'

장문인들이 벌이고 있는 일을 생각하니 울화가 치민다. 옛날 같
으면 생각지도 못할 일이다. 장문인이 아니면 하다못해 장로라도
왔어야 한다. 이런 세상을 만들자고 그처럼 일했었나 생각하니 허

탈하기까지 하다.

"허… 엉망이 되어버렸어……."

조금 후에 경재범이 돌아왔다. 그러나 경재범의 얼굴 역시 밝지 못했다.

"장문인들이 지금 의사청에서 뵙자고 합니다."

"그래… 시간이 된 게지. 오래 참은 편이야."

경재범이 경영자의 표정을 조심스럽게 살폈다. 가주는 아직 이렇다 할 의사 표시를 하지 않고 있지만 결정을 해야 할 것이다.

"어떻게 하실 작정이신지……."

"무림에 장천사의 이름이 드높더군. 우리가 세상에서 등진 동안 적지 않은 변화가 있었겠지."

"장문인들이 저처럼 나오는 것도 뒤에 있는 장염 때문입니다."

"얼마 전 그를 보았지. 재미있는 친구야. 세상일에는 그다지 관심이 없어 보이더군. 그런 사람이 세상의 중심에 서 있다니 우습지 않나?"

"관심이 없는 척하는 것인지도 모릅니다. 젊은 나이에 그와 같은 무공을 익히려면 보통 결심으로 되겠습니까?"

"그럴지도 모르지."

마침내 경영자가 자리에서 일어섰다.

"늦으면 늦는다고 욕을 하겠지."

"가주께 불경한 자는 저희가 용서치 않습니다."

경재범의 눈에서 광채가 번득였다. 신검은 단지 가주일 뿐 아니라 자기 삶의 중심이었다.

"고맙네. 그러나 그 이전에 내 검이 먼저 죄를 물을 게야."

경영자가 의사청으로 들어서자 장문인들이 일제히 자리에서 일어났다. 경영자의 나이와 무림에서의 배분으로 볼 때 당연한 것이었다. 경영자는 여유있는 미소를 지으며 장문인들과 일일이 인사를 나누었다. 서로 간에 인사가 끝나자 먼저 입을 연 사람은 경영자였다.

"그래, 여러 장문인들께서 노부를 이리로 부른 것은 무슨 이유 때문이오?"

화산파 장문인 상유천이 웃으며 말을 받았다.

"하하하! 무림이 어수선하여 신검 선배님의 가르침을 받고자 함입니다."

"노부 같은 퇴물에게 배울 것이 있겠소이까?"

스스로 퇴물이라고 말하는 것은 아마도 후배들에게 휘둘리게 생겼다는 것을 빗대어 말하는 것이리라. 상유천이 미소를 잃지 않고 되받았다.

"퇴물이라니요? 후배들에게 좋은 말씀을 남겨주시리라 믿습니다."

"허허허! 내가 꼭 좋은 말을 해야만 할 것 같은 분위기구려."

"하하! 그럴 리가 있겠습니까? 달든 쓰든 모두 잘 새겨듣겠습니다."

경영자가 상유천을 지그시 바라보았다. 그래도 저렇게 돌려 말하니 부담이 덜한 느낌이다. 처음에는 분위기가 크게 나빠지면 어쩌나 싶었다. 그러나 의외로 장문인들은 그저 웃으며 바라볼 뿐 싸움의 기세는 보이지 않았다. 경영자는 장문인들이 보여주고 있는 여유를 자신이 따라가지 못한다는 것을 깨달았다.

"여러 장문인들이 원하는 바를 알고 있소이다. 맹주를 돕기 위해 가솔들을 이끌고 달려왔소. 천하제일가가 무림맹에 남기로 한 것은 전적으로 맹주를 보호하기 위해서이니 위험이 사라지면 돌아가리다."

원정 선사가 고개를 끄덕이며 거들고 나섰다.

"맹주의 일은 참으로 안타깝게 되었습니다. 다행히 천하제일가에서 친히 맹주를 보호하신다고 하니 듬직합니다. 무림맹의 고수들이 장경선과 장소의 행방을 찾는 데 주력하겠다고 하니… 신검 노사(老師)께서도 양해해 주시겠지요."

경영자가 장문인들을 둘러보며 고개를 끄덕였다.

"무림맹에 손이 부족하다고 하시니 맹주를 지키는 일은 본가(本家)에서 맡아야겠지요. 지금까지 천하제일가가 무림을 위해 헌신했는데 보살핌조차 받지 못하게 되었다는 것이 아쉬울 뿐이오."

"……."

장문인들이 슬그머니 경영자의 시선을 외면했다. 경영자의 입장에서 보면 그것이 분하고 억울할 수도 있다. 장문인들의 귀로 경영자의 무겁게 가라앉은 음성이 들려왔다.

"가는 토끼를 잡으려다가 잡은 토끼를 놓친다 했소. 무림맹이 맹주 하나 보호하지 못하고서 나중에 무림세가들을 어떻게 다스릴지 지켜보겠소이다."

"……."

이번 일로 무림세가들이 칠대문파에서 등을 돌리게 될지도 모른다는 말이다. 경영자와 그를 따르는 고인(高人)들의 역량이라면 불가능한 일도 아닐 것이다. 무림세가들은 과거에도 구대문파를 강호의 주인으로 인정하지 않으려 했었다.

"선배님의 고언(苦言:도움이 되는 쓴 소리)에 감사를 드립니다."

춘양 긴인의 밀을 끝으로 더 이상의 대화는 오가지 않았다. 그야말로 문답무용(問答無用)이라는 말이 실감나는 순간이다.

어색해진 분위기를 즐기듯 이리저리 둘러보던 경영자가 뒤쪽에 앉아 있던 장염에게 시선을 고정시켰다. 이번에 보는 것으로 벌써 두 번째 만남이다. 그러나 이번에도 역시 장염이라는 젊은 고수는 아무런 말이 없었다.

그 모습이 눈에 거슬린 경영자가 장염에게 슬며시 전음을 날렸다.

"그대가 이 사냥개들의 후견인(後見人)인가?"

조용히 있어서 존재감이 없던 상대가 고개를 돌린 순간이다. 경영자는 하마터면 비명을 지를 뻔했다. 상대의 눈에서 시퍼런 광채가 쏟아져 나왔기 때문이다. 그 빛이 얼마나 시리든지 경영자는 몇 번이나 눈을 끔뻑여야 했다.

연이어 낮게 가라앉은 전음이 사방에서 메아리치며 들려왔다.

"나의 인내심을 시험하지 마십시오. 섬전수 장경선만 경재학에게 원한이 있는 것은 아닙니다."

"으음……."

듣고 있던 경영자는 저도 모르게 신음을 흘리고 말았다. 전음 속에 실린 무형의 힘이 계속해서 머리를 뒤흔들고 있었다.

영문을 모르는 경재범이 다가와 걱정스럽다는 듯 물었다.

"가주, 불편하신 데라도?"

"……"

그러나 경영자는 아무 대답 없이 자리에서 벌떡 일어난 장염의 곁으로 다가갔다. 그리고 장문인들과 경재범이 보는 앞에서 정중히 물었다.

"경재학은 지금까지 무림의 맹주로 공평무사(公平無私: 공평하여 사사로움이 없다)하게 일을 해왔다. 맹주에게 원한이 있는 자들은 모두가 마인들뿐인데, 어찌 그대가 원한 운운하는 건가?"

표정은 부드러웠지만 한마디로 경재학에게 원한이 있는 자는 그 정체를 의심할 수 있다는 말이다. 듣고 있던 춘양 진인은 물론 파경 사태와 상유천까지 어이없는 표정을 해 보였다. 장염과 더불어 지금까지 구경만 하고 있던 화산파의 노기인(老奇人) 서검자가 참지 못하고 톡 쏘아붙였다.

"듣자 하니 강짜가 심하시구려. 장천사(張天師)의 스승은 무당파의 신선으로 그대도 잘 알고 있는 도문일검(道門一劍) 진원청 대협이시오."

서검자는 신검 경영자와 배분뿐 아니라 무공마저 비슷한 경지다. 경영자는 서검자를 무시하지 못하고 몸을 틀었다.

"무당파의 진원청은 알지만 장천사는……."

서검자의 이마에 힘줄이 돋았다. 뒷말은 들어보지 않아도 뻔하다. 아직 모르겠다는 말이리라. 장문인들에게 무림맹을 그냥 내어주자니 배알이 뒤틀린 모양이다.

'교활한 늙은이 같으니라구. 칠대문파와는 정면으로 시비를 일으키기가 어려우니 장염을 물고 늘어지는구나. 그러나 너는 상대를 잘못 골랐다.'

장염이라면 자신이 덤벼들어도 삼 초를 넘기지 못한다. 신검 경영자라고 해봐야 자기와 평수이거나 한 수 위일 것이다.

'가만히 있으면 중간이나 갈 것을… 멍청한 늙은이 같으니라구.'

같이 늙어가는 처지라 그런지 얄미우면서도 안됐다는 생각이 든다. 서검자는 더 나서지 않고 입을 나물어 버렸다. 시비를 일으켜 자기 무덤을 파겠다는 데야 도리가 없다. 장문인들도 자기와 같은 생각인지 그저 바라만 보고 있었다.

경영자는 조금 신경 쓰이던 서검자가 한 걸음 물러나고 장문인들도 가타부타 말이 없자 장염에게 고개를 돌렸다.

"스승의 이름을 빌어 이 자리를 벗어날 수는 있어도……."

"그냥 노선배께서 원하는 것을 말씀하시지요."

장염이 경영자의 말을 끊으며 되물었다. 어차피 상대가 원하는 것을 피해갈 수 없다면 어서 들어주는 편이 낫다. 지루한 말싸움을 해봐야 아무 죄도 없는 스승님의 이름만 더럽혀질 뿐이다.

"그대가 원한이라고 한 것이 무엇인지 떳떳하게 밝혀라."

장염이 경영자를 물끄러미 바라보았다. 경영자의 은빛 수염이 가볍게 떨리고 있었다. 폐인이 된 아들의 명예를 위해 대신 분노해 주고 있는 것이다. 따지고 보면 경영자에게는 아무런 잘못이 없다. 그것을 알기에 경영자와 마주한 장염의 마음은 편치 않았다.

"노선배께서 감당하기 어려운 진실입니다."

"……."

경영자와 장문인들의 얼굴이 의혹으로 물들었다. 대체 무슨 일이 있었기에 저렇게까지 말하는 것일까? 그러나 경영자는 장염이 이 자리를 회피하기 위해 말을 돌리고 있다고 생각했다.

"감히 노부를 기만하려 드느냐!"

장염이 설레설레 고개를 저었다. 경영자가 분노할수록 그의 부성(父性)이 느껴져 더욱 곤혹스러웠다. 처음부터 아무런 대꾸를 하지 말았어야 하는데 경영자의 전음을 듣는 순간 감정이 치밀어 올랐다. 폐인이 된 경재학에게 여전히 앙금이 남아 있었던 것이다.

"언젠가는 알게 될 일입니다."

"말하라!"

장염이 조용히 고개를 저었다.

"차라리 노선배의 삼 초(三招)를 받아주겠습니다."

경영자가 어이없다는 표정으로 되물었다.

"정녕 죽고 싶은 게냐?"

"천리(天理)를 따를 뿐입니다."

경영자의 눈에 갈등의 빛이 떠올랐다. 태연하게 대꾸하는 장염을 보면 그 대범함에 기가 질려온다. 자신의 삼 초를 받겠다는 것은 허장성세(虛張聲勢)에 불과할 것이다. 게다가 무림의 대선배가 되어 까마득한 후배에게 삼 초나 양보받을 수는 없다.

그러나 참아 넘기자니 울화가 치밀어 오른다. 아들이 건강했다면 이런 일은 생기지 않았을 것이다. 그러나 사자도 쓰러지면 까마귀의 밥이 된다. 이 순간 장염과 칠대문파 장문인들이 폐인이 된 경재학에게 모여든 까마귀로 보였다.

"남아일언중천금(男兒一言重千金)!"

아들의 명예와 사라진 무림의 도의를 위해 경영자는 자신의 선배 됨을 포기하기로 했다. 조금 뒤에 떨어져 있던 경재범의 얼굴이 참담하게 일그러졌다.

장염이 자리를 툭툭 털고 일어나 의사청 밖으로 걸어나갔다. 그 뒤로 서검자와 칠대문파 장문인, 그리고 장로들이 따라나섰다.

"준비는 되었는가!"

장염이 착잡한 표정으로 경영자를 바라보았다. 삼 초를 날린 뒤 경영자는 어떤 표정을 지을까? 차라리 그에게 진실을 말하는 편

이 나은지도 모른다,

문득 주변을 둘러보니 장문인들과 칠대문파 장로들이 호기심 가득한 얼굴로 쳐다보고 있다. 몇 해 전만 하더라도 구대문파 장문인들과 낯을 붉히며 겨루었으니 참으로 인생은 요지경이다. 자신은 또 어떠한가! 경재학을 잡아 죽일 듯 설쳐 댔지만 지금은 오히려 그의 부친에게 삼 초를 허락하고 말았다.

"시작하십시오."

"노부는 검을 쓰는 사람이니… 막거나 피해도 좋다."

권장(拳掌)이 아니라 검을 쓰겠다는 것은 어느 정도 살의(殺意)를 짐작케 하는 말이다.

"얼마나 더 기다려야 합니까?"

경영자가 지존검을 뽑아 장염에게 날렸다. 건곤삼식의 마지막 절초인 건곤무해(乾坤無解)를 펼친 것이다.

파츠츠츳!

장염의 얼굴에 감탄의 빛이 떠올랐다. 지존검의 검기가 그물처럼 펼쳐져 날아오는데 과거 당고랍산맥에서 경재학이 펼쳤던 것과는 비교가 되지 않았다. 그러나 처음 대하는 것이라 해도 별 피해를 입지 않았을 텐데, 건곤삼식은 이미 처참하게 겪어 각인된 초식이다.

장염의 어깨가 가볍게 흔들리는 순간 수많은 검기가 몸을 관통하고 지나갔다.

"아! 이형환위(以形換位)……!"

주변에 있던 장문인들의 입에서 탄성이 터져 나왔다. 실제로 무림에서 이형환위의 수법을 보기는 처음이다. 검기가 몸을 관통했다고 생각했으나 실제로는 장염의 그림자만 베고 지나간 것이다.

장염의 그 한 수만으로도 경영자를 긴장하게 만들기에 충분했다.

경영자가 가부좌를 틀고 앉아 손끝으로 장염을 가리켰다. 그 순간 저만치 스쳐 지나갔던 지존검이 허공을 선회하여 장염에게 날아갔다.

츠츠츳!

지존검이 대기를 가르는 소리와 함께 장염의 몸으로 파고들 때다. 장염이 훌쩍 몸을 날려 지존검의 검신에 올라타 버렸다.

"헛!"

뜻밖의 사태가 벌어지자 경영자의 입에서 헛바람이 새어 나왔다. 이기어검이라면 상대할 수 있다고 생각했는데 상대는 처음 보는 수법으로 그것을 막은 것이다. 그러나 정작 기가 막힐 일은 그 뒤에 일어났다. 장염이 검을 타고 하늘로 날아오른 것이다.

"어헉! 어검비행술(於劍飛行術)이다!"

계속 지켜보고 있던 장문인들이 믿을 수 없다는 듯 눈을 부릅떴다. 장염이 경영자의 검신(劍身)에 두 발을 디디고 서서 하늘로 날아오르고 있었다. 자기의 검이 아니라 상대의 검을 빼앗아 날고 있으니 저것을 뭐라고 부를 것인가!

옷깃을 날리며 수직으로 날아오르던 장염이 서서히 내려오기 시작했다. 그리고 장염이 검신을 떠나 지면에 착지하자 지존검은 할 일을 마쳤다는 듯 경영자에게로 돌아갔다.

팍!

경영자가 일 장(一丈:약 3미터)쯤 앞에 꽂힌 지존검을 망연히 바라보았다. 검은 되찾았으나 모든 것을 잃어버렸다. 평생 동안 무림에서 쌓아온 업적과 체면이 삽시간에 무너지고 만 것이다.

"……."

경영자가 땅에 박힌 지존검을 뽑아 들고 묵묵히 돌아섰다. 검을 갈무리하는 경영자의 손이 수치와 부끄러움으로 떨리고 있었다. 검을 부러뜨리고 당장 정주로 돌아가고 싶지만, 쓰러진 아들을 생각하면 그럴 수도 없다. 지금은 그저 모든 것을 참으며 조용히 사라져 줘야 하는 것이다.

그런 경영자를 보는 장염의 마음도 편치 않았다. 처음부터 검을 잡아타고 날아다닐 생각은 없었다. 다만 검이 다가왔을 때 올라타고 싶다는 생각을 했다. 상대의 공격에서 벗어나는 여러 가지 방법 중의 하나로써 말이다.

이미 여의신행(如意身行:뜻을 따라 몸이 행한다)의 경지에 이른지라 생각은 그대로 실현되었다. 일단 검에 올라탄 뒤로는 검이 가는 대로 잠시 몸을 맡겼다. 그리고 되돌아와 검을 넘겨준 것인데 상대에게는 큰 상처가 되었을 것이다.

"후우……."

장염의 한숨 소리를 들은 서검자가 슬며시 다가왔다.

"자네, 아는가? 검은 고양이 눈 감듯 하는 게 세상의 이치라네."

"그건 무슨 뜻입니까?"

서검자가 능청스럽게 웃으며 대답했다.

"흐흐흣! 검은 고양이가 눈을 감으면 감았는지 떴는지 알게 뭔가! 세상일이란 게 그래. 뭐가 뭔지 구별할 수 없는 게 허다하지. 지금 자네는 '뭔가 저 노인네에게 실수한 게 아닐까?' 생각하겠지만, 그 역시 모를 일이지. 그게 약이 될지 독이 될지는 하늘만 알 걸세."

"감사합니다."

서검자의 말을 듣자 조금 마음이 편해진다. 그러나 곧 이것도 스스로 편하게 생각하려고 그런 것은 아닌가 하는 자책이 든다. 어쨌든 상대는 사악한 경재학이 아니라 영문도 모르는 그의 부친이었다. 숙소로 돌아가면서도 상대에 대한 배려가 부족했다는 느낌은 끝내 지워지지 않았다.

*　　　　*　　　　*

낙양의 작은 장원에 은신하고 있던 장소에게 한 가지 고민이 생겼다. 그것은 다름 아닌 장경선이 너무 빠르다는 것이다. 지난번 무림맹에서는 거의 다 잡은 것을 놓치고 말았다. 달아나는 장경선을 쫓았지만 일각(一刻:15분)이 되기도 전에 놓치고 만 것이다.

수하들과 함께 장경선에 대한 대책을 세워보려 했지만 뾰족한 수가 없었다. 알고 있는 무공을 모두 검토해 봤지만 장경선이 보여준 그런 경공술은 없다. 그것은 경공기술이 아니라 경지의 문제였던 것이다.

"너무 빨라……."

멀찍이 앉아 있던 검귀가 저도 모르게 고개를 끄덕였다. 장경선은 확실히 빨랐다. 어쩌면 무림에서 장경선보다 빠른 사람은 없을지도 모른다. 교주가 극복해야 할 가장 큰 과제는 바로 장경선의 속도였다. 모두가 대책 마련에 부심하고 있을 때다.

마교의 군사(軍師)를 자처하던 혈수서생 이면수가 문득 입을 열었다.

"교주님, 빠른 놈은 따라가서 잡을 수 없습니다."

"그럼?"

"놈이 달리지 못하게 해야지요."

"이그, 미친놈이 죽을 판인데 달리지 않겠느냐?"

"이렇게 하면 혹시 그놈이 달아나지 않을지도 모릅니다."

"어떻게?"

"교주님이 놈보다 빠르다고 믿게 하는 겁니다."

"그게 가능한 소리냐?"

"……"

이면수는 장소의 질문에 선뜻 대답하지 못했다. 교주 앞에서 감히 허언(虛言)을 할 수는 없기 때문이다. 그런 이면수를 묵묵히 바라보던 장소가 중얼거렸다.

"어차피 지금은 다른 방법이 없으니 입으로라도 후려쳐야겠지. 네 생각을 말해 보거라."

이면수가 즉시 장소에게 한 가지 계책을 일러주었다.

며칠 후 장소와 마교 고수들에게 기쁜 소식이 전해졌다. 무림맹을 출입하던 수하 중 하나가 마침내 경재학이 은신하고 있는 장소를 알아낸 것이다. 경재학의 주변을 맴돌다 보면 반드시 복수에 눈이 먼 장경선이 나타날 것이라고 생각했던 것이다. 마침 이면수와 함께 장경선에 대한 대책을 세운 뒤라 장소의 기분은 날아갈 듯했다.

다만 한 가지 마음에 걸리는 것이 있다면 무림맹에 남아 있을 장염이다. 만약 장염이 결정적인 순간에 나타나 자기를 죽이려 든다면 낭패가 아닐 수 없다. 오행혈마인 두 사람 중에 반드시 하나를 죽여야 한다면 장염은 자신을 택할 것이다. 과거 당고랍산맥에서 경재학과 자신은 장염과 씻지 못할 원한 관계를 맺었기 때문이다.

'빌어먹을! 가장 중요한 순간이면 언제나 그놈이 방해를 하는
군.'

모두 경재학을 축으로 돌고 있으니, 최악의 경우 네 사람이 한
자리에 모이게 될 수도 있다. 가만 생각해 보니 대략 피아(彼我)
가 구별된다. 장염은 공공(公共)의 적(敵)으로 타협의 여지가 없
다. 그러나 경재학은 장경선의 죽음을 원하고 자기는 장경선의 오
행지기를 필요로 한다.

"잠시 경재학의 도움을 받아야겠다."

어차피 필요에 따라 손잡고 등 돌리기를 반복하는 세상이다. 어
차피 경재학과는 신의나 배신 따위의 위선적인 단어를 초월한 지
오래다. 필요에 따라 손을 잡거나 혹은 칼을 들이밀어도 부담이
없는, 실용적이고 바람직한 관계인 것이다.

"순찰영주는 경재학에게 즉시 수하를 보내 나의 뜻을 전해라.
장경선을 넘겨주면 정주로 무사히 돌아갈 수 있지만, 만약 장경선
과 장염을 만나게 하면 후에 정주의 천하제일가를 피로 씻겠다
고."

"존명!"

장소는 곧 이어 이면수를 바라보며 나직이 말했다.

"너는 경재학과 장염의 동향을 세밀히 관찰하여야 할 것이다."

"존명!"

*　　　*　　　*

경재학은 무림맹의 내전 무사인 공정한(孔情恨)의 방문을 받았
다. 공정한을 바라보는 경재학의 얼굴에 희미한 미소가 걸렸다. 자

신의 거처가 무림맹 내에 알려지지 않았고, 평소 공정한과도 교분이 없었으니 뭔가 꿍꿍이가 있을 것이다.

"공 협사께서 무슨 일로 나를 찾으셨소?"

이미 무공을 잃은 경재학이지만 몸에 배인 기도는 여전해서 공정한은 약간이나마 긴장해야 했다.

"거두절미(去頭截尾)하고 본론을 말씀드리겠습니다. 짐작하고 계시겠지만 제가 모시고 있는 분이 따로 계십니다."

"그분이 누구신지?"

"남북지약(南北之約: 과거 장소와 경재학이 맺은 남북 분할의 약속)의 당사자라고 말하면 아신다고 했습니다."

경재학이 알겠다는 듯 고개를 끄덕였다. 예측했던 대로 공정한은 무림맹에 잠입한 마교의 밀정이었다. 무림맹의 무사들을 공채(公採)할 때 과거를 다 조사했지만 옥(玉) 속에 돌이 섞여 있었던 모양이다. 그러나 이미 무림에서 떠나야 할 자신에게는 관계없는 일이다.

"말해 보시오."

"섬전수 장경선이 장염을 먼저 만나게 된다면 맹주와 천하제일가를 피로 씻으시겠다고 하셨습니다. 그리고……"

공정한이 잠시 경재학의 눈치를 살폈다. 비록 무공을 잃었다고는 하지만 평소에 지존으로 모시던 경재학이다. 그를 협박하고 조건을 제시하자니 여간 신경 쓰이는 것이 아니다.

"그리고 뭐요?"

경재학이 대수롭지 않다는 듯 물었다. 공정한이 어색해하고 있다는 것을 눈치 챈 것이다.

"섬전수를 그분께 넘기면 천하제일가의 무사 귀환을 보장하시겠답니다."

가만히 듣고 있던 경재학이 공정한을 바라보았다.

"오색비연무(五色飛煙茂)를 아시오?"

공정한도 무림맹의 공채 무사이니 신호탄으로 사용하는 오색비연무를 모를 리가 없다.

"알고 있습니다."

"장경선이 홀로 나타나면 신호를 하겠으니 그때까지는 모습을 드러내지 말라고 하시오."

장경선은 장염과 장소가 없는 순간을 놓치지 않고 찾아올 것이다. 바로 그때 장소가 나타나 장경선을 상대해 주어야 한다.

"그렇게 전하겠습니다."

"수고하셨소. 더 이상 다른 것은 없소?"

"그것이 전부입니다."

경재학이 앉았던 자리에서 천천히 일어났다. 배웅을 하겠으니 이만 나가달라는 뜻이다. 자리에서 일어난 공정한이 습관적으로 허리를 숙였다. 경재학은 그런 공정한에게 가볍게 손을 흔들어주었다. 뜻밖에도 예의가 바른 젊은이였다.

공정한이 돌아가자 홀로 남은 경재학은 피식 웃음을 터뜨렸다. 장소의 도움이 절실했는데 고맙게도 그가 먼저 손을 내민 것이다. 비록 남북지약은 자신이 깼지만 장소는 천하를 얻을 욕심으로 작은 일에 연연하지 않고 있었다.

'고마운 일이지만 오래가지는 않을 것이다.'

바라던 대로 천하를 쟁취하면 금세 무료해질 것이다. 그렇게 된다면 소일(消日)거리로 은원(恩怨)이라도 갚으려 들 것이다.

'무림맹에서 벗어나도 천하제일가가 갈 곳은 없는 것인가?'

문득 산다는 게 뭔가 싶다. 무림맹에서 마음대로 나갈 수도 없었고 겨우겨우 빠져나간다 해도 갈 곳이 없다. 자신의 인생에 이런 날이 오리라고는 생각해 본 적도 없다. 많은 사람들을 무림맹에 잡아둔 적은 있으나 자기가 갇힐 줄은 몰랐다.

"있느냐?"

"예."

"풍림장에 새로운 소식은?"

오래전부터 호북성(湖北省) 무한(武漢)에 '마교 교주 장소가 천마후 영호화를 데리러 간다'는 소문을 흘렸다. 예상했던 대로 영호성의 가족들은 매화검 영호화와 함께 은밀한 곳으로 거처를 옮겨갔다. 그러나 그들이 어디로 갔는지 아직 알아내지 못했다.

"워낙 비밀리에 빠져나간지라 아직… 아직 찾지 못했습니다."

"무슨 수를 써서라도 매화검이 있는 곳을 알아내라. 더불어 '평두산(平頭山)의 행사'를 시작한다."

"알겠습니다."

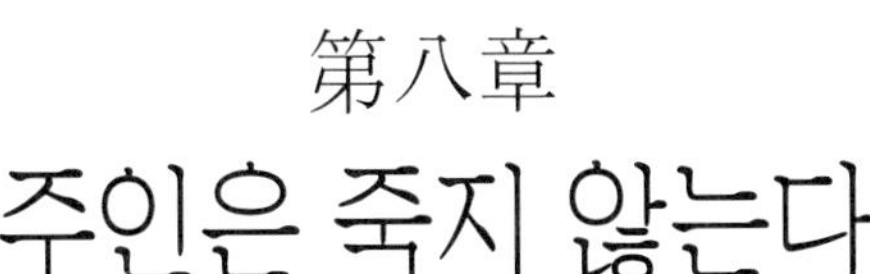

第八章
주인은 죽지 않는다

　무림맹이 장문인과 장로들에 의해 정상적인 운영을 시작한 지 얼마 지나지 않아서다. 갑자기 무림맹을 긴장하게 만드는 일이 벌어지고 말았다. 호북성 무한을 떠나 무림맹으로 오던 영호화가 하남성에서 마교를 추종하는 사파고수들에게 잡히고 만 것이다.

　의사청에 모인 장문인들과 장로들이 어두운 표정으로 서로를 바라보았다. 그들이 영호화의 사건을 알게 된 것은 불과 며칠 전의 일이다. 하남성에서 탁발(托鉢)을 하던 소림사 출신의 승려 하나가 영호화의 납치를 목격하고 알려왔다.

　영호화는 무당파의 사검사(四劍士)로 이름을 날렸었기에 많은 사람들에게 알려져 있었다. 게다가 몇 년 전에는 무림맹에 볼모로 잡혀 있기까지 해서 그녀를 알아보는 사람은 많았다. 그 이후로 다시 몇 사람이 매화검 영호화를 목격했다. 의심할 나위 없이 매화검 영호화는 확실히 사파에 인질로 잡혀 있었다.

매화검 영호화의 납치 사건을 담당한 이원지 도인이 황급히 의사청으로 들어왔다. 새로운 소식이 있어서 잠시 나갔다가 돌아온 것이다.

"지금 들어온 소식입니다만, 사파에는 이미 영호화 소저가 난주로 가고 있다는 소문이 파다합니다."

난주라면 아마도 천마방으로 데리고 가는 것이리라. 며칠 전에 합류한 곤륜파의 신룡 진인이 답답하다는 듯 물었다.

"그들이 대체 누구요?"

"자세한 것은 아직 알려지지 않았지만… 마교 교주 장소를 두려워하는 사파고수들로 보입니다."

신룡 진인이 인상을 찌푸리며 고개를 끄덕였다. 장소의 눈치를 살피는 사파라면 충분히 가능한 일이다. 장소가 마교를 다시 접수하였다는 말을 들었을 때 언젠가 영호화의 문제가 다시 터질 줄 알았다. 그러나 왜 하필 지금이란 말인가! 비록 경영자와 천하제일가의 고수들이 모여 있다고는 하지만, 장염이 무림맹을 비우면 어떤 일이 벌어질지 예측할 수 없었다.

'그러나 장염은 영호화라면 물불을 가리지 않는 사람이니… 골치 아프게 되었다.'

다른 장문인들도 거기까지 생각한 듯 가끔씩 장염을 바라보았다.

장염이라고 그런 장문인들의 마음을 모르는 바는 아니다. 무림맹에 남아 경재학에게서 눈을 떼지 말아야 한다는 것은 알고 있다. 그러나 지금까지 무림에 남아 있는 것은 영화 소저를 위해서이다. 만약 경재학과 영화 소저 중 어느 한 사람을 구해야 한다면 장염은 당연히 영화 소저를 구할 것이다. 비록 그것으로 인해 어떤 재앙이 뒤따르든 말이다.

"영화 소저가 어디 있는지 정확한 위치를 알게 된다면 알려주십시오."

이원지 도인이 침중한 음성으로 대답했다.

"알겠습니다. 그리고 혹시 목격자들이 잘못 보았을 수도 있다고 생각해서 풍림장으로 사람을 보냈습니다."

"……"

뭐라고 말을 하려던 장염이 고개를 설레설레 저었다. 며칠 전 영화 소저가 납치되었다는 소리를 듣자마자 숙소로 돌아가 전이(轉移)를 했다. 풍림장은 이미 한차례 가본 곳이라 물아일체(物我一體)의 지경에서 찾아가기가 어렵지 않았다.

그러나 한줄기 바람에 마음을 싣고 풍림장 구석구석 살펴보았지만 영화 소저는 없었다. 그 다음날 밤도, 그리고 그 다음날 밤도 마찬가지였다. 장염은 벌써 몇 차례 풍림장을 돌아보았지만 영화 소저는 물론 영호성의 가족도 발견할 수 없었다.

"어느 쪽이든 수일 내로 구체적인 정보가 들어올 것입니다. 장사조(張師祖), 모든 것이 헛소문일 수도 있습니다."

장염이 묵묵히 고개를 끄덕였다. 만약 헛소문이 아니라면 적어도 그들이 하남성 안에 있을 때 찾아야 한다. 그래야만 무림맹을 비우는 시일이 짧아질 것이다. 영화 소저를 데리고 돌아오기까지 최소한 며칠이 걸릴 것이다. 그러나 하남성을 벗어나면 그 이상이 걸릴 수도 있다.

장문인들이 장염을 바라보며 안타깝다는 듯 혀를 찼다. 장염 개인은 물론 무림맹에도 정말 괴로운 노릇이었다. 지난 삼 년 간 장천사(張天師)가 실종된 틈에 장소의 영향력이 커진 탓이다. 녹림

칠십이채에 들지 않은 사파의 중소(中小) 방파들이 마교의 장소에게 몰리고 있었다.

이럴 때 천하제일가의 고수들이 나서준다면 좋겠지만 그들은 경재학의 곁에서 한시도 떠나지 않을 것이다. 천하제일가의 고수들과 경재학은 요즘은 보이지도 않았다. 경재학은 경영자가 무림맹의 운영에서 밀려난 뒤로 아예 모습을 드러내지 않았다.

이원지 도인은 그날 저녁에 마침내 기다리고 기다리던 소식을 듣게 되었다. 칠대문파의 제자 중 하나가 매화검 영호화가 있는 위치를 알아낸 것이다. 전서구의 내용을 확인한 이원지 도인은 당장 장염에게 달려갔다. 어차피 영호화의 소식을 듣게 되면 구하러 갈 장 사조다. 그렇다면 매화검이 조금이라도 무림맹과 가까운 곳에 있을 때 보내야 한다.

장염의 방에 이르자 이원지 도인은 무조건 열고 뛰어 들어갔다. 지금은 예의나 체면을 차리고 있을 때가 아니었다.

"장 사조(張師祖)! 매화검이 있는 곳을 알아냈습니다!"

"그곳이 어딥니까?"

"무림맹에서 남쪽으로 위치한 평두산(平頭山)입니다. 그곳에서 마교로 전향할 하남성의 사파고수들과 일차 회합을 가질 것이라고 합니다."

무림맹의 고수들이 따라붙자 서둘러 세(勢)를 확장하려는 것이리라. 장염이 이원지 도인을 잠시 바라보았다. 지금 당장 떠나고 싶지만 마음이 편치 않았다. 이원지 도인이 장염을 향해 웃어 보였다.

"장 사조, 이곳은 염려 말고 다녀오십시오. 무림맹의 고수는 물

론 하남에 있는 정파 무관(武官)의 고수들까지 모두 불러 모으기
로 했습니다."

"……"

장염이 조용히 이원지 도인을 향해 허리를 숙였다. 사조의 행동
에 당황한 이원지 도인이 재빨리 몸을 비켜섰다.

"사조……"

이원지 도인의 말은 이어지지 못했다. 장염이 허리를 숙이던 모
습 그대로 사라지고 만 것이다. 이원지 도인이 홀연히 사라진 장
염을 보며 탄식했다. 때때로 드러나는 그의 모습을 보면 누가 그
를 인간이라고 생각하겠는가!

이원지 도인은 즉시 장문인들과 무림맹의 장로들에게 장염이
떠났다는 사실을 알렸다. 장문인들은 이원지 도인의 연락을 받고
의사청으로 모여들었다. 장염이 평두산으로 떠났으니 고수들을 불
러 모으는 것은 물론 경계도 강화해야 했기 때문이다.

장문인과 장로들이 분주하게 앞으로의 일을 준비할 때다. 화산
파의 장문인 상유천이 칠대문파 장문인과 장로들을 향해 한 가지
조심스럽게 말했다.

"장천사가 무림맹을 떠났다는 사실은 극비에 붙여야 할 것이외
다. 만약 장경선이나 장소의 귀에 들어가게 되는 날이면 무림맹은
한바탕 소란을 면치 못하게 될 것이오."

신룡 진인이 고개를 끄덕이며 재빨리 말을 받았다.

"상 장문인의 말씀이 옳소이다. 장 대협의 일을 다른 사람들이
알게 해서는 안 될 것이오. 다만……"

신룡 진인이 잠시 말을 멈추고 점창파의 영천 상인에게 고개를
돌렸다. 맹주와의 교분을 생각해서라도 자신과 영천 상인이 천하

제일가를 위해 배려를 해주어야 하는 것이다.

"신검 노선배께는 내가 따로 찾아뵙고 말씀을 올려야겠소. 아무래도 맹주의 보호를 위해 천하제일가가 더 신경을 써야 할 것이니 말이오."

"좋은 생각이시오."

영천 상인이 다른 장문인들의 눈치를 슬쩍 살피며 동의했다. 이제 비록 맹주가 무림에서 은퇴하게 되었지만 그간의 의리를 생각하면 두 사람만이라도 천하제일가를 안아주어야 한다. 경재학은 무공을 잃었지만 천하제일가는 무림제일의 무가(武家)로 앞으로도 큰 도움이 될 것이다.

신룡 진인의 말에 다른 오대문파 장문인들도 이의를 제기하지 않았다. 그럴 리야 없겠지만 이제 무림맹에 예기치 못한 사단이 생긴다면 그들이 가장 큰 피해를 입게 될 것이다. 경영자라도 미리 알아둔다면 더 큰 피해는 피할 수 있을 것이다.

그날 밤 신룡 진인의 방문을 받은 경영자는 크게 당황하고 말았다. 지금과 같은 때에 장염이 무림맹을 떠났다니 그게 무슨 청천벽력 같은 소리인가! 무림맹의 경영에서 손을 떼기로 한 날 장염의 무공을 체험한 경영자다. 크나큰 모멸감도 느꼈지만 아들을 위해서는 장염과 같은 고수가 곁에 필요했기에 모든 것을 참고 또 참았다. 그런데 이제 와 갑자기 무림맹에서 떠나다니!

"오행혈마인의 완성보다 앞서는 그렇게 중요한 일이 있소이까?"

신룡 진인이 씁쓰름한 표정을 지어 보였다. 이걸 뭐라고 말해줘야 하나? 장염에게 매화검은 강호인에게 무림과 같은 존재였다. 몇 년 전 혈혈단신(孑孑單身)으로 무림맹에 뛰어들었던 장염의 모습이 생생하게 떠오른다.

"장천사는 그런 사람입니다. 뭐랄까… 보통의 상식으로 납득하기 어려운 면이 많이 있다고 해야 할까요."

경영자가 노기 가득한 음성으로 말을 받았다.

"아무리 그렇다고 한들 어찌 그 정도 위치에 있는 자가 대의(大義)조차 구별하지 못한단 말이오!"

신룡 진인이 곤혹스런 표정으로 경영자를 바라보았다. 경영자가 맹주의 부친만 아니라면 그의 협의지심(俠義之心)에 혀를 내둘렀을 것이다. 그러나 왠지 지금은 아들의 안위를 위해 분노하는 아버지로밖에 보이질 않는다.

게다가 자신은 과거 장염과의 일전(一戰)을 통해 마음으로 그를 존경하고 있다. 장염이 없는 자리에서 경영자와 함께 그의 욕을 하고 싶지 않았다.

"어떤 것이라도 보는 처지에 따라서 이럴 수도 있고 저럴 수도 있다고 봅니다. 평두산이라고 해봐야 장천사의 걸음이면 오고 가는 데 나흘 이상은 걸리지 않을 것입니다."

"……"

경영자는 더 이상 입을 열지 않았다. 가만 보니 신룡 진인은 장염에게 별 불만이 없어 보인다. 이런 자리에서 혼자 비난을 해봤자 자기만 초라해진다.

"장염이 떠났다는 사실은… 비밀에 붙여야 할 것이외다."

경영자의 말에 신룡 진인이 흔쾌히 고개를 끄덕였다. 그거야말로 자기가 간절히 바라는 바이다.

"그럼 저는 이만 물러갑니다. 맹주를 만나본 지 오래되었지만 요즘 사람들을 피하신다고 하니……"

"감사하외다."

신룡 진인이 돌아가자 경영자는 급히 경재범을 불러들였다.

"지금 장천사라는 장염이 무림맹을 떠나 평두산으로 갔다고 한다. 그가 돌아오기까지 적어도 사나흘은 걸릴 것이라고 하니 경계를 강화하여라."

"아니, 그자는 이런 때에 왜?"

"자기 여자를 구하러 갔다고 하니 어쩌겠느냐? 천하의 절반이 여자인데… 어리석은 것들 같으니. 너는 맹주에게 가서 장염이 없으니 더욱 조심하라 일러라. 쓸데없이 돌아다니다가 섬전수의 눈에 띄었다가는 큰일이 날 게다."

"알겠습니다."

경영자의 거처에서 물러난 경재범은 곧바로 경재학을 찾아갔다. 그리고 경영자의 당부를 그대로 전했다. 경재범의 말을 들은 경재학이 펄쩍 뛰며 화를 냈다.

"저런 지독한 놈! 내가 제놈의 친인(親姻)이 아니라고 이렇게까지 홀대를 하다니! 섬전수라도 찾아오는 날이면 꼼짝없이 죽게 생겼구나!"

"그러니 소가주(小家主)께서도 사나흘 간 밖으로 나다니지 마시게."

"알겠소. 내 방에서 쥐 죽은 듯 지내겠소이다."

경재범이 안됐다는 듯 마주 앉은 경재학을 보며 혀를 찼다. 지금까지 살아오면서 사촌 동생인 경재학을 부러워했다. 차기 가주인 그는 어려서 벌모세수를 하고 천하제일이라는 경영자의 무공을 익혔다. 강호에 출두하자 사람들은 그를 불사신검(不死神劍)이라 불렀다. 경재학의 모습 속에서 신검 경영자를 떠올렸던 것이다. 그리고 맹주가 되어 무림을 지배했다. 그것은 과거에 그의 부친인 신검도 하지 못한 일이었다.

그러나 화려했던 시간도 이제는 다 끝이 났다. 불사신검 경재학은 무공을 잃고 원수를 피해 숨어 다니는 처지가 되었다. 한숨을 내쉬던 경재범이 자리에서 일어났다. 경재학의 몰락은 장차 천하제일가의 몰락을 의미하기도 한다. 그러고 보면 신검이 이루어놓은 것을 불사신검이 다 말아먹은 셈이다.

"후우… 이만 가겠으니 나오지 마시오."

"……."

탄식을 터뜨리던 경재범이 자리에서 일어나 문밖으로 걸어나갔다. 경재학은 멀어져 가는 경재범의 뒷모습을 묵묵히 바라보았다. 이제 운명의 시간이 다가온 것이다. 그리고 무슨 일이 있어도 오행혈마인의 완성을 보아야 한다.

자리에서 몸을 일으킨 경재학이 창가로 걸어갔다.

"들었느냐?"

"예."

"내일 아침까지 낙양의 구석구석까지 소문이 돌게 해라. 늦어도 사흘 이내에 장경선이 나를 찾아오게 해야 할 것이다."

"알겠습니다."

＊　　　＊　　　＊

다음날 아침이다. 의사청으로 모여든 칠대문파 장문인과 장로들은 기가 막힌 소식을 접해야 했다. 칠대문파 장문인들이 어이가 없다는 듯 이원지 도인을 바라보았다.

"아니, 그게 무슨 소리요? 하룻밤 동안에 그런 일이 어찌 가능하단 말이오?"

상유천의 질문에 이원지 도인은 쉽게 대답하지 못했다. 자기도 대체 어떻게 그런 일이 일어났는지 알 수 없었다.

"빈도(貧道)도 믿기 어려운 이야기이나 분명 무림맹 안팎으로 소문이 난 것은 사실입니다."

"어허……."

두 사람의 대화를 듣고 있던 아미파의 파경 사태가 조용히 말했다.

"일이 이렇게 되니 어쩐지 누군가 오행혈마인이 완성되기를 바라는 듯합니다."

"……."

다른 장문인들도 파경 사태의 말을 반박하지 않았다. 누군가 조직적으로 밀어붙이기 전에는 불가능한 일이 일어난 것이다. 그렇지만 대체 무림맹에서 누가 그런 일을 꾸민단 말인가? 지난밤의 일을 알고 있는 사람들은 극히 소수였다. 그러나 칠대문파 장문인과 장로들이 그랬을 리는 없다. 천하제일가의 사람들은 더 더욱 아니다. 그들은 당장 장경선이 오면 경재학을 보호하기 위해 목숨을 걸어야 한다.

"그가 누구이든지 간에 우리는 할 일을 다 하면 되는 거겠지요."

파경 사태의 말에 춘양 진인이 고개를 끄덕였다.

"사태의 말씀이 옳습니다. 당장 하남의 무림인들을 불러 모으도록 하십시다."

칠대문파 장문인들은 즉시 무림맹 인근에 있는 무관(武官)으로 배첩을 발송하기로 했다. 명단을 뽑아보니 그래도 이십여 개의 크고 작은 무관이 있다. 그 이외의 곳은 거리가 너무 멀어 오고 가는 데만 열흘 이상씩 걸리니 초대한다 해도 소용이 없을 것이다.

그 다음날부터 무림맹의 전각으로 무림인들이 몰려들기 시작했다. 첫날에만 열 개 무관의 제자 백오십이 모였다. 그리고 둘째 날 다시 일곱 개의 무관에서 오십 명이 찾아와 도합 이백여 명이 숙소를 배정받았다.

이백여 명의 무림인들은 서로 아는 체를 하며 마냥 들떠 있었다. 지금까지 무림맹의 행사에 참가한 적은 많지만 정식으로 숙소를 배정받아 본 적이 없다. 그런데 이번에는 무림맹에서 자기들을 위해 숙소까지 마련해 준 것이다.

무관에서 모인 사람들은 하루 종일 무공을 연마했다. 식사를 하거나 잠자는 시간을 빼면 거의 무공만 수련했다. 오죽하면 칠대문파 장문인들은 무관에서 무림맹으로 연수를 온 것 같다고 농담을 할 정도였다. 무관의 사람들이 이처럼 무공을 수련하는 것은 이유가 있다.

오후가 되자 맹천(孟川) 건너에 자리 잡은 맹천무관(孟川武官)의 관주(官主) 천무덕(千武德)은 제자들을 한자리에 모았다.

"너희들의 어깨에 무림의 안위가 달려 있다. 장천사께서 평두산으로 떠난 지 오늘로 사흘째다. 우리가 왜 무림맹에 와 있는지는 잘 알고 있을 것이다. 우리는 장천사의 빈자리를 대신하여 무림맹을 수호하기 위해 모인 사람들이다. 부지런히 몸을 만들어두어야 유사시에 자신의 목숨과 무림의 미래를 지킬 수 있는 것이다."

"잘 알고 있습니다!"

"오냐, 가서 수련을 계속해라. 늦어도 내일이나 모레쯤이면 장천사께서 돌아오실 것이다. 그때까지만 자리를 지켜주면 자손 대대로 오늘의 일을 자랑하게 될 것이다."

"알겠습니다."

지나가다가 맹천무관의 이야기를 듣게 된 신룡 진인이 한숨을 푹푹 내쉬었다. 도무지 지금 돌아가는 상황이 잘되고 있는 것인지 아닌지 알 도리가 없다. 장천사 장염이 평두산으로 갔다는 소리나 늦어도 내일쯤 돌아올 것이라는 것은 극비 중의 극비가 아니던가!

그러나 그 비밀은 겨우 삼 일 만에 하남성 전역으로 퍼져 나갔다. 이제는 어린아이들조차 장천사가 언제 오는지를 두고 내기를 할 정도다. 물론 마음의 각오를 다지는 모습은 보기가 좋지만 아무래도 찜찜하다. 장경선이나 장소가 들이닥치면 실제로 그들이 할 수 있는 일이란 없을 것이다.

'차라리 소문이 나지 않고 저들이 오지 않은 것만 못하다.'

머리를 설레설레 흔들며 내전으로 걸어 들어가는 신룡 진인의 발걸음이 무겁기만 했다. 저들의 말마따나 오늘로 사흘째다. 장천사가 평두산에서 매화검을 만났다면 지금쯤 거반 돌아왔어야 한다.

'만약 매화검이 다른 곳으로 옮겨져 찾아다니고 있다면……'

그 뒤에 벌어질 일은 상상만으로도 뒷목이 뻣뻣하다. 어느 놈의 농간인지 몰라도 참 대담하다. 그는 정말 지옥이 열리기를 바라고 있는 것일까? 그래 봐야 자기가 얻을 게 뭐가 있다고! 문득 신룡 진인의 걸음이 멈춰졌다.

'만약 이미 모두 잃어버린 자라면… 그래서 더 얻을 것도 잃을
것도 없는 자라면……'

그런 사람이라면 무림맹 안에 딱 한 사람이 있다.

"설마… 설마……"

고개를 세차게 흔들었지만 한번 떠오른 경재학의 얼굴은 지워
지지 않았다.

*　　　　*　　　　*

그 시간 장염은 무림맹을 향해 미친 듯이 달리고 있었다. 평두
산의 사파인들을 만난 뒤부터 단 한 차례도 쉬지 않았다.

'모두가 속았다!'

평두산의 사파인들은 듣던 것처럼 마교의 추종자들이 아니었다.
아니, 어쩌면 그들은 사파인들이 아닐지도 모른다. 워낙 다양한 느
낌을 주는 사람들이 한데 모여 있었던 것이다. 그러나 그들이 특
별한 목적을 위해 사용된 사람들이라는 것은 분명했다.

나이와 기도가 각각 다른 열다섯 명의 무림인이 한 여자를 중
심으로 둥글게 앉아 있었다. 그들의 주변에는 수십 개의 붉은 깃
발이 꽂혀 있는데, 깃발마다 '제천혈마와 천마후의 무병장수를 기
원합니다', '마교가 천하의 근본이다[魔敎天下之大本]'라는 글귀
가 적혀 있었다.

비록 뒷모습뿐이었지만 근처에 여자라고는 그녀 하나뿐이니 길
게 생각할 것도 없었다.

마음을 정하자마자 무림인들의 머리 위를 스치듯 날아 그녀에
게 다가갔다. 바람 소리에 놀란 여자가 문득 고개를 돌렸다. 그 순

간 날아가던 몸을 틀어 여자와 무림인들의 사이로 떨어져 내렸다.

"누가 꾸민 짓이오?"

"……."

그러나 그들은 대답 대신 각자의 병장기를 손에 말아 쥐었다. 그들의 눈 속에 가득한 것은 회한(悔恨)이었다. 이들은 대체 무엇을 후회하고 있는 것일까? 저들이 살아온 삶을 모르니 짐작조차 할 수가 없다. 열다섯 개의 병장기를 하나씩 빼앗으며 내내 그것이 궁금했다. 그들의 무공을 모두 폐(廢)하고 다시 물었다.

"누가 시킨 일이오?"

영화 소저를 쏙 빼닮은 여자가 조용히 대답했다.

"다시 물으신다면 죽을 수밖에 없습니다."

"……."

그들에게는 생명 같은 무공을 잃고도 지켜야 하는 비밀이었다. 그녀가 영화 소저를 닮아서 그랬을까? 한 번 더 물으면 대답을 해줄 것 같은 느낌이 들었다. 그러나 그 대신 평두산에는 열다섯 구의 시체가 남겨지게 될 것이다.

"나에게는 그의 이름보다 그대들의 생명이 더 가치가 있소."

"……."

모든 것을 포기하고 막 떠나려는데 여자가 중얼거렸다.

"주인은… 죽지 않습니다[不死]."

그녀의 마지막 말이 아직도 귓가에 울리는 듯하다. '주인이 죽지 않는다'는 것은 불사신검을 가리키는 말이리라. 장염의 눈이 칠흑 같은 어둠 속에서 새파랗게 타올랐다. 처음부터 그는 자기를 무림맹으로부터 떼어놓으려 했다.

'정주(鄭州)에서 허탕을 쳤을 때 알았어야 했나.'

그러나 설마 자기 목숨까지 걸고 그런 일을 벌일 줄은 몰랐다. 그는 지금 장경선과 장소를 한자리에 모으려 하고 있었다. 단지 장경선을 죽이기 위해 장소에게 오행지기를 모아주려는 것이다. 끓어오르는 분노를 참지 못한 장염이 크게 소리쳤다.

"결코 너를 용서하지 않겠다, 경재학!"

장염이 다시 한 번 경천일기공의 법문을 운용했다. 그 순간 그의 몸은 유성처럼 공간을 가로지르기 시작했다.

*　　　*　　　*

장염이 무림맹을 떠난 지 사흘째 되던 날 밤이다. 맹천무관의 관주 천무덕은 늦게까지 잠이 오지 않아 방 안에서 서성이고 있었다. 내일이면 기다리던 장천사가 오는 날이다. 드디어 장천사라는 일대기인의 얼굴을 보게 되는 것이다. 그는 대체 어떤 사람일까? 나이가 젊다고 하는데 진짜 젊은 걸까? 실제로는 반로환동한 무림의 원로고수가 아닐까? 별의별 생각을 다 하는데 펑 소리와 함께 창밖이 한순간 환하게 밝아왔다.

"누가 불꽃놀이를 하는 건가?"

검은 밤하늘을 밝히고 있는 것은 보기에도 아름다운 다섯 가지 색깔의 불빛이다. 그런데 가만 보니 이상하다. 그것은 마치 주야간 겸용(晝夜間兼用)으로 만들어진 것처럼 뭉게뭉게 연기를 날리며 지면으로 떨어져 내리고 있었다.

"요즘은 기술도 좋아……."

감탄하여 고개를 끄덕이고 있는데 갑자기 요란한 타종(打鐘)

소리가 들리기 시작했다.

"헉! 설마!"

얼마나 다급하게 쳐대는지 종이 깨질 듯한 소리가 쉬지 않고 울렸다. 그렇다면 저 오색의 불꽃은 자기가 아직 한 번도 구경한 적이 없는 무림맹의 비상신호탄 오색비연무(五色飛煙茂)다!

천무덕이 한쪽 벽에 걸어두었던 검을 들고 밖으로 뛰어나갔다. 이미 다른 무관의 사람들도 병장기를 들고 나와 있다. 어디로 갈지 몰라 머뭇거리는데 무림맹의 고수들이 한쪽 방향으로 달리고 있는 것이 보인다. 천무덕이 우르르 몰려나온 제자들을 향해 용감하게 소리쳤다.

"나를 따라오너라!"

천무덕과 용천무관의 제자들이 달리자 다른 사람들도 그 뒤를 따르기 시작했다. 누구도 이 길의 끝에서 지옥이 열리게 될 줄은 모르고 있었다.

장경선은 경재학이 쏘아 올린 오색비연무를 물끄러미 바라보았다.

장경선은 장염이 떠났다는 소문을 듣자마자 무림맹으로 잠입했다. 그의 경공이 워낙 뛰어난지라 사람들은 그가 머리 위로 날아다녀도 알지 못했다. 그렇다고 마냥 마음 편히 돌아다닌 것은 아니다. 혹시라도 숨어 있을지 모르는 장소를 생각해 여간 조심한 게 아니다.

"아름답군. 그러나 저 불꽃이 너를 지켜주지는 못할 것이다."

"배은망덕한 놈……."

경재학의 주변에는 이미 십여 명의 천하제일가 고수들이 쓰러져 있었다. 장경선은 단번에 경재학을 죽이지 않고 있었다. 이 기회에 경재학을 지키고 있다는 천하제일가의 사람들도 모조리 없애고 싶은 것이다. 여기서 천하제일가의 사람들과 경재학을 처치하고 나면 더 이상 강호를 떠돌아다니지 않아도 된다. 그때부터는 장소가 찾지 못할 곳으로 들어가 여생을 보낼 것이다.

어느 틈에 나타났는지 다시 십여 명의 고수가 경재학의 앞을 막아섰다. 그중에 섞여 있던 경재범이 호통을 쳤다.

"섬전수 이놈! 우리와 무슨 원한이 있다고 이런 짓을 벌이는 게냐!"

"크크크! 너는 일검진천 경재범이로구나. 잘 왔다. 애써 찾으러 다니지 않아도 되게 마중을 나와주다니. 나의 원한은 저승에서 경재학이 잘 설명해 줄 게다."

장경선이 벼락처럼 두 손을 흔들었다.

파파파팟!

장풍이 쏟아져 나왔지만 어두운 밤이라 잘 보이지 않았다. 열두 명의 천하제일가 고수들은 일단 허공으로 몸을 날렸다. 그러나 장경선이 발출한 것은 절정의 회선장이었다. 장풍(掌風)은 수직으로 솟아올라 고수들의 발목을 타고 하복부에 이르렀다.

펑! 펑! 펑! 펑!

"크윽!"

"악!"

한 번 손짓에 네 사람이 낙엽처럼 떨어져 내렸다.

공중으로 솟아올랐던 경재범이 검끝을 장경선에게 향하게 한 뒤 떨어져 내렸다. 어금니를 악물고 머리 속으로는 끊임없이 검신합일(劍身合一)의 구결을 떠올렸다. 단전(丹田)에서 일어난 기운이 손목을 지나 검끝에 이르렀다.

문득 검끝이 커다랗게 확대되는가 싶더니 밝은 빛이 온몸을 가득 에워쌌다. 어디가 검이고 어디가 자기 몸인지 구별조차 되지 않았다.

파앗!

검신합일을 이룬 경재범의 가슴으로 회선장이 날아들었다. 장경선의 눈에는 검과 경재범이 모두 보였던 것이다.

경재범은 강한 충격을 가슴에 받고 진기를 흐트러뜨리고 말았다. 진기가 흩어지자 눈을 부시게 했던 빛무리도 일시에 사라져 버렸다. 어둠 속을 떨어져 내리던 경재범은 눈앞으로 지면(地面)이 다가오자 저도 모르게 비명을 지르고 말았다.

"으아악!"

퍽!

목이 부러진 경재범은 영영 일어서지 못했다. 경재범이 허망하게 죽자 남은 일곱 명의 고수들이 고함을 지르며 달려들었다.

"으아아! 죽어라!"

장경선은 큰 소리로 웃으며 손을 휘저었다.

휘우우웅!

장경선과 일곱 명의 고수들 사이에 열두 개의 바람벽이 생겨났다. 바람벽은 눈 깜빡할 사이에 장풍으로 변해 일곱 명의 몸으로 날아갔다.

콰콰콰콰!

일곱 명의 고수들이 황급히 검과 도로 몸을 가렸지만 장풍은 그 모든 것을 한 번에 부수고 말았다.

콰쾅! 쾅!

일곱 명의 고수들은 채 비명을 지르지도 못하고 산산이 부서졌다. 주변으로 혈우(血雨)가 쏟아져 내렸다. 가까이에 있던 경재학은 그 피를 피하지 못하고 고스란히 뒤집어써야 했다.

"크흐!"

경재학의 입에서 웃음인지 탄식인지 모를 소리가 새어 나왔다. 그토록 많은 죽음을 보았건만 자기는 아직 살아 있다. 능력이 있어서 살아난 것이라면 자부심이라도 있겠지만 지금은 아니다. 친인들의 죽음을 무기력하게 지켜보느니 죽는 게 나은지 모른다.

'그러나 아직은 아니다, 아직은 아니다, 아직은 아니다.'

경재학은 장경선에게 죽여달라고 말하고 싶은 것을 꾹꾹 눌러 참았다. 이 저주받은 세상과 제멋대로인 하늘을 위해 자기가 특별히 연출한 마지막 행사를 지켜봐야 했다. 부들부들 떨고 있던 경재학은 등 뒤로 다가오는 사람들의 인기척을 느꼈다.

잠시 후 경재학의 얼굴이 참담하게 일그러졌다. 부친 경영자가 장경선과 자기 사이를 가로막은 것이다. 경영자의 무공으로 장경선을 당할 수는 없다. 경재학은 물러서라고 말하고 싶었다. 그러나 차마 입술이 떨어지지 않았다.

'대체… 장소! 이 찢어 죽일 놈은 어디에 있는 걸까?'

장소의 무공이면 이미 장경선 앞에 나타나 있어야 정상이다. 그러나 그토록 애타게 기다리던 장소 대신 무림맹의 고수들이 나타났다.

화산파의 서검자가 무림맹에 남아 있던 칠대문파의 고수 이백여 명을 데리고 온 것이다. 서검자는 무림맹의 고수들을 장경선의 좌측으로 데리고 갔다. 칠대문파 고수들이 장경선이 눈치를 살피며 조심스럽게 이동을 마쳤을 때다.

이번에는 왁자지껄한 소리와 함께 천무덕과 백오십 명의 무사들이 들이닥쳤다. 장내를 휘둘러보던 천무덕은 눈치껏 제자들을 이끌고 장경선의 우측으로 걸어갔다. 앞서 가던 맹천무관이 우측으로 향하자 다른 무관의 사람들도 슬금슬금 따라갔다.

그러자 그럭저럭 장경선을 삼면(三面)에서 에워싼 형태가 되었다.

장경선은 무림맹의 고수들이 뜻밖에 많이 보이자 살짝 인상을 썼다. 상대하기도 쉽지 않거니와 그들과는 은원이 없었다.

"나는 오직 경재학과 천하제일가의 목숨만 원할 뿐이다. 살고 싶은 자는 물러나라."

"……."

그러나 아무도 장경선의 말에 대꾸하지 않았다.

그때였다. 한쪽에서 수치와 분노로 떨고 있던 경재학이 장경선을 향해 소리쳤다.

"섬전수 장경선! 내가 무림을 위한답시고 너를 이용한 것을 인정한다! 그리고 그 과정에서 무고한 너의 가족이 희생된 것에 대해 용서를 구하마! 바라건대 원한이 있다면 나에게만 풀어다오. 지금이 인시 초(寅時初: 새벽 3시)니 머지않아 장천사가 돌아올 것이다. 장천사가 돌아오면 너에게도 어려움이 따를 터, 나는 오늘 너무나 많은 죽음을 보았다. 차라리 지금 나를 죽이고 우리의 은원을 끝내는 것이 어떠하냐!"

주변에 있던 무림인들이 장탄식을 터뜨렸다. 누가 들어도 대협객의 풍모가 느껴지는 말이었다. 사방에서 '맹주님, 그러시면 안 됩니다!' 라는 소리가 들려왔다. 멀찍이 서 있던 신룡 진인도 한때나마 맹주를 의심했던 것을 부끄러워했다.

경재학이 담담한 얼굴로 사방을 두루 살펴보고 있다.

'장소야! 너는 내 말뜻을 알아들었느냐?'

감동적인 말과 달리 지금 경재학의 속셈은 따로 있었다. 어딘가에서 지켜보고 있을 장소가 자기 말을 알아듣고 이제 그만 나와 주었으면 하는 것이다. 만약 지금 자기가 목을 내어주면 장경선은 훌쩍 떠나 버리고 말 것이다. 그 반대의 경우도 장소에게 불리하기는 마찬가지다. 섬전수가 무림고수들을 죽이다 보면 시간이 점점 흘러갈 것이고, 그러다 보면 부지불식간(不知不識間)에 장염이 들이닥칠 것이다.

'아무래도 내가 먼저 죽기를 바라는 모양인데… 쉽지 않을 것이다.'

독하게 마음먹은 경재학이 장경선을 향해 한 걸음 성큼 나섰다. 정말 장경선의 장력이 닿을 만한 곳으로 걸어나간 것이다.

뜻밖의 대담한 제의에 장경선도 갈등하기 시작했다. 경재학이 자기의 잘못을 고백하고 무림인들을 구하기 위해 대신 죽어주겠다고 한 것이다. 이것이 정말 경재학의 진심이라면 지금까지 그를 오해했는지도 모른다. 그렇게 생각하자 마음속에서 천하제일가에 대한 증오가 서서히 사라져 갔다.

'아무래도 너와 나의 집안은 악연이었나 보다.'

장경선의 굳어 있던 얼굴이 조금씩 풀어졌다. 마침내 경재학을 죽임으로 모든 은원에 종지부를 찍기로 마음먹은 것이다.

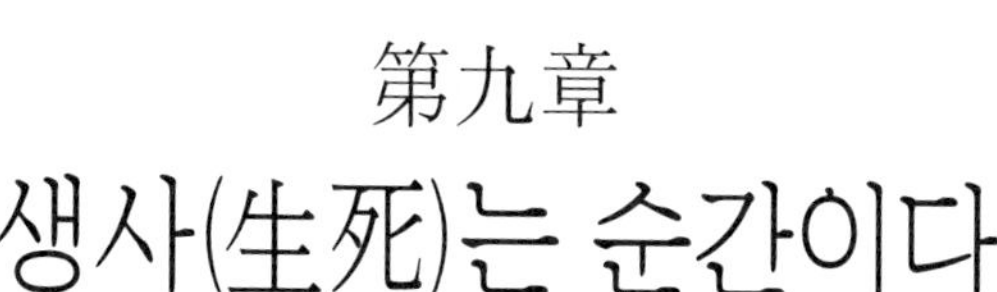

第九章
생사(生死)는 순간이다

　장경선이 착잡한 표정으로 눈앞의 경재학을 바라보았다. 조금 전까지만 해도 그에게 죽음보다 더한 치욕을 안겨주리라 마음먹었다. 그러나 지금은 속히 은원을 종결 짓고 이곳에서 떠나고 싶다. 한번 그렇게 마음을 먹자 그간의 일들이 주마등처럼 지나갔다.

　"좋다."

　장경선이 흔쾌히 대답한 순간이다. 전각의 모퉁이에서 한 사람이 요란하게 웃으며 걸어나왔다.

　"크하하하핫!"

　"……!"

　장경선의 얼굴에 긴장이 드리워졌다. 뜻밖에도 마교 교주 장소가 나타난 것이다.

　'으음… 하남성 어딘가에 있을 줄은 알았지만 이리도 빨리 나타날 줄이야.'

장경선의 얼굴이 찌푸려졌다. 이렇게 되면 경재학을 죽이고 떠나려고 했던 계획에 조금 차질이 빚어질 판이다.

"헉! 마교 교주 장소!"

"제천혈마다!"

곳곳에서 비명과 같은 소리가 울려 퍼졌다. 무림에서 제천혈마 장소는 공포의 대명사로 그의 무공과 잔인한 성격은 이미 오래전부터 많은 사람들의 입에 오르내리고 있었다.

장소의 뒤로 십여 명의 마교 고수들이 걸어나왔다.

그들을 알아본 무림인들이 다시 술렁거리기 시작했다. 마교 교주까지 나타났으니 오늘 얼마나 많은 사람들이 죽어 나갈지 알 수가 없다.

장소가 만족한 듯한 표정으로 좌중을 쓸어 보았다. 아무리 봐도 오늘 자기를 막을 만한 사람은 보이지 않는다. 그렇다면 이제 장경선의 오행지기를 얻는 일만 남았다. 조금 전 경재학이 일깨워 주지 않았다면 큰 실수를 할 뻔했다. 감사하는 마음이 사라지기 전에 보답을 해줘야 한다.

"섬전수야, 나도 오늘 너에게 한 가지 제안을 하마. 들어보겠느냐?"

장경선은 자기가 장소보다 빠르다고 생각하고 있으므로 다소 마음의 여유를 되찾고 있었다.

"하고 싶은 말이 있으면 해보거라."

"너는 경재학의 목을 원하고 나는 너의 심장을 원하니 이렇게 하는 것이 어떠냐? 네가 먼저 경재학을 죽인 뒤 나에게 너의 심장을 넘기는 것이다. 우리 모두가 한 가지씩 원하는 것을 얻게 되는 것이니 이보다 좋은 방법이 또 있겠느냐?"

경재학이 어이없다는 얼굴로 장소를 바라보았다. 제정신이 아닌 놈인 술은 알았지만 저렇게까지 나올 줄은 몰랐다. 장소는 뜻밖에도 자기의 목숨까지 원하고 있었다.

그러나 장소의 말에 경재학보다 더 충격을 받은 사람들이 있다. 천하제일가와 무림맹의 고수들이 주먹을 불끈 말아 쥐고 부르르 떨기 시작했다. 무림의 정기가 쇠(衰)해진 것은 사실이지만 더 이상 장소 같은 마인이 대협객을 희롱하게 내버려 둘 수는 없다.

"사악한 놈! 여기가 어디라고 감히!"

"마물(魔物)아! 맹주님을 욕되게 하지 말아라!"

"와아! 제천혈마를 죽여라!"

장소가 한심하다는 눈으로 장경선과 무림의 고수들을 둘러보았다. 경재학의 입에 발린 말 한마디가 천하제일가와 무림맹을 똘똘 뭉치게 한 것이다. 그뿐 아니다. 복수의 화신 장경선조차 경재학을 보는 눈이 이전과 달라진 느낌이다. 경재학에 대한 원한이 사라지면 장경선은 아무 때라도 미련없이 달아날 것이다.

"크하하핫! 어리석은 놈들! 너희들은 맹주가 어떤 사람인 줄이나 아느냐?"

깜짝 놀란 경재학이 다급하게 소리 질렀다.

"너 이놈! 무슨 헛소리를 하려고!"

"……"

문득 장소가 말을 끊고 경재학을 바라보았다. 이미 폐인이 되었으니 앞으로는 이용할 일도 없을 것이다. 자기에게 쏟아지는 무림인의 분노를 막고 장경선을 뜻대로 요리하려면 이제는 어쩔 수 없다. 말을 하려고 생각하니 너무 많다. 저 한 사람과 이토록 오래, 그리고 복잡한 관계를 맺었던가 생각하니 놀랍기까지 하다.

"너희들은 지금부터 귓구멍을 열고 잘 들어라."

마침내 장소는 사람들 앞에서 지난 일들을 모두 밝히기로 했다. 자기야 어차피 세상에 알려진 대마인이니 새삼 감출 것도 없다.

이윽고 장소는 당고랍산맥의 만남과 경재학과 맺은 남북지약, 그리고 장가촌 사람들의 집단 살해 사건에 대해 입을 열었다. 어디 그뿐이랴! 내친김에 장소는 삼마가 자기를 제거하기 위해 경재학과 정사무림첩을 만든 일과 최근의 오색비연무 신호의 내막까지 남김없이 말해 버렸다.

"그리고 생각난 김에 하나 더 말해 주마. 무림에 아직 오행혈마인이 나타나지 않았을 때 경재학은 본좌에게 '너는 아직 오행혈마공을 완성하지 못했다'고 말한 적이 있다. 대체 저자가 그걸 어찌 알고 있었는지 그게 늘 궁금했다. 크크큭!"

장소가 낄낄거리며 경재학을 바라보았다.

"……."

이미 모든 것을 포기한 경재학은 변명도 부인도 하지 않았다. 평생을 감추어두었던 과거가 백일하에 드러나자 눈앞으로 작은 불빛이 어른어른거린다. 가라앉았던 내상이 도졌는지 갑자기 복부가 팽만해지면서 비릿한 것이 목구멍을 타고 올라왔다.

꿀꺽. 꿀꺽.

입 안 가득 고인 핏덩이를 삼키던 경재학의 눈이 서서히 흐릿해져 갔다. 사상 최악의 궁지에 몰린 지금 그가 바라는 것은 오직 하나, 바로 오행혈마인이 완성되는 것이었다. 그 바램이 너무 강했던 것일까? 경재학의 정신은 현실에서 떠나 마음속의 어느 한 점으로 옮겨가기 시작했다.

'역천(逆天)의 힘은 오직 오행혈마인이다. 역천의 힘! 역천의 힘!'

얼마 후 경재학은 이제 막 말을 배우는 어린아이처럼 단 두 마디만 계속 중얼거렸다.

"오행혈마인… 역천의 힘… 오행혈마인… 역천의 힘……."

경영자는 물론 천하제일가 사람들의 고개가 일제히 경재학에게 돌아갔다. 그들에게는 생명과 바꾸어도 아깝지 않을 아들이며 소가주였다. 그러나 경재학이 했다는 일을 들으니 무림공적보다 더하다. 과연 한 사람이 그 모든 일을 다 벌였나 의심스러울 지경이다.

"재학아……."

경영자가 나직이 아들의 이름을 불러보았다. 그러나 아들의 정신은 이미 다른 곳에 가서 헤매고 있는 듯하다. 차라리 지금은 저렇게 얼이 빠진 게 잘된 일인지도 모른다.

경영자가 다가가며 오른손을 슬쩍 휘두르자 경재학의 몸이 스르륵 무너졌다. 더 큰 충격에 빠지기 전에 경영자가 혼혈을 잡아 아예 잠재워 버린 것이다. 경재학이 경영자의 품에 기대어 정신을 잃었지만 누구도 곁으로 다가오지 않았다.

화산파 장문인 상유천이 경재학과 천하제일가 모두를 불신의 눈초리로 쏘아보았다. 경재학이 지금까지 벌인 일의 배후에는 천하제일가가 자리하고 있을 것이다. 지금까지 드러난 공작만 해도 수십 명의 전문 인력 없이는 불가능한 것이었다.

경재학과 교분이 두텁던 곤륜파 장문인 신룡 진인은 아예 눈을 감아버렸다. 인간에 대한 근본적인 회의가 밀려왔다. 경재학은 왜 그런 일을 벌인 것일까? 살짝 미쳤던 것은 아닐까? 미치지 않고서야 어찌 그런 일을 꾸밀 수 있단 말인가!

　영천 상인도 어이가 없다는 듯 고개를 젓고 있었다. 그간 경재학과의 교분을 생각하니 부끄럽기만 하다. 다른 오대문파 장문인들이 자기와 신룡 진인을 어떻게 생각할지 벌써부터 염려가 된다. 이제 점창파와 곤륜파는 눈치 보는 일만 남은 것이다.

　한편 조금 떨어진 곳에 서 있던 아미파, 화산파, 무당파, 공동파 장문인들이 눈이 허공에서 마주쳤다. 그간 장염과 경재학의 갈등을 조마조마한 마음으로 지켜보았지만, 설마 두 사람 사이에 이렇게 깊은 은원이 자리하고 있을 줄이야!

　문득 화산파 장문인 상유천이 경영자를 향해 소리쳤다.

　"오늘 이후로 우리 화산파는 하남성에서 천하제일가를 정파의 무가(武家)로 인정하지 않겠소!"

　"헛……."

　육대문파 장문인들과 장로들이 깜짝 놀라 상유천을 바라보았다. 화산파의 장문인 상유천이 사자검이라 불리는 것은 다른 이유가 아니다. 상유천은 모호함을 싫어하는 사람으로 어떤 때는 다소 모험적이기도 했다. 지금도 갑자기 무림의 판도를 뒤집을 소리를 하고 만 것이다. 화산파가 천하제일가를 인정하지 않는다는 것은 아슬아슬한 발언이었다.

　상유천은 어차피 천하제일가의 누가 이 일련의 불의(不義)에 관계되었는지 알 수 없으니 관계를 끊을 생각이었다. 무림의 오랜 경험에 비추어볼 때 이런 종류의 일은 가문 내에서 흐지부지될 것이다. 그렇다고 시간이 지난 뒤 누가 무슨 권리로 다른 문파 또는 가문에 들어가 지난 일의 시비를 가릴 수 있겠는가!

　상유천의 말이 끝나자 아미파의 파경 사태가 조용히 입을 열었다.

"우리 아미파도 하남의 천하제일가를 정파의 무가라고 생각하지 않습니다."

곧 이어 무당파와 공동파의 장문인도 천하제일가를 향해 정중히 말했다.

"우리도 사자검(獅子劍) 상 장문인과 뜻이 같소이다."

"……"

"아미타불… 빈승(貧僧)도 이번 일에 한두 사람이 관여하지 않았다고 봅니다."

소림사의 고승 원정 선사까지 그렇게 말하자 신룡 진인이 감았던 눈을 번쩍 떴다. 절친했던 이대문파가 멸문을 하고, 이제 천하제일가마저 무림에서 사라지는 순간이다. 영천 상인을 보니 차갑게 가라앉은 눈으로 천하제일가를 둘러보고 있다. 그도 자기만큼이나 충격을 받았으리라. 묵묵히 사태를 지켜보던 신룡 진인이 어렵게 입을 열었다.

"우리 곤륜파도… 하남성의 천하제일가가 그 정체를 알 수. 없게 되었다는 것에 동의하는 바입니다."

마지막까지 기다리고 있던 영천 상인은 신룡 진인보다 더 분명하게 잘라 말했다.

"점창파도 오늘 이후로 천하제일가와의 인연을 끊겠소."

영천 상인의 말이 끝나자 천하제일가의 고수들 속에서 고함 소리가 터져 나왔다.

"뭐라고? 그럼 우리가 사파란 말인가! 그대들은 무림맹의 기반을 닦은 게 바로 우리 천하제일가라는 사실을 벌써 잊었는가!"

몇몇 천하제일가의 고수가 발끈했지만 경영자는 아무런 말도 하지 않았다. 육대문파 장문인들의 말처럼 적지 않은 식솔들이 이

번 일에 관계되었을 것이다. 무림맹에서 그런 천하제일가를 무림 공적으로 선포하지 않은 것만도 감사한 일이었다.

"후우……"

참으려 했지만 입에서 절로 한숨이 새어 나왔다. 하남성에서 정파 무가로 인정받지 못한다는 말의 의미는 무서운 것이다. 정히 무가(武家)로 남고 싶으면 다른 곳으로 가라는 말이다. 하남성에 있는 한 천하제일가는 사파(邪派), 혹은 정사지간(正邪之間)으로 불리게 될 것이다.

수백 년 이어온 가업을 한순간에 모두 잃게 된 셈이다. 다른 곳으로 간다 해도 이미 얼굴이 널리 알려진 고수들은 강호의 출입을 하지 못할 것이다. 경영자가 자기만큼이나 늙어서 수염이 허연 경재학을 안고 허허롭게 웃었다. 어쩌자고 그런 일을 저질렀단 말인가!

그래도 하나뿐인 아들이다. 한숨을 쉬던 경영자가 천하제일가의 사람들을 향해 말했다.

"모두 강호의 도리에 대해 잘 알고 있을 것이오. 오늘로 천하제일가는 강호에서 사라질 것이니 떠날 사람은 떠나도 좋소이다."

"……"

경영자의 말이 끝나자마자 남아 있던 삼십여 명 중에 이십 명이 떠나 버렸다. 모두 경영자의 인품에 반해 따라다니던 이른바 외부인들이다. 경영자가 남아 있는 십여 명의 친인척들을 향해 짧게 말했다.

"재학이도 우리의 가족이니 버리지 않을 것이다."

"……"

한편 장경선은 거의 넋이 나간 표정으로 경재학을 바라보고 있었다. 경재학이 오행혈마경을 무림에 배포한 사람이었다니! 이십여 년 전 느닷없이 용문산(龍門山)과 향산(香山)으로 가서 제례를 지내라고 한 이유를 이제야 알았다. 제사를 지내던 한 석굴에서 오행혈마경을 발견하고 하늘의 뜻으로 알았다. 그러나 오늘 보니 그것은 경재학의 뜻이었던 것이다.

그러나 가증스럽게도 그는 무림을 위해 자기를 이용하고 가족도 희생된 것이라고 했다. 자기 인생이 이렇게 처참하게 변한 것은 모두 저 찢어 죽일 경재학 때문이었다. 화살에 꿰뚫려 죽어가는 부모 형제의 모습이 보이는 듯하다. 그런 놈을 대협객으로 알고 용서하려 했다니, 얼굴이 붉게 달아오르고 피가 거꾸로 솟구쳤다.

"짐승 같은 놈! 죽이고 말 테다!"

마침내 장경선이 이성을 잃고 경영자가 있는 곳으로 달려갔다.

장경선을 본 경영자의 얼굴에 절망이 가득 차 올랐다. 모든 무림인들이 거들어줘도 살까 말까 한데 이제 겨우 열 명 남짓한 인원만이 남았다. 다른 무림인들은 더 이상 천하제일가와 장경선의 일에 나서지 않을 것이다. 경재학의 몸뚱어리를 끌어안고 있던 경영자가 눈을 질끈 감았다.

'내가 잘못 키웠으니 그 죄가 나에게도 있다. 함께 죽겠다.'

콰콰콰콰… 꽈광!

퍼펑!

경영자의 귀로 요란한 폭음이 들렸다. 경력에 휘말려 머리도 산발이 되었지만 정작 몸에는 아무런 이상이 없다. 살며시 눈을 떠 보니 자기 머리 위에서 장소와 장경선이 두 마리 용처럼 붙었다

떨어지기를 반복하고 있다. 빌어먹을 놈! 이렇게 살려줄 것이었다면 비밀이나 지켜줄 일이지! 장소에 의해 살아났음에도 전혀 고맙지가 않다.

좌우를 살피니 주변에 있는 무림맹의 고수들도 경천동지의 싸움에 넋을 잃고 있었다.

슬그머니 일어난 경영자는 경재학을 안고 달리기 시작했다. 뒤에서 계속 천둥과 벼락 치는 소리가 들렸지만 신경 쓰지 않았다. 세상이 망하든 말든 지금은 품 안에 안긴 아들의 생명을 지켜야 했다.

장경선은 갑자기 장소가 날린 권풍(拳風)에 내부가 진탕된 상태였다. 치사하고 야비한 게 사파(邪派)라고 들었지만 이 정도일 줄은 몰랐다. 경영자를 향해 정신없이 달려들다가 등짝을 된통 얻어맞은 것이다. 눈에서 불이 번쩍이는 순간 경재학은 보이지 않고 오직 장소만 보였다.

장소와 어우러져 정신없이 권장을 주고받았지만 시간이 흐를수록 손해 보는 것은 자신이다. 위기를 몇 번 넘기니 그제야 달아나지 않고 뭘 하고 있었나 하는 생각이 든다.

'가벼운 내상을 입었는데 장소를 따돌릴 수 있을까?'

장경선이 뒤로 훌쩍 몸을 날리며 장소의 상태를 살폈다. 오행지기 셋을 모은 장소는 여전히 아무렇지도 않은 표정이다. 그러나 이미 자기는 팔다리가 무겁게 느껴지고 있었다. 안 되겠다 싶어 장경선이 막 몸을 날리려고 할 때였다.

장소가 벼락같이 호통을 치며 날아왔다.

"네가 오행지기 둘을 모아 육지비행술을 터득했다면 셋을 모은 나는 어떻겠느냐!"

"헛!"

달아나려던 장경선의 몸이 멈칫거렸다. 괴인의 금기(金氣)를 흡수한 뒤로 근골이 강철처럼 단단해져 경공의 극치에 이르렀다. 그러나 장소의 말이 사실이라면, 그가 이미 세 개의 오행지기를 모았으면 자신에 비해 결코 뒤처지지 않을 것이다.

'아니… 어쩌면 나보다 더 빠를지도 모른다.'

가벼운 내상까지 입은 지금 다시 한 번 등을 내주면 내부가 완전히 파열될 것이다.

잠시 망설이던 장경선은 그만 달아날 기회를 놓치고 말았다. 장소가 너무 가까이 이른 것이다.

장경선이 이를 뿌드득 갈며 오행의 공력을 끌어올렸다. 장소를 죽이거나 부상을 입히기 전에는 달리 피할 길이 없다. 이쯤 되면 그야말로 이판사판이다.

"내가 쉽게 당할 것 같으냐!"

장경선이 두 손을 들어 올리자 두 사람 사이에 바람의 벽이 생겨나기 시작했다.

휘우우웅!

장소의 몸이 바람벽에 닿은 순간이다. 장경선이 손바닥을 밖으로 밀어냈다. 요란한 소리와 함께 열두 개의 손 그림자가 벽에서 튀어 나갔다.

콰콰콰콰콰!

갑자기 섬전십이장이 날아오자 대경실색한 장소가 두 손을 휘둘렀다. 기이하게도 장소의 손에서는 불기둥이 쏟아져 나왔다.

화르르르륵!

화기(火氣)를 담은 장소의 천마폭열장과 장경선의 섬전십이장이 중간에서 마주쳤다.

콰콰쾅! 콰쾅!

쩌저저저적—

천둥 치는 소리와 함께 땅이 갈라져 나갔다. 그뿐 아니라 천마폭열장의 조화로 하늘에서는 뜨거운 불꽃이 쏟아져 내렸다. 그야말로 한 폭의 지옥도(地獄圖)를 연상케 하는 광경이 벌어지기 시작했다. 무림맹의 전각들이 권풍과 장풍에 무너져 내렸다.

무너져 내린 건물의 잔해 위로는 불꽃이 우박처럼 떨어져 내렸다. 장소의 화기(火氣)는 평범한 불이 아니어서 한번 붙으며 다 탈 때까지 꺼지지도 않았다. 꺼지지 않는 불꽃은 계속해서 건물과 사람들을 불살랐다. 불비가 그친 것은 거의 한 식경(약 30분)이나 지나서다.

무림인들은 장소와 장경선이 싸우는 모습을 제대로 볼 수도 없었다. 밤인데다가 두 사람이 워낙 빨리 움직였고, 꺼지지 않는 불비까지 피해야 했기 때문이다. 대부분의 무림인들은 이런 천외천(天外天)의 무공을 들어본 적도 없는지라 그저 악몽으로 여겼다.

지루하고 고통스러운 악몽은 끝날 듯 끝날 듯하면서도 좀처럼 끝나지 않았다.

한편 장경선은 계속되는 장소의 공세를 받아내고 있었지만 이미 자신의 마지막을 직감하고 있었다. 장소의 공세는 점점 가볍고 빨라졌지만 자신은 정반대였다. 어떻게 된 일인지 시간이 갈수록 몸은 천근만근 무거워져 갔다.

인시 말(寅時末:새벽 5시)에 이르자 몸이 어찌나 무거워졌던지 얼굴로 날아오는 장풍을 보고도 피하지 못할 정도였다.

빠각!

장풍에 맞은 장경선의 몸이 뒤로 벌렁 넘어갔다. 그것으로 모든 것은 끝이 났다. 한번 쓰러진 장경선은 다시 일어나지 못했다.

장경선은 아직도 실감이 나지 않는다는 듯 두 눈을 끔뻑였다. 배를 땅에 대고 엎드려 있는데 눈에는 검은 하늘이 보였다. 목이 완전히 부러져 한 바퀴 돌아가고 만 것이다. 온몸이 바늘에 찔린 듯 아팠지만 손가락 하나 까딱일 수 없었다.

"끄으으으……"

이를 악물고 참았지만 몸은 저 혼자 경련을 일으키며 울고 있었다.

뒤이어 장소가 허공을 밟으며 서서히 내려왔다. 장소는 반대로 뒤집혀 있는 장경선의 얼굴과 몸통을 힐끔 바라보았다.

"그냥 심장을 내어주지 그랬느냐? 그랬더라면 몸뚱어리는 온전히 보존했을 것이다."

"으흐……"

장경선은 끔찍한 고통 속에 있으면서도 마음이 편안해짐을 느꼈다. 이제는 더 이상 다른 사람의 피를 취하지 않아도 된다. 그리고 숨거나 사람을 피해 다니지 않아도 된다. 지금까지 살아온 기나긴 세월이 큰 짐처럼 느껴졌는데 이렇게 누우니 너무 홀가분하다. 좀 더 일찍 짐을 내려놓았어야 했다. 그러나 이제라도 쉬게 되었으니 참으로 다행이다.

"으으으… 심장이… 없는… 몸을… 어디에… 쓰려구……"

장경선이 아무렇지도 않다는 듯 말을 받자 장소의 눈에 이채가 떠올랐다. 섬전수 장경선은 생각보다 특이한 자였다. 죽음을 눈앞에 두고도 여유를 보이려 하고 있는 것이다. 그러나 최후의 승자는 장경선이 아니라 바로 자신이었다.

"크흐흐흐! 머리가 나쁘면 몸뚱어리가 고생한다고 하더니… 여하튼 도망가지 않아줘서 고맙다. 그래도 가져갈 건 가져가야지?"

"……"

무슨 말인지 알아듣지 못한 장경선이 눈알만 뒤룩뒤룩 굴렸다. 장소가 비릿한 미소를 지으며 장경선의 등으로 손을 뻗었다.

"이 미련한 녀석아, 네놈은 사실 오행지기가 어떤 특성을 가지고 있는지 잘 모를 것이다. 내 말을 듣고 나면 억울해서 눈도 제대로 감지 못할 것이다. 그러나 본좌의 마음이 너그러우니 특별히 가르쳐 주마."

"으으으……"

잠시 말을 끊은 장소가 장경선의 등을 더듬었다. 심장 어림을 찾고 있는 것이다. 머리와 몸통의 방향이 맞질 않아 허파로 손을 넣을 뻔했다.

"만약 내가 세 개의 오행지기로 너를 앞지를 수 있었다면 어찌 처음부터 구차하게 입씨름을 했겠느냐? 나는 그저 수, 화, 토의 기운을 이용할 수 있을 뿐이다. 네놈은 너에게 오행지기를 빼앗긴 상대와의 싸움을 잘 생각해 보아라. 그가 목기(木氣)나 금기(金氣)를 이용해 어떤 변화를 보였는지 말이다."

장경선은 어렴풋이 장소가 하려는 말을 감지했다. 달아날 기회가 한번 있었는데 바로 그때 장소의 말에 놀라 멈칫했었다.

"으음… 으으으……"

"만약 네놈에게 하나의 목기(木氣)가 있었다면 어찌 하나의 오행지기로 상대와 같은 공능을 얻지 못했는가 생각해 본 적은 없느냐? 크하하핫! 네놈은 어찌 숫자로 오행지기의 우열을 가리려

들었단 말이냐! 너같이 어리석은 놈에게 심상을 내어준 바보가 세상에 있었다니 놀라울 뿐이다. 크하하핫!"

　장소는 오랫동안 마인들과 생활하며 적지 않은 술수를 익혔다. 그러나 장경선은 명가(名家)의 무인으로 키워져 나중에 길을 잘못 든 것뿐이다. 아직 속고 속이는 술책에 익숙하지 않은 장경선이 장소의 속임수에 넘어가고 만 것이다.

　게다가 장경선과 상대했던 화산파 제자 공야숙은 이미 오행지기의 공능으로 상대를 제압하려는 생각이 없던 사람이다. 그날도 공야숙은 화산파의 무공으로만 장경선을 상대했다. 그러다 보니 장경선은 오행지기 각각의 공능에 대한 이해가 깊지 못했다.

　그에 비해 장소는 제갈위기의 무극토(無極土)와 명오의 화염천(火焰泉)이 보여주는 오행지기의 공능을 온몸으로 체험한 사람이다. 그런 뒤에 다시 흡수를 했으니 오행혈마인 중에서 융합한 오행지기를 가장 잘 이해하고 있는 사람인지도 모른다.

　장경선은 문득 자신에게 오행지기를 빼앗긴 괴인을 떠올렸다. 그는 끝까지 화산파의 무공만을 사용하였다. 그래서 결국 자기가 승리를 얻을 수 있었지만, 한편으로는 그가 보여주지 않은 금기(金氣)의 공능으로 다시 자기가 죽임을 당하게 된 것이다.

　'으으으… 생사(生死)가 순간임을 알라고 했던가……'

　생각해 보니 그의 심장을 얻었다고 기뻐하던 게 엊그제 같은데 벌써 삼 년 전의 일이다. 그러나 자신은 삼 년 전이나 지금이나 변화가 없었다. 아마 삼십 년이 지난다 해도 변화가 없기는 마찬가지일 것이다. 무엇 때문에 그토록 아등바등 살려 했던가 생각하니 웃음이 나온다.

　"푸흐흐흐……"

장소는 돌연 장경선이 웃음을 터뜨리자 냉소를 날렸다.

"흥! 네놈도 죽음을 앞두고 미쳐 가느냐! 특별히 너는 이제껏 하지 않은 방법으로 다루어주마!"

말을 마친 장소가 마침내 장경선의 널찍한 등으로 손을 밀어 넣었다.

푸욱!

"끄으으으……."

등으로 파고든 장소의 손끝이 몸통을 지나 심장에 도달했다. 입술이 경련을 일으켰지만 장경선의 얼굴에 떠오른 미소는 더욱 짙어졌다.

"그가… 으으으… 나에게 했던 말이… 이제야… 떠오른다……. 장소야… 으음… 너도 생사가… 순간임을… 알아라……."

"미친놈! 지금까지 온갖 사악한 일을 벌여온 주제에… 혼자서 갑자기 도사라도 된 듯 지껄이지 말아라!"

장소가 움켜쥔 심장을 우악스럽게 잡아 뜯었다.

콰드드득!

"끄윽! 그렇지… 그래… 그……."

장경선의 커다란 눈동자가 천천히 빛을 잃어갔다.

장소가 약간 멍한 표정으로 장경선을 바라보았다. 자기와 함께 강호를 진동시켰던 마인의 최후치고는 어울리지 않는 것이었다.

"어쨌든… 나는 끝까지 살아남았다. 이제 누구도 나를 막을 수 없을 것이다!"

장소가 장경선의 심장을 입으로 가져갈 때다. 타오르는 불길 속에서 한 자루 검이 쾌속하게 날아왔다. 검에 실린 기운이 심상치 않다고 느낀 장소가 몸을 훌쩍 날려 피했다. 그러나 검은 눈이라도 달린 듯 장소의 뒤를 따라붙었다.

츠츠츠츳!

"이기어검?"

장소가 놀란 얼굴로 날아오는 검을 바라보았다. 강호에서 이기어검을 시전할 수 있는 사람은 흔치 않다. 검은 장소의 손에 들린 심장을 노리고 있었다.

"흥! 어림도 없다!"

장소가 왼손으로 검을 잡아갔다. 검과 장소의 손이 만나는 순간이다. 돌연 장소의 손목이 돌아가며 손끝으로 작은 원을 그리기 시작했다. 날아가던 검은 그 손끝에 막혀 더 이상 움직이지 않았다. 검은 어느새 장소의 엄지와 검지 사이에 끼어 있었다.

"헛! 공수입백인(空手入白刃 : 맨손으로 칼을 받는 기법)!"

서검자(書劍子)의 입에서 탄식이 흘러나왔다. 어이없게도 장소는 자기가 날린 이기어검을 손으로 잡아낸 것이다. 어떻게 해서든 오행혈마인의 완성을 막아보려 했지만 저 정도라면 불가능하다. 장염에게 조심하라는 말을 들어 어느 정도 짐작은 했지만 이렇게 허망하게 패할 줄은 몰랐다.

"크크크, 이것이 네 것이냐? 가져가라!"

장소가 서검자를 향해 들고 있던 검을 집어 던졌다. 검은 장난하듯 빙글빙글 돌며 서검자의 가슴으로 날아갔다.

"헛!"

서검자가 황급히 몸을 날렸지만 회전하는 검은 마치 자기가 펼쳤던 이기어검처럼 끝까지 따라왔다. 검을 피해 미친 듯이 몸을 움직이던 서검자가 문득 멈추어 섰다. 그리고 마치 꽃을 뿌리듯 두 손을 부드럽게 흔들기 시작했다. 검끝에서 벗어날 수 없으니 맞부딪치기로 작정한 것이다.

파파팟!

화산파의 절기 산화무영수(散花無影手)가 검을 때렸다. 그러나 검은 날아가는 속도를 늦추지 않고 그대로 서검자의 몸에 박혀들었다.

"크윽!"

서검자가 비틀거리며 뒤로 물러났다. 그의 오른쪽 어깨에는 자신이 날렸던 검이 박혀 있었다. 그래도 서검자는 안도의 한숨을 내쉬어야 했다. 산화무영수로 검의 방향을 바꾼 덕에 위기를 넘긴 것이다.

"크크큭! 제법이군."

본래는 노인의 가슴을 노렸다. 그런데 보이지 않는 힘에 막혀 방향을 잃어버린 것이다.

"오늘은 특별한 날이니 살려주마. 꺼져라."

장소가 손을 휘두르자 무지막지한 돌풍이 서검자를 향해 몰아쳤다.

콰콰콰콰!

어깨에 박힌 검을 미처 뽑기도 전이다. 돌풍에 휘말린 서검자가 불타고 있던 전각 속으로 날아가 버렸다.

서검자를 날려 버린 장소는 즉시 입으로 심장을 밀어 넣었다. 장문인들도 방해를 하려 들 것이기 때문이다. 아니나 다를까, 지옥의 불길 속에서 우왕좌왕하던 육대문파 장문인들이 만사를 제쳐두고 달려들었다.

그러나 이미 늦었다. 육대문파 장문인들이 도착했을 때는 장소의 목구멍으로 심장이 넘어간 뒤였다. 장소가 서 있는 자리를 중심으로 알 수 없는 기운이 소용돌이치기 시작했다.

스스스스스.

칠대문파 장문인들은 그 기운에 막혀 더 이상 접근하지 못했다. 아무리 걸어가도 제자리였다. 소용돌이는 시간과 공간을 같은 자리에 잡아두고 있었다.

다급해진 춘양 진인이 검을 뽑아 장소를 향해 날렸다. 그러나 춘양 진인의 내력이 담긴 검도 기이한 소용돌이에 닿자 그대로 멈춰 버렸다.

"아아! 어떻게 저런 일이……!"

가까이 갈 수도 없고 검을 날려도 정지한다. 말 그대로 이제는 무슨 일이 일어나는지 지켜볼 도리밖에 없는 것이다. 정말 이대로 지옥이 열리는 것일까?

칠대문파 장문인들이 절망한 얼굴로 장소를 바라보았다. 장소의 몸이 소용돌이 안에서 서서히 떠오르기 시작했다.

"끄아아아악!"

장소는 처절한 비명을 지르며 몸부림쳤다. 이번에 찾아온 고통은 이전에 비할 바가 아니었다. 차라리 죽는 것이 더 좋겠다고 생각될 정도로 끔찍했다. 고통이 극에 달한 장소는 온몸을 쥐어뜯다가 서서히 정신을 잃어갔다.

한참 시간이 흐른 뒤에 장소는 눈을 떴다. 그러나 아무것도 보이지 않았고 어떤 소리도 들리지 않았다. 적막한 가운데 나른한 포만감이 밀려왔다. 너무 편안하고 만족스러워 더 이상 필요한 것이 없다고 생각할 때였다.

"장소야… 장소야……."

아주 낮고 끈적한 음성이 하늘 저편에서 자기 이름을 부르고 있었다.

"누구요?"

"나는 너의 주인이다."

"미쳤군! 나에게 주인은 없다!"

"지난 십여 년 간 나의 이름을 간절히 부르지 않았느냐? 이제 흩어졌던 오행의 공력이 모두 모였으니 내가 너의 주인이다."

다음 순간 오랫동안 귀에 익은 소리가 들려왔다. 가만 들어보니 그것은 자기의 모든 것이라고 할 수 있는 오행혈마경의 법문(法文)이다. 장소는 그 소리를 들으며 깊고 깊은 잠 속으로 빠져들었다.

"어찌 저럴 수가!"

아미파의 파경 사태가 정면을 바라보며 부들부들 떨었다. 믿을 수 없게도 하늘이 서서히 열리고 있었다. 장소의 머리 위로 검은 공간이 갈라지며 새파란 도깨비불이 쏟아져 내렸다. 파란 불덩이들은 칠대문파 장문인들이 보는 앞에서 장소의 몸으로 파고들었다. 그럴 때마다 장소의 몸은 펄떡펄떡 경련을 일으켰다.

마침내 모든 불덩이가 장소의 몸으로 흡수되어 사라졌다. 불덩이가 사라진 뒤 장소의 몸은 서서히 지면으로 내려왔다. 장소의 두 발이 땅에 닿자 장문인들을 막고 있던 기의 소용돌이도 서서히 가라앉져 갔다. 칠대문파 장문인들이 주춤거리며 장소에게 다가갈 때다.

장소가 감고 있던 눈을 번쩍 떴다. 장소의 눈은 깊이를 알 수 없을 만큼 그윽했다. 장소가 기지개를 켜듯이 두 팔을 활짝 벌리고 쉬지 않고 몇 번이나 숨을 들이마셨다.

"흠… 정말 좋은 공기로구나. 기온도 적당하고… 이것이 너의 세상인가?"

장소는 자기 앞으로 다가오는 장문인들을 향해 야릇한 미소를 지어 보였다.

"허허헛! 너희가 칠대문파 장문인들이로구나."

"……."

장문인들은 대답하지 않고 병장기를 더욱 강하게 움켜쥐었다. 언제 공격을 해야 할지 갈피를 잡지 못한 탓이다.

장소가 고개를 치켜들고 크게 웃음을 터뜨렸다.

"크하하하하하!"

웃음소리를 듣는 순간 장문인들의 가슴이 두근거리기 시작했다. 그것에 가장 먼저 반응한 사람은 소림사의 원정 선사다.

"무슨 짓을 하는 게냐!"

돌연 원정 선사가 가부좌를 틀고 앉아 금강경을 독송하기 시작했다.

그제야 아미파의 파경 사태가 다른 장문인들을 향해 소리쳤다.

"장문인들께서는 마음을 지키세요! 저것은 고대(古代)의 심령금제술(心靈禁制術)입니다!"

본래 아미파의 파경 사태는 무공보다는 심령술(心靈術)에 더 뛰어났다. 장문인들은 파경 사태의 말에 즉시 각자 사문의 법을 외우기 시작했다. 그러나 이미 장소의 심령금제술에 당한 뒤라 마음은 좀체로 가라앉지 않았다.

마음이 흐트러진 상태에서 상승의 공력을 끌어올렸다가는 주화입마에 들 수도 있다. 원정 선사를 제외한 육대문파 장문인들은 전신의 공력을 흐트러뜨리고 가부좌를 틀고 앉았다. 계속 공력을 운용하다가는 자신도 모르게 화를 입을 수도 있기 때문이다.

가슴은 점점 더 두근거려 숨 쉬기도 힘들었고 얼굴도 벌겋게 달아올랐다. 이미 칠순(七旬: 70세)에 다다라 어지간한 일에는 마음이 흔들리지도 않던 장문인들이다. 그러나 이 순간 몸과 마음은 아득한 과거로 돌아가 사춘기 시절의 혼란 속에 빠져 있었다.

원정 선사를 제외한 육대문파 장문인들이 공력을 풀고 앉아버리자 장소가 피식 웃으며 손을 휘저었다. 근처에 떨어져 있던 수십 개의 도검(刀劍)이 하늘로 말려 올라가는 듯하더니 이내 장문인들의 머리 위로 떨어져 내렸다.

파파파팟!

육대문파 장문인들은 크게 놀라고 말았다. 심장이 이리도 벌렁거리고 있으니 지금 공력을 사용하면 반드시 걷잡지 못하게 될 것이다. 이제는 주화입마냐 당장의 죽음을 면하느냐를 선택해야 하는 것이다.

당황한 장문인들이 자리에서 벌떡 일어나려는 순간이다. 홀로 서 있던 소림사의 원정 선사가 입으로 끊임없이 독송(讀誦)하며 허공으로 두 팔을 휘저었다.

"마땅히 색(色)에 주(住:거처)하여 마음을 내지 말며 마땅히 소리와 냄새와 맛과 부딪침과 법에 주(住)하여 마음을 내지 말고 마땅히 주(住)한 바 없는 마음을 낼지니라. 만일 마음이 주(住)하는 바 있으면 곧 참으로 주(住)함이 아닐지니, 이런 고로 불타가 말하되 보살이 마음을 마땅히 색에 주(住)하여 보시하지 아니한다 하였느니라."

장문인들의 머리 위를 수백 개의 손 그림자가 덮어갔다. 원정 선사가 천수여래장(千手如來掌)으로 장문인들을 보호하려는 것이다.

　콰과광! 쾅! 킹!

　천수여래장에 맞은 검들이 사방으로 튕겨났다. 그 대신 장소의 공력을 감당하지 못한 원정 선사는 뒤로 날아가 땅바닥에 처박혀야 했다.

　콰직.

　떨어져 내리는 순간 힘을 잃은 선사의 두 팔이 부러져 나갔다. 원정 선사는 피부를 뚫고 밖으로 튀어나온 자기의 뼈를 망연히 바라보다가 그만 정신을 잃고 말았다. 바닥에 고개를 떨군 원정 선사의 입술 사이로 검붉은 피가 꾸역꾸역 밀려 나왔다.

　"선사(禪師)!"

　"대사(大師)……."

　육대문파 장문인들이 황급히 원정 선사에게 달려갔다.

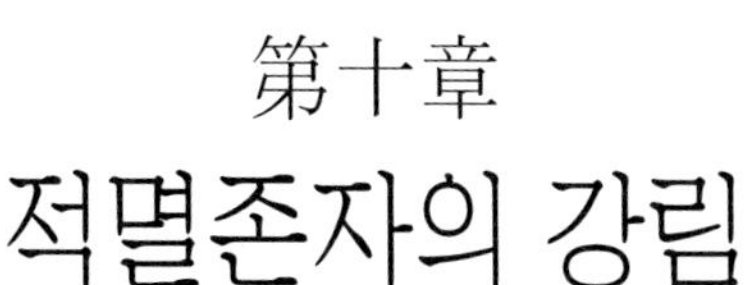

적멸존자의 강림

원정 선사를 둘러싼 육대문파 장문인들이 안도의 한숨을 내쉬었다. 다행히 희미하게나마 원정 선사는 숨을 쉬고 있었다. 아직 살아 있는 것이다.

그런 육대문파 장문인들을 바라보던 장소가 광소를 터뜨렸다.

"크하하핫! 너무 염려 말아라. 나의 혈마기에 내부를 상했으니 그리 오래가지는 못할 것이다."

"으으으……."

장소의 말에 육대문파 장문인들이 치를 떨었다. 그러나 지금은 장소에게 저항을 할 수가 없었다. 한번 뛰기 시작한 가슴은 좀처럼 가라앉지 않았다.

비웃음을 날리던 장소가 천천히 장문인들에게 다가갔다. 이 기회에 아예 끝을 보려는 것이다.

무당파 장문인 춘양 진인이 한숨을 길게 내쉬었다. 이제는 달리

방법이 없다. 주화입마로 폐인이 될지언정 앉아서 죽음을 당할 수
는 없다. 물론 무공을 사용한다 해도 장소를 당할 수는 없겠지만
말이다. 죽음을 각오한 춘양 진인이 다른 장문인들에게로 고개를
돌렸다.

화산파의 상유천과 공동파의 추료, 아미파의 파경 사태와 곤륜
파의 신룡 진인, 그리고 점창파의 영천 상인이 서로를 보며 희미
하게 웃었다. 그들도 마음을 정한 것이다.

사대문파 장문인을 바라보던 신룡 진인이 오랜만에 푸근한 미
소를 지어 보였다. 지금까지 이들과는 특별한 교분을 나누지 않았
었다. 그런데 죽음에 직면하자 불현듯 마지막까지 함께 갈 동료라
는 생각이 든 것이다.

"여러 장문인들과 함께 갈 것을 생각하니 외롭지 않아 좋구려.
먼저 보낸 현천과 파운을 만나러 갈 때가 된 듯하오."

사대문파 장문인들도 고개를 끄덕였다. 지금까지는 잦은 의견
충돌이 있었지만 이 한순간 모두 잊었다. 죽음 앞에서 처음으로
장문인들은 의견의 일치를 보고 있었다.

영천 상인이 웃으며 공동파의 추료를 바라보았다. 장소가 나타
나면서 추료는 만일의 사태를 대비해 굉료와 함께 움직이고 있었
다. 추료의 검법이 고명함을 아는 육대문파 장문인들은 추료에게
장문인과 같은 대접을 해왔다. 추료가 굉료의 사형이니 사실 그
정도의 대접은 과분하지 않은 것이다.

"주귀선검(酒鬼仙劍) 추 대협과는 저승에서나 다시 비무를 해
야겠구려."

주귀가 추료의 별명이었으니 주귀선검이라고 하는 말은 추료를
상당히 존중하는 호칭이다. 추료는 그 한마디에 영천 상인에게 품

고 있던 묵은 감정을 떨쳐 버렸다. 함께 죽어가는 마당에 관용하지 못할 일이 어디 있단 말인가!

"허헛! 상인과의 비무가 기다리고 있으니 속히 떠날 채비를 해야겠구려."

추료가 자리에서 일어서자 영천 상인이 웃으며 몸을 일으켰다. 뒤이어 춘양 진인, 상유천, 신룡 진인, 그리고 파경 사태가 일어섰다. 죽음을 각오한 그들의 얼굴에 더 이상의 두려움이나 주저함이 없었다.

그런데 기적이 일어났다. 장문인들을 향해 다가가던 장소의 걸음이 멈추어진 것이다. 장소의 양미간(兩眉間)이 살짝 찌푸려지는 듯하더니 고개를 들어 먼 곳으로 시선을 던졌다. 사람들의 눈에는 아무것도 보이지 않았지만 장소는 불타오르는 전각 너머로 무엇인가를 보는 듯했다.

"크흐흐… 너희들은 운이 좋구나. 나의 위엄을 평생토록 기억해 두도록 하라."

말을 마친 장소는 느닷없이 허공으로 날아올랐다. 장소의 발 아래로 기의 폭풍이 소용돌이치기 시작했다.

콰콰콰콰!

장소가 갑자기 허공으로 치솟아오르자 장문인들의 입에서 안도의 한숨이 흘러나왔다. 장소가 마음을 바꾼 이유는 알 수 없지만 죽음의 위기에서 벗어난 것이다. 그러나 곧 이어 벌어진 사태에 장문인들은 절망의 탄식을 터뜨리고 말았다.

"아아! 어찌 사람이 호풍환우(呼風喚雨)할 수 있단 말인가……."

까마득히 날아오른 장소가 두 팔을 벌리자 비바람이 몰아치기 시작한 것이다. 곧 이어 요란한 소리와 함께 번개가 떨어져 내렸다.

꽈르르릉! 꽈광!

번개에 맞은 무림맹의 전각들이 부서져 내리기 시작했다. 장소가 다시 손을 휘젓자 이번에는 땅이 들썩거리며 화염이 솟구친다.

"으아아악!"

"으악!"

사방에서 수많은 무림인들이 불길에 휩싸이거나 전각에 깔려 죽어갔다.

아비규환의 지옥이 장문인들의 눈앞에서 연출되었다. 더 이상 장소를 막을 수 있는 사람은 없다고 생각한 그때였다. 하늘 높이 떠 있는 장소를 향해 한줄기 은빛 나는 광채가 날아갔다.

파츠츠츠츠.

한창 지면으로 손을 휘젓던 장소가 흠칫 놀라 아래로 떨어져 내렸다. 은빛 광채는 허공에서 크게 선회한 후에 장소를 따라 지면으로 내리꽂혔다. 장소는 그것이 매우 두려운 듯 감히 잡을 생각을 하지 못하고 이리저리 피하기만 했다.

그러나 피해 다니는 것도 한계가 있다. 귀찮아진 장소가 주먹을 휘두르자 천마파천권의 권풍이 은빛 광채를 강하게 때렸다.

꽈광!

귀청을 찢는 듯한 굉음과 함께 은빛 광채는 땅으로 떨어져 내렸다. 그것을 유심히 지켜보던 추료의 입에서 탄성이 터져 나왔다.

"아아! 청명검(淸鳴劍)이다!"

지면을 스쳐 다시 날아오르는 그것은 분명히 자신이 장염에게 준 청명검이었다. 잠시 후 청명검은 다시 은빛 광채에 휩싸여 또 다시 장소에게로 날아갔다.

장소가 다시 몸을 피하고 은빛 광채가 그 뒤를 따라붙자 곳곳에서 무림인들의 함성이 터져 나왔다.

"와아!"

다시 멈춰 선 장소가 손을 휘두르자 혈장(血掌)이 뻗어 나가 은 빛 광채와 충돌을 일으켰다.

쫘과광!

은빛 광채는 그 충격을 이기지 못한 듯 허공으로 퉁겨져 올랐 다.

"아아……"

은빛 광채가 빛을 잃고 땅으로 떨어져 내리자 추료의 입에서 한숨이 흘러나왔다. 장천사의 어검술도 결국 장소를 당해내지 못 한 것이다.

검이 사라지자 장소가 요란하게 웃으며 북쪽으로 날아갔다.

"크하하핫! 장염아! 난주(蘭州)로 오너라! 젤르 제용!"

*   *   *

아침이 되자 서서히 동이 트기 시작했다. 아침 햇살 아래 무림 맹이 온통 상처투성이의 몸을 드러냈다. 모든 전각이 무너지고 곳 곳에선 아직도 불길이 솟고 있었다. 살아남은 칠대문파 제자들이 뛰어다니며 부상자들을 구해내고 있었다.

장염이 원정 선사와 서검자를 바라보았다. 두 사람은 폐허가 된 무림맹의 한쪽 공터에 나란히 누워 있었다. 두 사람을 바라보는 장염의 표정이 밝지 않았다. 두 사람 모두 누가 더하고 덜한 것 없이 치명적인 부상을 입고 있었다.

"다행히 두 분의 체내에 침투한 혈마기(血魔氣)는 소멸시켰습니다. 그러나 내외상이 다 나을 때까지 조금도 움직여서는 안 됩니다."

장염의 말에 누워 있던 서검자가 웃으며 대답했다.

"으음… 우리야 이렇게 누워 있으면 좋지. 그런데 그 귀신 같은 장소가 달아났다니… 자네가 무섭긴 무서운가 봐?"

"……."

서검자의 가벼운 농담에도 장염은 웃지 않았다.

"장 사숙, 너무 심려하지 마십시오. 장 사숙께서 오시자 장소가 달아나지 않았습니까? 장소가 비록 오행지기를 모았다고는 하지만 장 사숙이 두려운 겁니다."

춘양 진인의 말을 듣고 있던 장염이 천천히 고개를 저었다.

"그렇지 않습니다. 그는……."

칠대문파 장문인들이 장염의 말에 귀를 기울였다. 분명히 새벽에 달아난 것은 장소인데 시간이 흘러도 장염의 얼굴은 밝아지지 않았다. 그렇다면 장소가 달아난 것이 아니란 말인가?

"후우… 아마도 지금의 그는 장소가 아닐 것입니다."

신룡 진인이 이해할 수 없다는 듯 물었다.

"그게 무슨 말씀이시오? 지난 새벽 오행지기를 모은 사람은 장경선이 아니라 틀림없는 장소였소. 제가 잘못 본 것입니까?"

신룡 진인이 다른 장문인들을 바라보았다. 모두 함께 있었으니 누가 말 좀 해보라는 의미다. 다른 장문인들도 미미하게 고개를 끄덕였다. 그들도 장경선이 죽고 장소가 오행지기를 모으는 것을 똑똑히 목격했던 것이다.

"여러 장문인들께서는 제 말을 듣고 놀라지 마십시오."

장염이 침착하게 그동안 자기가 서장에서 겪은 이야기를 장문인들에게 들려주었다.

장문인들은 적멸존자가 시체에서 나오는 액을 바르며 수백 년이나 수련했다는 것과 그가 바로 오행혈마경의 주인이었다는 사실에 경악을 금치 못했다. 장염이 아니라 다른 사람의 말이었다면 미친 소리 하지 말라고 했을 것이다.

"오행혈마경은 강신술(降神術)을 바탕으로 하는 무공입니다. 각각의 오행지기를 사용할 때는 무공으로의 능력만 발휘되겠지만, 오행지기가 한곳에 모두 모이면… 적멸존자의 영혼이 강림하게 됩니다."

"오오… 세상에……!"

장문인들의 입에서 탄성이 흘러나왔다. 그렇지 않아도 장소가 오행지기를 다 모으고 났을 때 이상한 일들이 벌어졌었다.

"적멸존자는 삼 년 전 '망자(亡者)의 산(山)'에서 제가 직접 죽였습니다. 그러나 그가 장소의 몸을 빌어 세상에 다시 나타났다는 것은… 의심의 여지가 없습니다."

신룡 진인이 급히 되물었다. 아무래도 궁금한 것은 참지 못하는 성미다.

"어떻게 그것을 확신할 수 있소? 장 대협을 믿지 못하겠다는 것이 아니라……."

장염이 장문인들을 둘러보며 말했다.

"여러 장문인들도 장소가 떠나며 한 말을 들으셨겠지요?"

"사숙에게 난주에서 만나자고 한 것 말씀이십니까?"

"장문인께서는 그 뒤에 그가 했던 말을 기억하십니까?"

춘양 진인이 곰곰이 생각해 봤지만 무슨 말을 한 것은 분명한

데 잘 떠오르지 않는다. 분명히 한마디 더 덧붙였는데 그냥 별 의미 없는 소리라고 생각했다. 그런데 장염 사숙의 말을 들어보니 그 소리에 뜻이 있었던 모양이다.

"저는 장소가 그냥 뜻없이 고함을 지르며 달아나는 줄 알았습니다. 다른 뜻이 있었습니까?"

"장소가 떠나며 무심코 외친 '젤르 제용!'은 서장어로 다시 보자는 말입니다. 자기가 다시 살아났다는 것을 간접적으로 가르쳐 준 것이죠. 아무래도 그는 '망자의 산'에서처럼 다시 한 번 '난주'에서 저를 기다릴 생각인 것 같습니다. 적멸존자다운 복수라고 할까요……."

"으음……."

파경 사태가 알았다는 듯 고개를 끄덕였다. 생각해 보면 장소가 펼친 고대의 심령술은 대단했다. 칠대문파 장문인들이 그 한 수에 모두 제압당했던 것이다. 대체 그의 무공은 어느 정도나 될까? 장염이 난주로 그를 찾아간다면 승산이 있는 것일까?

"장 사부, 난주로 가실 생각인가요?"

"가야지요. 그가 부르지 않아도 가야 하는데, 저를 초대까지 한 마당에 마다할 수 있나요."

장염이 파경 사태를 바라보며 희미하게 웃었다. 평두산의 일로 강호에 빚을 진 느낌이었다. 비록 그곳에서 영화 소저를 만나지는 못했지만 그 바람에 적멸존자가 현세에 강림했다. 장소에 대한 은원이 아니더라도 자기는 난주에 가야만 한다.

"그렇다면 우리 아미파도 함께 가겠습니다."

"……."

듣고 있던 춘양 진인이 웃으며 입을 열었다.

"허헛! 우리 모두가 함께 가야 하지 않겠습니까?"

"진인의 말씀이 옳습니다. 이런 일에 우리 화산파가 빠진다는 것은 말이 안 되지요."

"어디 화산파뿐이겠소? 우리 곤륜도 오행혈마인의 마지막을 꼭 봐야겠습니다."

칠대문파 장문인들이 다 난주로 가겠다고 한다. 심지어 누워 있던 서검자는 제자들에게 업혀서라도 가겠다고 나섰다.

"그럴 수는 없습니다. 이번에 난주는 저 혼자서 가야 합니다. 적멸존자는 이미 장소의 무공까지 흡수한 상태입니다. 적멸존자도 감당하기 어려운데 거기에 장소의 무공까지 더해졌다면……."

장염의 말끝을 흐렸다. 솔직히 자기도 적멸존자를 감당할 자신이 없다. 자기가 쓰러지고 나면 따라나선 장문인들은 모두 적멸존자의 손에 목숨을 잃게 될 것이다. 그러나 만약 칠대문파의 장문인들이 이쯤에서 자기들 문파로 돌아간다면 적멸존자는 그들을 죽이지 않을 것이다.

칠대문파의 장문인을 죽이지 않고 살려두었을 때 어렴풋이 느낄 수 있었다. 적멸존자가 원하는 것은 세상의 완전한 파멸이 아니라 복수와 지배다. 혈마사를 만들어 혈승들을 수백 년 간 지배했던 것과 같은 이치다. 기이하게도 적멸존자는 시간과 공간까지 초월했으면서도 욕망으로부터 자유롭지 못했다.

'그러나 장문인들이 나와 더불어 난주로 간다면… 적멸존자는 이들을 모두 죽이고 말 것이다.'

지금은 큰일 날 것처럼 말들 하지만 이들은 자기가 없는 세상, 즉 그것이 적멸존자가 다스리는 세상이라 할지라도 적응해서 살아갈 수 있을 것이다. 그것이 여일하게 흐르는 역사가 자기에게 가르쳐 준 교훈이었다.

"어찌 이제 와서 강호 도의를 저버리고 우리의 목숨만 도모하겠소? 우리는 장천사와 함께 난주로 갈 것이오!"

추료의 말에 장문인들이 일제히 '옳소'라고 화답했다.

장염은 졌다는 듯 고개를 설레설레 흔들 뿐 더 이상 말하지 않았다. 삶과 죽음을 선택하는 것은 자기의 의지다. 장문인들의 자유의지를 강제할 수도 없고, 강제하는 것은 무위(無爲)에 적합하지 않다.

부상자들을 인근의 의원으로 옮긴 후 하남성 무관(武官)에서 온 사람들은 모두 돌아갔다. 물론 장염이 돌아오기도 했지만 장소가 오행지기를 모으고 천하제일가도 사라진 마당에 더 남아 있을 이유가 없었던 것이다.

맹천무관의 관주는 살아남은 제자들과 함께 무림맹을 떠나면서 몇 번이나 뒤를 돌아보았다. 아쉬움으로 인해 발걸음이 제대로 떨어지지 않았다.

"사부님, 이만 가시지요?"

"그래… 가자꾸나."

천무덕의 입으로 한숨이 길게 흘러나왔다. 이제 무림맹은 강호에서 사라질 것이다. 천하제일가가 맹주를 데리고 달아나고 무림맹은 폐허로 변했다. 그동안 끊임없는 변란(變亂)으로 칠대문파의 제자들도 많이 줄어들었다. 그들에게 무림맹을 재건할 인력이나 재물이 있을 리가 없다.

"하기사 믿었던 맹주에게 그렇게 당했으니 다시 만들고 싶지도 않을 게야."

불사신검 경재학의 절대 권력은 어김없이 부패했다. 아니, 부패의 정도를 넘어서 그는 강호를, 사람들을 장기판의 졸(卒)처럼 세 멋대로 이용해 먹었다. 장기를 잘못 두면 다시 두면 된다. 졸이 몇 번 죽어도 판을 갈아엎으면 다시 새롭게 사용할 수가 있다. 그러나 사람은 단 한 번밖에 살 수가 없는 존재다. 경재학의 무림맹은 너무 많은 사람의 생명을 앗아갔다.

무림맹은 하남성 무림인들의 긍지이자 자랑이었다. 무림맹이 가까이에 있음으로 수많은 기인이사들을 손쉽게 만나볼 수도 있었다. 하나 이제 무림맹이 사라졌으니 한동안 다리품을 팔아야 고수들의 얼굴이라도 볼 수 있을 것이다.

"앞으로 한 십 년 동안은 장천사의 얼굴을 본 것으로 만족해야겠다."

천무덕의 걸음에 힘이 들어가기 시작했다.

*　　　*　　　*

무림맹에 남아 있던 칠대문파의 고수들은 모두 숭산의 소림사로 이동했다. 불타고 무너진 무림맹에서는 쉴 수가 없었기 때문이다.

장문인들은 소림사의 지객당에 다시 모였지만 무림맹이라는 단어를 입에 올리진 않았다. 비록 무림맹은 그들이 믿었던 이상적인 지도 체계였으나 그것을 구성하는 것은 불완전한 인간이었다. 무림맹의 비극이 머리에 남아 있는 한 몇 세대가 지나도 다시 세워지는 일은 없을 것이다.

밤이 깊었지만 난주로 가는 방법을 토론하는 장문인들의 열기는 식지 않았다. 도무지 회의가 끝날 기미를 보이지 않자 장염이 앉아 있던 자리에서 슬며시 일어섰다. 장염이 방에서 나가려는 기색을 보이자 춘양 진인이 급히 물었다.

"사숙, 언제 떠나는 것이 좋겠습니까?"

"내일 아침에 출발할 생각입니다."

"그러면 우리 칠대문파도 내일 아침 떠날 준비를 하겠습니다."

장염은 춘양 진인의 말에 대답하지 않고 그저 웃기만 했다.

"그럼 저는 이만 물러가서 좀 쉬도록 하겠습니다."

장염이 지객당에 모여 있던 육대문파 장문인들에게 인사를 마치고 숙소로 돌아갔다.

자정(子正: 밤 12시)이 되자 장염은 감았던 눈을 천천히 떴다. 삶과 죽음이 비록 자기의 선택이라지만 장문인들이 죽으러 가는 길을 자기가 안내할 생각은 없다. 장염이 청명검을 등 뒤에 비끄러메고 살며시 밖으로 걸어나갔다.

머리 위로 별이 총총히 빛나고 있다. 별빛 사이로 문득 먼저 이승을 떠난 이삼인, 그리고 많은 장가촌 형제들의 얼굴이 스쳐 지나갔다. 형제들을 지켜주지 못하고 오히려 그들의 희생으로 자기가 살아났다. 이제 같은 일이 또다시 반복되어서는 안 된다.

장염이 두 발로 지면을 박차고 공중으로 솟아올랐다. 까마득히 높은 곳까지 올라간 장염은 허공에서 몸을 틀어 그대로 날아가기 시작했다.

다음날 아침 소림사가 발칵 뒤집어졌다. 출발을 앞두고 장염이 사라진 것이다. 육대문파 장문인들은 장염이 홀로 난주로 떠났음을 알고 서둘러 한자리에 모였다.

"아무래도 장 사숙께서 우리를 남겨두고 난주로 가신 모양이
오."

신룡 진인이 답답하다는 듯 소리쳤다.

"장천사가 이미 출발을 했으니 기다릴 게 뭐가 있소? 어서 떠납
시다."

"진인의 말씀대로 속히 출발하도록 하십시다."

상유천의 말이 끝나자 장문인들은 서로의 얼굴을 바라보았다.
장염이 홀로 떠났다는 것은 그만큼 장담하지 못할 싸움이라는 뜻
이다. 한사코 그런 자리에 가려고 하는 자신들이 이상한 것일까?
살리기 위해 남겨두었는데 자기들은 같이 죽기 위해 떠나려 하는
것이다.

파경 사태가 웃으며 입을 열었다.

"후훗! 아무래도 장천사께서 조용히 사시기는 틀린 것 같습니
다. 우리가 이토록 그분께 매달리게 되었으니 말입니다."

"푸하핫! 과연 사태의 말씀대로요. 사실 내가 곤륜에서 낙양까
지 달려온 것은 장천사를 만나기 위해서였다오. 이제 숭산에서 난
주까지 다시 달려야 하니, 나도 그렇지만 장천사께서도 어지간히
귀찮으실 게요."

"그게 어디 진인(眞人)뿐이겠소. 여기 있는 모두가 언제부터인
지 장천사의 일이라면 앞뒤 가리지 않게 되지 않았소? 우리야 운
이 좋다고 하겠지만, 우리 같은 늙은이들만 졸졸 따라다니니 장천
사도 참으로 안됐소."

"푸하하핫!"

"허허헛!"

추료의 말에 장문인들이 호탕하게 웃어 젖혔다. 그렇게 한바탕 웃고 난 장문인들은 칠대문파 제자들을 한곳에 불러 모았다.

"너희도 알다시피 이 싸움은 마신(魔神)인 장소와 신선(神仙)인 장천사의 싸움이다. 장천사께서는 우리가 이곳에 남아 있기를 바라지만 우리 육대문파 장문인들은 그의 뒤를 따라가기로 결정했다. 그러나 어찌 생사(生死)가 달린 일을 장문인이라고 하여 우리 뜻대로 정하겠느냐? 너희의 생각은 어떤지 기탄없이 말해 보아라."

무당파 장문인 춘양 진인의 말을 들은 칠대문파 제자들이 이구동성으로 대답했다.

"장문인들이 가시는 곳에 저희도 가겠습니다!"

"장소를 보았겠지? 너희 모두가 그에게 죽임을 당하게 될지도 모른다."

"그래도 가겠습니다."

장문인들이 다시 한 번 서로의 얼굴을 바라보았다. 이윽고 춘양 진인이 무당파 제자들의 앞으로 걸어나갔다.

"그렇다면 가자."

무당파 제자들의 뒤로 화산파, 공동파, 점창파, 곤륜파, 그리고 아미파의 제자들이 따랐다.

육대문파의 제자들이 소림사의 산문(山門)을 통과하고 있을 때다. 언제 마련했는지 마차 두 대가 산문으로 달려와 아미파 제자들의 뒤로 따라붙었다. 소림사의 무승들이 마차를 호위하듯 에워싸고 대열에 합류했다.

이게 어디서 나타난 마차인가 돌아보던 장문인들이 어이없다는 표정으로 머리를 설레설레 흔들었다. 마차 안에 누워 있던 서검자가 손을 흔들어 보였기 때문이다. 그렇다면 다른 마차 안에는 원정 선사가 타고 있을 터였다. 장문인들은 혀를 차면서도 마차를 되돌리라 말하지 않았다. 따지고 보면 누구도 장소의 상대가 되지 못했기 때문이다.

*   *   *

아침부터 천마방 정문을 지키고 서 있어야 하는 흑살마왕 권불해의 속은 편치 않았다. 외삼당(外三堂) 중 하나인 삼풍당(三風堂)이 천마방 정문을 맡은 지도 벌써 두 달이 지났다. 장소 교주를 따라 난주로 오면서 가장 지위가 떨어진 곳이 있다면 외삼당이다.

과거 삼마의 난에 휩쓸리지 않았다는 이유로 지나치게 신임을 받았다는 것이 죄라면 죄다. 순찰영주가 '외삼당이 삼마의 반란에 동참하지 않아 가장 믿을 만하다'며 정문 경비를 맡겼기 때문이다. 그 바람에 가만히 앉아서 돈놀이나 하고 있어야 할 외삼당이 난주에서 하루 종일 서 있게 된 것이다.

"이런 빌어먹을… 본좌가 문지기나 하고 있다니 말이나 되느냐?"

수하들은 모르는 척 딴전을 피워대기 시작했다. 권불해의 저 푸념은 벌써 한 달 이상 계속되고 있었다.

"왜 말들이 없느냐?"

보다 못한 이극(李劇)이 한마디 거들었다.

"당연히 말도 안 되는 소리입니다요."

"뭐야? 말도 안 돼? 야! 이 자식아! 본좌의 말이 말도 안 된다
는 말이냐!"

권불해의 주먹이 이극의 가슴을 두들겼다.

퍼퍽!

주변에 있던 수하들이 안도의 한숨을 내쉬었다. 오늘은 이극의
희생으로 한나절이 조용히 넘어갈 것이다. 내일은 또 누군가가 몸
을 아끼지 않고 나서게 될 것이고, 그러다 보면 시간이 지나 천산
으로 돌아갈 날도 올 것이다. 권불해의 저 상투적인 폭력은 천산
으로 돌아가야 멈춰질 것이었다.

삼풍당의 수하들이 이극과 권불해를 구경하고 있을 때다.

"실례합시다."

"뭐냐?"

"장소를 만나러 왔습니다."

"그런 사람 없다."

"……."

수하들의 말을 듣고 있던 권불해가 버럭 소리를 질렀다.

"이 미친놈들아! 장소는 우리 교주님의 존성대명(尊姓大名)이
아니냐!"

"헉!"

그제야 문답을 나누던 수하가 들고 있던 창끝을 사내에게 돌려
세웠다. 워낙 평범하게 생긴 사내가 다가와 천연덕스럽게 묻자 대
충 대답했다. 그러나 만약 사내가 교주님의 이름을 가지고 수작을
걸고 있는 것이라면 용서할 수가 없는 것이다.

"네 이놈! 너는 누구기에 감히 교주님의 이름을 함부로 입에 올
리는 게냐!"

"나는 장염이라 합니다"

"장염이 누구냐?!"

"바로 접니다."

"네가 뭐 하는 놈이냔 말이다!"

사내가 잠시 생각하다가 대답을 했다.

"무림의 형제들이 장천사라고 불러주는 그런 장염입니다."

"……."

구경하고 있던 권불해가 달려나와 사내의 앞에 마주 섰다. 가만히 보니 등 뒤로 검자루가 살짝 보이는데 고풍스런 검도, 사람도 보통이 아니다. 아무래도 무림에 전설처럼 나도는 이름인 장천사가 맞는 것 같다. 그런데 대체 장천사가 교주님을 왜 찾아왔단 말인가? 사내가 장천사라면 자기 같은 사람 백 명이 달려들어도 상대할 수 없을 것이다. 권불해가 즉시 사내와 대화를 나누던 수하의 뺨을 올려붙였다.

짝!

"이 개자식아! 너는 감히 장천사께 무슨 지랄이냐!"

얼떨결에 뺨을 맞은 수하가 뒤로 물러나자 권불해가 정중히 인사를 올렸다.

"잠시만 기다려 주시면 제가 즉시 안으로 기별을 넣겠습니다요."

"그렇게 해주시면 감사하겠습니다."

안으로 달려간 권불해는 말과는 달리 즉시 비상종이 있는 전각으로 달려갔다. 그리고 잠시 후 천마방 안에 요란한 타종 소리가 울리기 시작했다.

땡땡땡땡! 땡땡땡땡! 땡땡땡땡!

천마방에 남아 있던 마교의 고수들이 일제히 안뜰로 뛰어나왔다. 삽시간에 뜰은 이백여 명의 마교 고수들로 가득 찼다.

수호사령 검귀와 순찰영주가 비상종 소리를 듣고 나와 보니 사방은 고요한데 흉신악살처럼 생긴 수하들만 마당에 드글드글 끓고 있다.

"어느 죽일 놈이 감히 타종을 하였느냐!"

순찰영주가 버럭 고함을 지르자 권불해가 달려나갔다.

"영주(領主)님, 정문으로 장천사 장염이 난입을 하였습니다!"

"뭣이?!"

장염이라는 말에 놀란 검귀가 정문으로 달려갔다. 검귀의 뒤로 순찰영주와 이백여 마교 고수가 따라붙었다. 밖으로 달려나가던 검귀는 난입을 당하였다는 정문이 조용하기만 하자 문득 멈추어섰다.

'이거 벌써 다 당하고 만 것이 아닐까?'

조심스럽게 밖으로 나가자 삼풍당의 수하들 다섯과 장염이 멀뚱히 서서 자기를 바라보고 있다.

"오랫만이오."

장염이 조금 딱딱한 음성으로 말을 건넸다. 저 검귀는 과거 당고랍산맥에서 장가촌 형제들을 죽인 마교 고수들 중의 하나였다.

"장염……."

검귀가 흠칫 놀라 한 걸음 물러섰다. 과거에도 감당할 수 없는 고수였는데 듣기로는 오행혈마인도 그의 적수가 아니라고 했다. 교주야 오행지기를 다 모았으니 그렇다 쳐도 자기는 감히 상대할 수 없는 고수였다. 검귀가 즉시 허리를 숙이며 인사를 했다.

"교주님께서 오래전부터 기다리고 계시오."

장염이 천마방에 친교를 하러 오지 않았다는 것을 모르는 사람은 없다. 그럼에도 저렇게 말하는 것은 한마디로 '나는 너의 상대가 되지 못하니 장소부터 만나보라'는 뜻이다.

"장소를 만난 이후에 그대에게 죄를 물을 것이니, 내가 죽기만을 기도하시오."

"……."

장염이 안으로 한 걸음 들어섰다. 안에서는 순찰영주와 이백여 마인이 가로막고 있었다. 장염이 경천일기공을 끌어올리며 다시 한 걸음 내딛자 이백여 마인들이 좌우로 갈라섰다. 장염의 전신에서 회오리치는 파사신기(破邪神氣)에 마인들의 몸이 절로 반응을 하고 만 것이다.

마침내 안으로 들어선 장염이 내력을 끌어올린 후 크게 소리쳤다.

"적멸존자(寂滅尊者) 장소! 나오너라!"

그 소리가 어찌나 컸던지 정면에 서 있던 거대한 전각에 서서히 금이 가기 시작했다.

지지지직.

장염의 음파(音波)에 당한 전각은 순식간에 무너져 내렸다.

와르르르!

무너지는 전각 속에서 한 사람이 날아오르며 웃음을 터뜨렸다.

"크하하핫! 장염아! 과연 너는 내가 적멸존자임을 알았구나. 오너라! 망자의 산에서 못다 한 승부를 가려보자!"

장염의 머리 위로 오행(五行)의 장력이 빗발처럼 쏟아져 내렸다.

콰콰콰콰콰!

장염이 등 뒤에 메어 있던 청명검을 뽑아 천천히 하늘로 뻗어
올렸다.

어의통검(御意通劍)의 묘(妙)! 풍산검기(風山劍氣)!

청명검에서 바람 소리가 울리는 듯하더니 삽시간에 돌풍이 일
어나 하늘로 몰아쳤다.
휘우우우웅!
돌풍에 휘말린 오행의 장력이 천마방 곳곳으로 떨어졌다.
퍼퍼퍼펑! 펑!
교주의 장풍이 자기들에게로 떨어지자 마인들이 비명을 지르며
사방으로 흩어졌다. 천마방의 전각들이 장력에 맞아 부서지고 땅
에는 거대한 구덩이가 파였다. 한동안 쏟아져 내리던 장력이 멈추
자 피해 있던 마교 고수들이 다시 안뜰로 모여들었다.
장염이 두 발로 지면을 걷어차고 하늘로 치솟았다. 그때부터 천
마방의 하늘에서 미신과 천신의 싸움이 시작되었다.

*　　　　*　　　　*

앞서 가던 춘양 진인이 문득 걸음을 멈추었다. 아직 대낮임에도
천마방 근처는 먹구름이 잔뜩 몰려 있어 어두워 보였다. 그뿐이
아니다. 가까이 이를수록 요란한 천둥 소리와 함께 번개마저 번쩍
거려 으스스하기만 하다. 가만히 그 모양을 보니 얼마 전 무림맹
에 불어닥쳤던 먹구름과 같은 것이다.
"장문인들, 아무래도 장 사숙과 장소의 싸움이 벌써 시작된 모

양이오."

신룡 진인이 고개를 끄덕이며 근심스런 표정을 지었다. 멀리서 보기만 했음에도 생각했던 것보다 더 지독했던 것이다. 다시는 그 지옥 같은 곳으로 가고 싶지 않다는 생각이 든다. 그러나 여기까지 와서 어찌 그럴 수 있으랴! 신룡 진인이 마음을 가다듬은 후 결연한 음성으로 말했다.

"속히 가십시다. 저 짙은 구름을 보니 무림맹에서보다 더한 듯하오."

"가십시다.

장문인들의 걸음이 빨라지기 시작했다.

마침내 칠대문파 장문인들이 천마방의 앞에 섰다. 그들의 머리 위로는 먹구름이 가득했고 계속해서 천둥 소리가 들려오고 있었다. 천마방에 이르자 천둥 소리는 더욱 커서 귀청을 찢을 듯했다.

우르르릉! 꽈광! 꽝!

콰콰쾅!

"우리가 먼저 들어갈 테니 두 분께서는 마차 안에서 잠시 기다리십시오!"

워낙 천둥번개 소리가 요란하여 고함을 지르지 않으면 대화가 되질 않을 지경이다. 춘양 진인의 말에 내상을 입은 서검자와 원정 선사는 고개를 끄덕였다. 농담을 좋아하던 서검자도 분위기가 심상치 않자 입을 다물었다.

육대문파 장문인들이 굳게 닫힌 문을 막 부수고 들어가려는 순간이다. 천마방의 문이 '꽈당' 소리와 함께 활짝 열렸다. 긴장한 장문인들이 칼바람이 몰아치는 문 안쪽을 엿보려고 할 때다. 한 사람의 청수하게 생긴 노인이 밖으로 걸어나와 소리를 빽 질렀다.

"나는 천산 마교의 수호사령이외다! 무림의 형제들께서는 조심하여 안으로 들어오시기 바라오!"

말을 마친 노인은 뒤도 돌아보지 않고 다시 안쪽으로 들어가 버렸다.

"수호사령이라면 검귀 아니오!"

상유천이 곁에 섰던 신룡 진인을 보며 크게 소리쳤다. 곤륜파가 아무래도 변방에 있으니 천산파 마교에 대해 잘 알 것이라 생각한 것이다.

"그렇소이다만 빈도(貧道)도 그를 보기는 오늘이 처음이오!"

워낙 신비에 싸인 마교의 장로들인지라 상유천이 고개를 끄덕였다.

꽈광!

가까이에서 벼락 떨어지는 소리가 들리자 흠칫 놀란 장문인들이 서로를 둘러보았다.

"가십시다!"

상유천이 앞장서 문턱을 넘어갔다. 그 뒤를 사대문파 장문인들과 육대문파 제자들이 조심스럽게 따라갔다. 소림사의 제자들이 두 대의 마차를 에워싸고 사방을 경계하기 시작했다.

안으로 들어선 춘양 진인이 눈을 휘둥그렇게 떴다. 안쪽의 전각들이 무림맹과 비슷하게 무너지거나 불타고 있었던 것이다. 가히 정사양도(正邪兩道)가 한차례씩 진통을 겪고 있는 셈이다. 상유천이 장문인들에게 손짓을 했다.

상유천의 손은 전각과 전각이 엇갈려 무너진 곳을 가리키고 있었다. 그 손끝을 따라 눈을 돌리던 장문인들이 탄성을 디뜨렸다. 엇갈린 전각 사이에 배오십여 명의 마교 고수들이 옹기종기 모여 있었다.

"마인들의 저 꼬락서니를 보시오!"

영천 상인의 비웃음이 채 가시기도 전이다.

꽈광! 꽝!

육대문파 고수들과 가까운 곳으로 벼락이 떨어졌다.

"으아아아!"

그 파장으로 십여 명의 제자들이 가랑잎처럼 날아가 땅에 처박혔다.

아무래도 이대로 있다가는 화를 면치 못하겠다고 생각한 춘양 진인이 제자들을 향해 소리쳤다.

"속히 안전한 곳으로 몸을 숨기도록 해라!"

육대문파 제자들이 사방팔방으로 흩어지기 시작했다. 나무 밑과 무너진 전각의 틈 등 가리지 않고 찾다 보니 가장 안전한 곳이 어디인지 한눈에 보인다. 그곳은 바로 마교의 고수들이 쪼그리고 앉아 있는 곳으로 전각이 엇갈린 틈이었다.

꽈광!

어딘가에 다시 번개가 떨어지는 순간 십여 명이 전각 사이로 뛰어들었다. 번개에 맞아 죽거나 그 파장에 휘말려 부상을 입느니 마인들의 곁으로 가는 편이 낫다. 다행히 마교의 고수들은 누구 하나 새로 들어온 사람에게 신경을 쓰지 않았다. 지금 그들의 관심은 온통 먹구름 속에 가 있었다.

꽝! 꽝!

마교의 고수들이 자리를 내주는 것을 본 다른 제자들이 하나둘 달려가기 시작했다.

　얼마쯤 시간이 지났을까? 이리저리 뛰어다니던 영천 상인은 제자들이 하나도 보이지 않는다는 사실을 깨달았다. 깜짝 놀라 황급히 사방을 둘러보자 전각과 잔각 사이에 마교 고수들과 육대문파 제자들이 옹기종기 모여 앉아 있다.

　'아니, 어쩌자고 저런 마두들과 같은 자리로 피한단 말인가!'

　순간적으로 괘씸하다는 생각이 치밀어 올랐다. 그때였다. 영천 상인의 곁으로 검기(劍氣)가 떨어져 내렸다.

　꽝!

　그 경력에 휘말린 영천 상인은 지면을 굴러야 했다. 영천 상인이 떼굴떼굴 구르다가 겨우 몸을 일으켰을 때다. 영천 상인의 주변으로 우박 같은 불덩어리가 쏟아져 내리기 시작했다. 그 순간 영천 상인은 점창파 최고의 신법으로 전각과 전각 사이로 몸을 날렸다.

　꽈꽈꽈꽝! 꽝!

　겨우 목숨을 구한 영천 상인이 좌우를 둘러보고는 씁쓰름하게 웃고 말았다. 좌우로 마교 고수들이 옹기종기 모여 앉아 있다. 혼자만 마인들의 틈 속으로 파고든 셈이다. 조금 떨어진 곳에서 육대문파 고수들과 앉아 있던 신룡 진인이 손짓을 했다. 빨리 건너오라는 뜻이리라.

　영천 상인이 한숨을 내쉬며 신룡 진인과 육대문파 제자들이 있는 곳으로 이동했다. 그러는 동안에도 전각 위로 검기가 떨어지는지 진동과 함께 엇갈린 벽들이 움찔움찔거렸다. 그때마다 마교 고수들과 육대문파 제자들은 근심 어린 눈으로 구름과 엇댄 벽들을 바라보았다.

"저들의 말로는 벌써 사흘째라고 합니다!"

영친 싱인이 놀란 눈으로 먹구름이 가득한 하늘을 바라보았다. 어찌 인간이 사흘씩 이렇게 싸울 수가 있단 말인가! 그제야 왜 마교의 고수들이 선선히 문을 열어주고 자리도 마련해 주었는지 이해가 갔다. 강호의 미래는 마교 고수나 육대문파 제자들에 의해 결정나는 것이 아니라 저 구름 위에 있는 두 사람에게 달려 있었던 것이다.

적멸존자의 얼굴이 일그러졌다. 장천사 장염은 망자의 산에서 법력(法力)으로 제압하고 싸울 때보다 훨씬 강했다. 물론 계속해서 싸운다면 결국 자신이 이길 것이다. 자기의 체내에 있는 완전한 오행지기는 써도 써도 메마르지 않는 것이었다. 그러나 한낱 장염 같은 인간에게 삶과 죽음을 초월한 자기가 쩔쩔맨다는 것이 마음에 들지 않았다.

저 멀리에 장염이 유유히 서 있다. 가만 보니 그가 서 있는 곳은 자기가 만들어놓은 먹구름 위다.

"감히! 인간 따위가 나의 법력에 대항하는 게냐!"

적멸존자의 손에서 오행불영장(五行佛影掌)이 쏟아져 나갔다.

콰르르릉!

장염의 오른손이 정면을 가리키고 있다. 보나마나 또 수백 수천 자루의 검기가 오행불영장을 가닥가닥 잘라낼 것이다. 아니나 다를까?

꽈광! 꽝! 콰콰콰꽝!

검기에 의해 찢어진 오행불영장이 불꽃으로 변해 구름 아래로 떨어져 내렸다.

"오냐! 네놈이 나의 법력도 그만큼 받아낼 수 있는지 보겠다!"

적멸존자가 품 안으로 손을 집어넣었다. 밖으로 꺼낸 그의 손에 들린 것은 인골로 만든 피리였다.

장염이 양미간을 살짝 찌푸렸다. 삼 년 전 망자의 산에서 적멸존자의 골적(骨笛)을 부순 적이 있다. 그러나 그때는 백마술을 한다는 뵌포 라마의 도움이 있었다. 아마 그 뵌포 라마가 없었으면 법술을 당해내지 못했을지도 모른다.

적멸존자가 뼈피리를 입술에 대고 호흡을 불어넣기 시작했다.

장염은 아무 소리도 들리지 않았지만 피리에서 흘러나오는 귀기를 느낄 수 있었다. 적멸존자의 법술이 다시 시작된 것이다.

검은 구름 아래에서 검은 그림자들이 솟아오르기 시작했다.

우우우우…….

삼 년 전에 한 번 경험한 적이 있는 죽은 사람들의 망령이었다.

장염은 청명검으로 풍산검기를 일으켰다. 검풍(劍風)에 휘말린 그림자들이 사방으로 흩어졌다. 그러나 그것도 잠시, 그림자는 허공을 흐느적거리며 날아다니다가 진드기처럼 다시 달라붙었다.

우우우우…….

끝없이 반복되는 밀고 밀리는 싸움에서 먼저 지친 것은 장염이었다.

"크윽!"

그림자가 달라붙자 진기가 소멸되기 시작했다. 죽은 자의 망령이 정기를 빨아먹을 때마다 장염의 몸도 조금씩 아래로 떨어져 내렸다.

장염이 최후의 기력으로 그림자들을 걷어낼 때였다. 피리를 불던 적멸존자가 장염에게 한쪽 손을 힘차게 휘둘렀다.

화르르륵!

천마폭열장(天魔暴熱掌)이 펼쳐진 것이다.

그림자를 걷어내던 장염은 별수없이 풍산검기로 천마폭열장을 막아야 했다.

콰쾅!

화르륵!

미처 흐트러뜨리지 못한 화기(火氣)가 장염의 몸을 덮어버렸다.

"으아악!"

불덩어리가 된 장염이 지면으로 추락하기 시작했다. 무려 사흘 만의 일이었다.

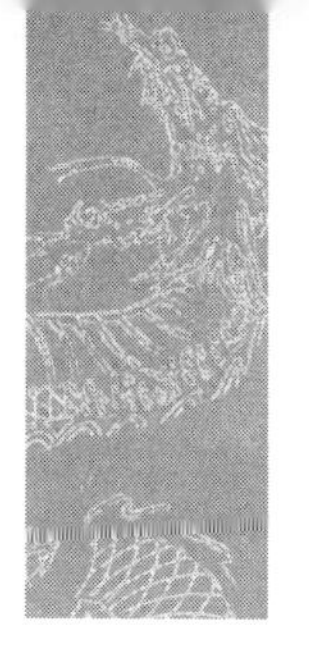

第十一章
길이 끝나는 곳에서

장염의 몸이 땅으로 떨어져 내리자 가장 크게 놀란 사람들은 안에 있던 육대문파 고수들이다. 다급해진 장문인들이 앞으로 뛰어나갔다. 장염의 몸을 받기 위해서다.

그러나 불꽃에 휩싸인 장염은 지면을 스치고 다시 하늘로 날아올랐다. 솟아오르는 장염의 표정이 딱딱하게 굳어 있었다. 그 짧은 순간 자기에게 몰려오던 장문인들을 보았기 때문이다.

'큰일이다!'

이제는 혼자만의 싸움이 아니었다. 여러 사람의 운명이 자기에게 달린 것이다. 그토록 오지 않기를 바랐지만 저들은 대체 무엇을 믿고 왔을까!

내력이 고갈되자 장염은 경천일기공의 법문을 되뇌었다.

경천일기(驚天一氣) 제일기공(第一氣功) 유생어무(有生於無)!

순간 텅 비어 있던 단전이 다시 내공으로 충만해지기 시작했다. 더불어 장염의 몸을 덮고 있던 불꽃도 한순간 수그러들었다. 그 순간 장염의 눈에서 신광이 번쩍였다. 그토록 끄려고 해도 꺼지지 않던 불꽃이었다. 그런데 아무것도 하지 않았는데 지옥의 겁화처럼 타오르던 불이 사라진 것이다.

'천하만물은 있음에서 생겨났고[天下萬物生於有] 있음은 없음에서 생겨났다[有生於無]. 나는 이 이치를 왜 진작 더 깊이 알지 못했을까! 왜 나는 전이(轉移)의 수련을 하고도 사물에 경계를 두어 스스로 넘나들지 못했을까…….'

장염의 몸이 다시 구름 위로 올라서자 적멸존자가 뼈피리를 입에 갖다 댔다.

구름 밑에서 또다시 검은 그림자가 솟아오르기 시작했다. 검은 그림자는 기괴한 소리를 지르며 장염의 몸으로 서서히 다가들었다.

우우우우…….

장염은 오히려 손에 들고 있던 청명검을 내려놓았다. 손에서 떠난 청명검은 검은 구름을 뚫고 아래로 사라져 버렸다.

적멸존자가 기회를 놓치지 않겠다는 듯 법력(法力)을 끌어올렸다. 적멸존자가 정신을 뼈피리로 집중하자 바닥에서 솟아오르는 그림자의 수는 셀 수도 없을 만큼 늘어났다.

우우우우…….

그림자가 장염의 몸을 덮어버렸다. 장염은 오히려 두 팔을 벌려 그림자들을 더욱 깊숙이 안아갔다. 그리고 장염은 전이(轉移)를 통하여 증오과 공포마저도 끌어안기 시작했다. 모든 것을 포용

하고 말겠다는 원융의 의지[圓融之意]로 계속해서 전이를 시도하
자 어느 순간부터 몸에서 빠져나가던 생기가 되돌아오기 시작했
다.

'나도 없고 너도 없다. 나는 곧 너이고 너는 곧 나이다.'

그림자는 장염의 몸에 달라붙지 못하고 마치 허공을 스치듯 통
과하기 시작했다. 장염의 몸으로 수백의 그림자가 몰려들었다. 그
러나 이미 장염의 몸은 투명해져 있어서 그림자들끼리만 헛되이
오고 갈 뿐이었다.

우우우우…….

장염의 손이 천천히 들어 올려져 적멸존자를 가리켰다.

당황한 적멸존자가 뼈피리에 더욱 공력을 불어넣을 때였다. 갑
자기 적멸존자의 발 밑에서 청명검이 솟아올랐다.

콰직!

청명검은 적멸존자의 손에 들린 뼈피리를 가루로 만들고 장염
에게로 돌아갔다.

"크윽!"

적멸존자가 처음으로 신음을 터뜨렸다. 뼈피리가 깨지는 순간
법력이 흩어져 정신적인 충격을 받고만 것이다.

그 순간이었다. 적멸존자의 입술을 비집고 낮고 음흉한 목소리
가 들려왔다.

"끄끄끄… 너, 누구야?"

당황한 적멸존자가 정신을 수습하기도 전에 목소리는 더욱 크
게 외쳤다.

"늙은이! 너는 대체 누구냐구!"

그 음성은 광마신단 때문에 정신이 분열되었을 때 생겨났던 또

다른 자아인 심마(心魔)였다. 장소의 자아(自我)가 잠들고 적멸존자의 정신이 충격을 받은 순간 엉뚱하게도 심마가 깨어나고 만 것이다.

"이런! 어디서 이런 미친놈을……"

적멸존자가 어이없다는 듯 자기 몸을 내려다보았다. 팔다리가 제멋대로 움직이려 하고 있었다. 적멸존자가 뒤틀리는 팔다리를 조종하려고 하면 할수록 심마는 더욱 미친 듯이 날뛰었다.

"끄끄끄… 늙은이! 나는 이 몸의 주인이다. 너는 누구냐! 나가라!"

"미친놈아! 나야말로 이 몸의 진정한 주인이다!"

적멸존자가 의외의 사태에 놀라 버둥거릴 때였다. 장염이 쏜살같이 장소의 곁으로 날아들었다.

"꺼져라!"

적멸존자가 장염을 후려치려 했지만 장소의 손은 이미 제멋대로였다.

'아아! 어쩌다가 이런 미친놈이 오행지기를 한데 모았단 말인가!'

적멸존자가 절망의 탄식을 터뜨릴 때다. 장염의 오른손이 장소의 심장에 닿았다. 그 짧은 순간 장염은 수없이 많은 질문을 스스로에게 던지고 답해야 했다. 장소를 이대로 죽일 것인가? 아니면 그의 생명을 살릴 것인가?

마음을 정한 장염의 손이 장소의 가슴을 찔러갔다. 역천(逆天)의 마물인 적멸존자가 세상에 존재해서는 안 된다.

카강!

장염의 손이 철벽을 두드린 듯 금속성과 함께 퉁겨났다. 장소의 몸은 이미 완벽한 마신지체(魔神之體)가 되어 있었던 것이다. 그렇다고는 해도 적멸존자와 심마는 큰 고통을 느껴야 했다.

"끄윽! 늙은이! 꺼져라!"

"으아! 미친놈아! 네가 잠들어야 장염을 처치할 수 있단 말이다!"

장염이라는 말에 심마가 반응을 했다. 장소도 장염을 죽이려 했는데 이제 늙은이도 장염을 죽이려 하고 있었다. 심마는 본능적으로 '장염을 죽이기 위해서라면 자기가 참아야 한다'는 사실을 알고 있었다.

"끄끄끄… 그럼, 늙은이. 나는 잠시 빠져주겠다."

심마가 사라지고 적멸존자가 다시 장소의 몸을 지배하려는 순간이다. 이번에는 장염의 손이 장소의 머리를 잡아갔다.

"크하하핫! 소용없다. 나의 마신체(魔神體)는 네가 생각하는 것보다 훨씬 강하다!"

그러나 이번에는 장염의 손이 머리를 때리지 않았다. 오히려 장염은 장소의 머리에 손을 얹고 경천일기공을 운용했다.

적멸존자가 깜짝 놀라 눈을 치떴다. 장염의 전신공력이 장소의 백회혈을 통해 몸 안으로 스며들었던 것이다. 대체 장염은 왜 상대의 공력을 높여주고 있는 것일까? 기쁨도 잠깐, 곧 이어 적멸존자의 입에서 신음 소리가 흘러나왔다. 몸으로 흘러드는 장염의 공력이 너무 많았기 때문이다.

"으으으……"

마침내 장소에게 자기의 공력을 불어넣은 장염이 아래로 추락하기 시작했다. 장염은 떨어져 내리며 눈을 질끈 감았다. 지금까지 자기가 할 수 있는 모든 노력을 다했다. 이제 결과는 오직 하늘에 달려 있다.

적멸존자가 세상에 다시 나타났을 때만 해도 그를 제압할 방법이 없다고 생각했다. 기적처럼 심마(心魔)가 나타났을 때는 이것이 마지막 기회라고 생각하고 심장을 공격했다. 그러나 그 방법은 마신체에게 통하지 않았다.

절망을 느끼고 포기하려 할 때 영감이 뇌리를 스쳤다. 외부가 안 통하면 내부에서 스스로 무너지게 하면 되지 않을까? 마치 장소와 적멸존자와 심마가 내부에서 몸을 차지하기 위해 싸우듯 말이다. 오행지기는 오행의 원리에 따라 상생하고 상극한다.

'내가 익힌 공력은 경천일기공으로 쌓은 무극지기(無極之氣)다. 이제는 무극지기와 오행지기가 장소의 내부에서 충돌하기만을 바랄 뿐이다.'

춘양 진인의 눈이 찢어질 듯 부릅떠졌다. 또다시 장염 사숙의 몸이 아래로 곤두박질치고 있었다. 이번에는 장 사숙도 정신을 잃은 듯 움직임을 보이지 않고 있다.

"사숙!"

춘양 진인이 공중으로 날아오르며 떨어져 내리는 장염의 몸을 받아 들었다.

"사숙! 정신이 드십니까?"

"네……."

장염이 희미하게 웃으며 춘양 진인을 바라보았다.

"장소는?"

"저도 잘 모르겠습니다."

장염이 춘양 진인의 부축을 받으며 땅 위에 내려섰다. 공력을 완전히 상실한 뒤 다시 밟아보는 땅이다. 두 발로 비디고 서서 하늘을 올려다보았다. 하늘에 잔뜩 끼어 있던 먹구름이 서서히 걷히기 시작했다. 저것은 적멸존자의 법력이 소멸되었다는 뜻일까?

장염의 주변으로 장문인들과 육대문파 제자들이 몰려들기 시작했다.

마교의 고수들은 장염이 홀로 내려오고 하늘의 구름이 걷히자 모든 것을 포기한 듯 고개를 떨구었다.

그렇게 얼마나 지났을까? 장염과 육대문파 고수들이 천마방을 빠져나가려고 할 때였다. 마교 고수들이 하늘을 바라보며 탄성을 터뜨렸다. 허공을 밟으며 한 사람이 서서히 내려오고 있었던 것이다. 그는 바로 마교 교주 장소였다.

장소가 기묘한 표정으로 장염과 육대문파 고수들을 바라보았다.

"너희는 본좌에게 죽는 것이 두렵지 않느냐?"

장염을 둘러싼 육대문파 고수들은 누구도 움직이지 않았다. 고요한 가운데 시간이 흘러갔다. 육대문파 고수들에게는 삶과 죽음이 무한히 교차하는 순간이었다.

그들의 모습을 지켜보던 장소의 얼굴이 붉그락푸르락하기를 반복했다.

"버러지 같은 것들."

"……."

마침내 장소가 서서히 손을 들어 올렸다. 그리고 육대문파 무림인들을 향해 무참히 휘둘렀다. 그러나 그것뿐이었다. 장소의 손이 스치고 지나간 자리로 가벼운 손바람이 일었다. 그런 바람이라면 촛불도 끄지 못할 것이다.

장소가 이해할 수 없다는 듯 자기 손을 바라보았다. 천지조화를 부르던 손이 지금은 그저 평범한 손으로 변해 있었다. 아직도 단전이 이렇게 들끓고 있는데 정작 밖으로는 조금도 힘을 쓸 수가 없다. 그러나 아까부터 끓어오르던 단전에도 문제가 생겼나 보다. 끓어오르는 힘이 점점 미약해지는 게 오행지기가 소멸되는 느낌이다.

"너… 나에게 무슨 짓을 한 거냐?"

장염이 안도의 숨을 내쉬며 대답했다.

"너의 오행지기를 없애기 위해 나의 무극지기를 전해주었다. 언젠가 나의 스승님이 내게 해주셨던 것처럼 말이다."

"……"

장염이 만족한 듯 웃으며 장소를 바라보았다.

"나를 따라오너라. 네가 여기에 남고 싶어해도… 저들이 너를 용서하지 않을 것이다."

장소가 자기 뒤에 모여 있는 마교 고수들을 둘러보았다. 자기를 바라보는 마인들의 얼굴에 기묘한 살기가 감돌고 있었다. 그간 자기 손에 죽임을 당한 사람이 마교 내에만도 한둘이 아니었다. 장소는 갑자기 마인들의 얼굴이 무섭게 느껴졌다. 무공을 잃은 뒤 다시 생긴 인간적인 감정이었다.

"네가 나를 데려가려고 해도 저들이 보내주지 않을 거다."

"그렇게 생각하느냐? 나는 저들이 내 말을 들어줄 것 같은데. 내 뒤만 따라오너라."

장염이 천마방의 정문을 향해 휘적휘적 걷기 시작했다.

수호사령 검귀와 순찰영주, 그리고 이면수가 장염의 앞을 막아섰다. 검귀의 얼굴에 착잡한 빛이 떠올랐다.

장소 교주가 무공을 잃었으니 마교로, 다시 천산으로 돌아가 교주를 세우고 문파를 정리해야 할 것이다.

천마농에 있는 무공은 역대 교주들의 것으로 마교의 모든 것이다. 그것이 외부로 유출되는 것을 막는 것이 수호사령인 자신의 사명이다. 또한 천 년 마교의 맥을 지금까지 이어온 동인이었다.

"장소는 마교의 교주이니 이곳에서 나갈 수 없소이다."

장소가 흠칫 떨며 검귀를 바라보았다. 자기 이름을 함부로 부르는 것을 보니 이미 단단히 벼르고 있는 모양이다. 검귀의 음성에서 살기를 느낀 장소가 장염의 뒤로 바싹 붙었다. 지금 자기가 살길은 장염의 뒤를 따르는 것뿐이었다.

"장소는 더 이상 마교의 교주가 아니오. 내가 이 문을 넘어오기 전에 그대의 죄를 묻겠다고 했소. 그러나 오늘 장소를 보내주면 그대의 죄를 묻지 않겠소."

검귀가 애매한 표정으로 장염과 장소를 바라보았다. 지금까지 장소가 그토록 자기를 죽이려 했는데 장염은 오히려 살려주려고 한다. 그런데 아까부터 검귀가 궁금한 것은 대체 장염에게 무공이 있으냐 없느냐 하는 것이다.

만약 장소처럼 무공을 상실한 것이라면 두 장씨 모두를 죽일 생각이다. 그러나 장염의 태연한 표정과 하는 말을 들으니 자신이 없다. 게다가 장소를 보내주지 않으면 죄를 묻겠다고 한다. 그것은 무공이 있다는 말이 아닌가!

검귀가 장염의 눈을 들여다봤지만 처음 찾아왔을 때와 별반 차이가 없다. 오히려 장염의 깊고 유현한 눈빛을 보면 두렵기까지 하다. 검귀는 그 두려움이 상대의 무공에 대한 본능의 가르침이라고 생각했다.

"장천사께서는 오늘의 그 약속을 잊지 마시오."

"당신은 잊을 수 있겠소?"

장염이 검귀를 향해 차갑게 말한 후 다시 걸음을 옮겼다. 장염의 뒤로 육대문파 장문인들과 육대문파 고수들이 따라갔다.

장염이 시야에서 사라지자 순찰영주가 검귀를 바라보았다.

"수호사령께서는 왜… 그들을 살려 보냈습니까?"

"도무지 장천사를 알 수 없어서요. 그렇다고 내 목숨을 걸고 그를 시험할 수는 없지 않겠소?"

"……."

"이제 그만 천산으로 돌아들가는 것이 좋겠습니다. 삼마가 언제 수작을 부릴지 모르니 수하들을 단속해야 하지 않겠습니까?"

이면수의 말에 검귀와 순찰영주가 고개를 끄덕였다.

검귀가 앞서 가자 순찰영주와 이면수가 뒤를 따랐다. 순찰영주나 이면수 모두 그럭저럭 만족한 듯한 얼굴이었다. 비록 집마령주를 자처한 경재학에게 직접 복수하지는 못했지만 폐인이 되는 모습을 똑똑히 목격했다. 두 사람은 그것으로 만족하기로 했다.

*　　　*　　　*

장염과 육대문파 고수들은 천마방에서 빠져나온 지 하루 만에 훗날을 기약하고 뿔뿔이 흩어졌다. 오행혈마인이 사라지고 마교가 천산으로 돌아갔으니 굳이 뭉쳐 다닐 이유가 없다. 몇몇은 장소에 대한 원한이 깊었지만 장천사의 부탁으로 모든 것을 잊기로 했다.

장염은 장소를 데리고 사천제일루에 들렀다가 곧바로 호북성 무한으로 출발했다. 영화 소저를 찾아서 함께 장가촌으로 되돌아가기 위해서다. 사천제일루에서 장염을 기다리고 있던 장소룡과 이무심, 그리고 소결이 함께 따라나섰다.

그러나 장염이 마교에서 어렵게 데리고 나온 장소는 그간의 노력을 헛되게 하고 말았다. 누구도 죄를 묻지 않았지만 자기 자신을 용납할 수 없었던 것일까? 무공을 잃고 본래 정신을 되찾은 장소가 무한으로 가던 도중 나무에 목을 매 자살하고 만 것이다. 장염은 장소를 양지바른 곳에 묻고 오래도록 자리에서 떠나지 않았다.

"스승님, 그럼 스승님도 내공을 잃으신 거예요?"

장염에게 그간의 이야기를 간추려 들은 소결이 귓속말로 소곤거렸다. 혹시라도 근처에서 누가 엿들을까 봐 어지간히 신경 쓰는 눈치다.

"그래, 나는 이미 내공을 잃어버렸다. 왜? 내공이 없으면 안 되는 일이라도 있냐?"

소결이 머리를 흔들었다. 이제 스승의 목숨을 노리는 사람들도 없는데 내공이 무슨 필요가 있을까 싶다.

"아니요, 그냥… 무공이 있다가 없으면 불편하실까 봐……"

"스승님께서 나에게 마지막으로 가르쳐 준 것이 무엇인지 아느냐?"

"뭔데요?"

"신선에게는 내공이 필요없다는 것이지."

"……?"

장염이 앞장서자 소결이 출랑거리며 그 뒤를 따랐다.

조금 뒤처져 걸어가던 장소룡이 슬며시 이무심에게 다가갔다.

"형님, 대체 장 사부는 내공이 있는 거요, 없는 거요?"
"신선에게는 내공이 필요없으시단다."
"……."

                    *   *   *

　음산산맥(陰山山脈) 깊숙한 곳에 십여 년 동안이나 산을 개간하며 살아가는 두 남녀가 있었다. 남자가 산을 개간한다면 남들 보기에도 좋을 것이다. 그러나 아쉽게도 남자는 하루 종일 방에서 빈둥거렸고 여자는 그런 남자를 위해 뼈가 빠지도록 일을 했다.
　그날도 여자가 혼자서 산을 개간하고 있을 때다. 뒤에서 늙수그레한 음성이 들려왔다.
　"헤헤… 밥을 좀 얻어먹을 수 있을까?"
　오죽 배가 고프면 화전민에게 밥을 달라고 할까? 문득 안됐다고 생각한 여자가 늙은이를 데리고 집으로 돌아왔다.

　"사매, 오늘은 일찍 들어오는구먼."
　"배가 고프다는 할아버지가 계셔서……."
　사내의 눈에 긴장이 스치고 지나갔다. 그러나 이내 뒤따라오는 노인을 발견하고는 다시 방바닥에 길게 늘어져 버렸다. 한눈에 보기에도 정신이 반쯤 나간 노인네니 경계할 이유가 없다.
　여자가 노인에게 밥을 차려주고 밖으로 나갔다. 다시 산으로 일을 나가는 것이다.
　달그락거리며 밥을 다 먹은 노인이 방 안에 길게 드러누운 사내에게 다가갔다.

"헤헤… 원기가 없어서 그러신가? 내가 힘을 드릴까?"

곱게 미치지 어디서 저렇게 미쳤을까? 사내가 관심없다는 듯 몸을 돌릴 때다.

"헤헤… 내게 역천(逆天)의 힘을 주는 오행혈마경이 있는데… 헤헤… 나도 이거 얼른 누구 줬으면 하는데… 임자가 없네… 커헉!"

어느 틈에 사내가 노인의 목을 움켜쥐고 있었다.

"너, 누구냐?"

"커헉! 커헉! 나는… 누구더라?"

사내가 목을 놓자 노인의 몸이 거칠게 나뒹굴었다.

"쿨럭! 쿨럭! 네 이놈! 싫으면 관두지 왜 이러는 게냐!"

노인의 음성에서 언뜻 몸에 배인 기품이 드러났다. 사내는 그제야 과거가 있는 노인네라는 것을 알고 부드럽게 말했다.

"오행혈마경이 당신에게 있소?"

툭.

방바닥으로 붉은 책 한 권이 떨어졌다. 사내가 들어서 제목을 보니 과연 붉은 글씨로 선명하게 오행혈마경이라고 쓰여 있다.

"우하하핫! 이런 보물이 내 손에 들어오다니! 지난 십여 년 동안 숨어 지내온 세월을 하늘이 보상해 주시는구나! 장염! 춘양 진인! 두고 봐라! 내 반드시 마공을 익혀 복수하고 말 테다!"

문득 사내가 주변을 둘러보니 노인이 없다. 미친 노인네가 어디로 사라졌을까 싶어 주변을 샅샅이 둘러보았지만 발견하지 못한 사내는 어슬렁거리며 산으로 향했다. 오랜만에 여자가 일하고 있는 밭으로 찾아가고 있는 것이다.

오랜 밭일로 얼굴이 검게 그을린 여자가 고개를 들어 올렸다.

사내가 천연덕스럽게 여자에게 거짓말을 했다.

"사매, 아무래도 이곳에서 떠나야겠다. 미친 노인네가 내 이름을 알아낸 후 달아났어."

여자가 묵묵히 고개를 끄덕였다.

〈 終 〉